O JOGO PERFEITO

J. STERLING

O JOGO PERFEITO

Tradução de CARLOS SZLAK

COPYRIGHT © 2012, BY J. STERLING
COPYRIGHT © FARO EDITORIAL, 2014

Todos os direitos reservados.
Nenhuma parte deste livro pode ser reproduzida sob quaisquer meios existentes sem autorização por escrito do editor.

Diretor editorial **PEDRO ALMEIDA**
Tradução **CARLOS SZLAK**
Preparação de textos **TUCA FARIA**
Revisão **MÔNICA VIEIRA / PROJECT NINE**
Projeto gráfico e diagramação **OSMANE GARCIA FILHO**
Capa original **MICHELLE PREAST**

Dados Internacionais de Catalogação na Publicação (CIP)
(Câmara Brasileira do Livro, SP, Brasil)

Sterling, J.
    O jogo perfeito / J. Sterling ; [tradução de Carlos Szlak]. — 1. ed. — São Paulo : Faro Editorial, 2014.

    Título original: The perfect game.
    ISBN 978-85-62409-16-5

    1. Ficção norte-americana I. Título.

14-04065   CDD-813

Índice para catálogo sistemático:
1. Ficção : Literatura norte-americana 813

1ª edição brasileira: 2014
Direitos de edição em língua portuguesa, para o Brasil, adquiridos por **FARO EDITORIAL**

Alameda Madeira, 162 – Sala 1702
Alphaville – Barueri – SP – Brasil
CEP: 06454-010 – Tel.: +55 11 4196-6699
www.faroeditorial.com.br

*Este livro é dedicado a todo garoto que já gostou de um esporte...
E para toda garota que já amou esse garoto.*

Capítulo 1

— CASSIE, VOCÊ ESTÁ PRONTA? — Melissa, a amiga com quem eu dividia o apartamento, perguntou do corredor.

— Quase, Melis. Só mais um minuto — respondi.

Pela última vez, ajeitei meus cabelos lisos e loiros, tentando, em vão, avolumá-los. Realmente, a regata roxa combinava com o verde dos meus olhos. Uma última camada de rímel nos cílios e pronto!

— Perfeito — disse, admirando o modo como o jeans de cintura baixa acentuava as curvas do meu bumbum.

— Se você está tão perfeita, então vamos! — Melissa estava agora parada na porta do meu quarto.

— Meu Deus, garota. Não vamos a uma festa de formatura. — Comecei a caminhar na direção de minha amiga nervosinha, que já se afastava. Parei à porta, decidida a não me apressar. — É só uma festa do centro acadêmico. Não tem hora marcada, sabe?

— Não vai sobrar nenhum cara descolado pra nós. — Melissa fez beicinho.

Não consegui deixar de rir.

— É uma festa do grêmio, Melis. Não tem caras descolados.

— Eu odeio você! — Melissa fechou a cara, jogando para trás os ondulados cabelos castanhos.

— Vamos. — Sorrindo, eu a abracei.

Conhecia Melissa desde a escola secundária. Ela se mudou para cá logo depois de nossa formatura no Ensino Médio, mas eu fui obrigada a cursar a faculdade comunitária.

— Você tem de fazer algumas matérias nos dois primeiros anos. É mais barato — minha mãe insistira.

Assim, fiquei perto de casa, enquanto os pais de Melissa pagavam com muita alegria todas as suas despesas na Fullton State.

Após os dois anos do curso básico, candidatei-me a três universidades do sul da Califórnia, e fui aceita em todas elas. De imediato, soube para qual preferia me transferir. Não só minha melhor amiga estava na Fullton, mas ela também oferecia os melhores cursos de fotojornalismo do estado, com uma revista e um jornal estudantis premiados. E como minha especialização era fotografia, a escolha foi fácil.

Os pais de Melissa disseram que devíamos dividir um apartamento e que eles faziam questão de arcar com todas as despesas. Afinal, embora meus pais não fossem tão pobres, não tinham a mesma condição financeira dos pais dela. Eles alegaram que a faculdade já era cara sem todas as despesas extras, e, então, pagaram o aluguel do apartamento antecipadamente, incluindo os meses das férias de verão. Lembro-me de que meu pai prometeu ressarci-los durante uma das diversas discussões anteriores à mudança, Melissa e eu nos entreolhamos, sabendo que o reembolso jamais se tornaria realidade.

Os pais de Melissa sempre foram muito generosos comigo. Mas, nessa ocasião, de novo se inteiraram das muitas vezes em que meu pai me prometera algo e não cumprira. Em mais de uma oportunidade, a mãe de Melissa foi o ombro em que chorei e os ouvidos para os quais desabafei minhas decepções e frustrações. Eu tinha a intenção de começar a reembolsá-los assim que me formasse e abrisse meu negócio de fotografia.

Durante nossa caminhada de cinco quarteirões até a sede do centro acadêmico, sentia o calor da noite sobre minha pele.

— Essa regata de alcinha ficou linda em você — Melissa elogiou com um sorriso delicado.

— Ficou, não é? — Sorri também, olhando para baixo, para a regata justa que realçava minha cintura fina. — E você parece tão incrível como sempre. — Pisquei para Melissa e dei um tapinha no traseiro dela, protegido por uma minissaia preta.

Melissa era bonita de verdade. Os cabelos castanho-escuros contrastavam com o azul dos olhos, chamando muita atenção. Apesar da estatura baixa, parecia uma modelo de capa de revista, com traços faciais impecáveis e um corpo de tirar o fôlego. Éramos justamente o oposto, por causa de meu um metro e setenta e dois de altura e da desproporcionalidade do meu corpo. Traseiro, cintura e seios... Uma total incompatibilidade de tamanhos.

Mas o conjunto funcionava em mim. E eu tirava proveito.

O som do *hip-hop* tomou conta do ambiente.

— Ah, eu adoro essa música. Vamos dançar! — Agarrei a mão de Melissa e arrastei minha amiga para mais perto do som.

— Você sempre quer dançar — disse Melissa, denotando aborrecimento.

— Eu danço bem. E esse meu traseiro... você sabe do que ele é capaz. — Comecei a remexer meus quadris no caminho de acesso para a sede do centro acadêmico, que estava lotado de gente.

— Ah, não. Pare, por favor.

Ri e, então, reduzi o ritmo do rebolado quando percebi a quantidade de olhares provocativos na minha direção. Odiava ser observada daquele jeito. *Eu sei, eu sei. Sou uma maldita hipócrita.*

Examinei a multidão e me detive, de repente, num par de olhos deliciosos, cor de chocolate. O fato de que os olhos pertenciam a um dos rostos mais belos que já vi era meramente um bônus. O rapaz passou os dedos pelos cabelos negros até que eles alcançassem o rosto bronzeado. Sorriu de forma preguiçosa para mim, e eu senti um arrepio percorrer meu corpo.

— Você não está olhando para ele, está? — Melissa parou na minha frente, quebrando o contato visual.

— Ei, sai daí! — pedi, mas em vão.

— Você não sabe quem ele é, Cassie?

— Não faço a menor ideia. Do contrário, estaríamos namorando.

— Jack Carter não namora. Ele transa com as garotas e com todas as amigas delas.

— Então, esse é o famoso Jack Carter? — perguntei, fascinada. O nome dele era comentado em toda a faculdade.

— O próprio — Melissa respondeu.

— Ele é tão bom quando dizem?

Todos falavam que Jack seria contratado por algum time das ligas de beisebol profissional.

— Sem dúvida o ego dele acha isso — afirmou Melissa.
— Típico.
Se há algo que conheço são atletas. Todos são iguais. Supersticiosos, convencidos, inseguros, egocêntricos. Sim, reconheço que as palavras são contraditórias. Em sua maioria, são garotos um tanto normais, mas simplesmente se escondem atrás de um muro de tijolos, construído inteiramente sobre o ego. Além disso, não conseguem se comportar de outra maneira. Foram jogadores de beisebol durante toda a vida; não sabem ser outra coisa.
— Jack Carter é um pegador, Cass. Você precisa ficar longe dele. Do contrário, acabará se dando mal.
— Não se eu ferrá-lo primeiro — disse.
— Você não vai conseguir. Nenhuma garota é capaz de ferrar Jack Carter. Fique longe dele. Prometa. — Melissa me fuzilou com o olhar, para demonstrar que falava sério.
— Prometo que ficarei longe dele — obedeci, com um tom de voz pouco sincero.
— Depois não diga que não avisei — Melissa advertiu, começando a se mover entre a multidão.
Vi quando Jack estendeu o braço na direção dela, tentando detê-la. Mas Melissa seguiu em frente, pisando firme, do jeito que sempre fazia quando estava irritada. Jack abriu um sorriso largo quando Melissa alcançou a porta da sede do centro acadêmico e entrou.
Então, Jack começou a vir na minha direção. A bermuda cargo preta e a camiseta cinza justa combinavam bem com seu porte físico de um metro e oitenta de altura. Os músculos dos braços marcavam o tecido, acentuando os ombros bem definidos. Ele inclinou a cabeça para baixo e estreitou os olhos como se eu fosse alguém muito pequena e indefesa, que não tinha a menor ideia de que estava prestes a ser devorada viva pelo animal mais belo e perigoso da selva.
Quase me senti violentada. Suja. Com a necessidade de tomar um banho para limpar meu corpo daquele olhar.
Só quando Jack chegou bem perto consegui ler o que estava escrito em sua camiseta *No Glove, No Love**, com a imagem de uma luva de beisebol no meio.

---

* Em tradução livre: "Sem proteção, sem amor." Numa alusão à camisinha. (N. do E.)

Que cara marrento.

— Então, você é a amiga de Melissa? — Jack indagou, com a voz grave e sexy.

— Você é um gênio — disse, buscando minha entonação mais desinteressada.

— Ei, calma! Só quero conhecê-la. — Ele me encarou. — Você tem belos olhos.

— Bela camiseta. — Olhei-o rapidamente de cima a baixo, tentando encobrir o fato de que queria rir. Era uma frase inteligente, mas entraria numa fria se admitisse isso para um sujeito como ele.

Jack olhou para baixo e deu um sorriso forçado.

— Ah, você gostou? Acho que estou transmitindo uma mensagem responsável, não?

Fiquei calada, questionando se algo dito por ele era verdadeiro ou não.

— O que houve? Ficou muda? Você não acredita em sexo seguro?

— O que você quer? — Fui mais dura do que pretendia.

— Já lhe disse: só quero conhecer você. Sou Jack Carter. — Ele estendeu a mão e eu não correspondi, mantendo meus braços firmemente cruzados.

— Sei quem você é. — Fingi desinteresse.

Ele era belo e encantador. E um machista da pior espécie. *Meu Deus, o que há de errado comigo?*

— Bem, o que você sabe a meu respeito, gatinha?

— Não me chame de gatinha. Pareço uma *stripper* para você? — falei, sentindo certo asco.

Ele me observou de cima a baixo e, depois, repetiu o gesto.

— Bem, agora que você disse isso...

— Você é um imbecil. — Fiz menção de me afastar dele, mas Jack me agarrou.

Soltei-me com força.

— Cada vez que você encostar a mão em mim, vai lhe custar cinquenta centavos. Não faça isso de novo.

— Ah, então você não é uma *stripper*. Você é uma prostituta.

— Além de imbecil, você é um bosta. — E fui me afastando dali.

— Gostei de você — Jack disse.

— Então, você também é um otário. — Virei na direção dele e lhe lancei um olhar furioso. — Acrescentarei isso na lista de suas diversas qualidades.

Escutei-o dar uma risada antes de eu entrar no prédio em busca de Melissa. Finalmente, encontrei-a no quintal, bebendo algo num copo de plástico vermelho e conversando com algumas pessoas que eu não conhecia. Apareci ao lado dela de modo sutil mas repentino.

— Meu Deus, Cass, o que ele disse para você? — Melissa quis saber, levando-me a um canto vazio, no quintal.

Peguei uma bebida numa mesa próxima e olhei em volta, expressando impaciência.

— Nada. O sujeito é um babaca.

— Eu lhe disse. — Melissa sorriu e deu de ombros. — Bem, Jack já se esqueceu de você. Veja.

Melissa apontou para uma janela aberta onde se podia ver que Jack beijava uma loira escassamente vestida. Uma das mãos dele pegava o traseiro dela, enquanto a outra puxava a cabeça da garota para si. Fiz uma expressão de desgosto diante dessa exibição obscena.

— E daí? Ele nunca mais voltará a conversar com ela? — perguntei, procurando entendê-lo.

— Não, ele vai conversar. — Melissa se voltou para mim. — Quer dizer, a menos que ela fique de saco cheio dele... Mas Jack não vai querer ficar com ela de novo. Jack jamais fica com a mesma garota duas vezes.

— E as garotas... sabem disso? — Estava chocada. *Sem brincadeira, aquelas garotas não tinham autoestima?*

— Elas sabem.

— Patético. — Fechei a cara e olhei na direção de Jack, no exato instante em que ele levava a garota sorridente pela mão.

Foi assim que conheci Jack Carter. O maldito Jack Carter.

A próxima grande estrela do beisebol. Consta que ele era capaz de arremessar a bola a cento e cinquenta quilômetros por hora. É uma velocidade e tanto. Ainda mais para um canhoto. E isso não se aprende. Você tem o dom ou não.

Pelo visto, Jack tinha esse dom. Tanto no campo de beisebol quanto em outros.

Dois dias depois, fui até o centro acadêmico, dando uma olhada rápida e panorâmica entre as pistas de boliche e o bar, em busca de Melissa. Todos do *campus* pareciam se reunir ali, pois era onde ficava a única pizzaria. Quando se tratava de faculdade e alunos de faculdade, pizza parecia ser a opção preferida de todos.

Melissa me viu e acenou com as mãos de modo frenético. Ela parecia uma louca, e isso me fez gargalhar. Acenei de volta e, em seguida, peguei uma bandeja, paguei meu almoço e comecei a me dirigir até a mesa onde Melissa estava sentada.

— Gatinha.

A voz grave e provocante deteve meus passos. Meu sorriso sumiu. Virei-me na direção da origem do comentário com repulsa e, fuzilando Jack com o olhar, disse:

— Não gosto de gatos.

Jack colocou o boné de beisebol sobre a cabeça e enfiou os cabelos negros debaixo dele. Fiquei quase hipnotizada quando ele deslizou os dedos distraidamente pelo bordado branco das iniciais de nossa faculdade. Peguei-me observando a maneira pela qual a camiseta azul se ajustava aos músculos de seus braços e ombros. Odiava o fato de ele ser tão bonito.

— Não sabia. Mas fico satisfeito de saber. — Jack sorriu, revelando as covinhas das bochechas, que quase me fizeram perder o fôlego.

Tentei seguir na direção de Melissa, que me observava com curiosidade, mas Jack se interpôs no meu caminho com seu corpo másculo. Rapidamente, desviei-me para a direita, mas ele se deslocou também e impediu meu avanço. Então, dei um passo para a esquerda, e ele voltou a me bloquear.

— O que você quer, Jack? — perguntei com uma raiva que surpreendeu tanto a mim quanto a ele.

— Você é sempre tão hostil? — Jack respondeu com outra pergunta, mas com um sorriso bem provocador.

— Só em relação a caras como você.

— Então me diga, gatinha, o que é *um cara como eu*?

— Não vou perder meu tempo tentando responder à sua pergunta. — Forcei a passagem, empurrando minha bandeja contra o corpo dele, evitando derramar meu refrigerante.

Quando Jack deixou escapar um *ooof*, passei por ele.

— Você vai mudar de ideia — Jack afirmou em voz alta.

— Eu não teria tanta certeza.

Corri até a mesa onde estava Melissa, depositei minha bandeja de comida sobre a mesa e me sentei.

— Bela cena. — Minha amiga tentava controlar a risada.

— Quê?

— Olhe em volta. — Melissa apontou as pessoas com um gesto de mão.

Percorri com os olhos o bar e as demais mesas. Todos olhavam para mim ou para Jack. *Beleza*. A última coisa que eu queria era que toda a faculdade achasse que eu era a última conquista de Jack Carter.

— Ele é sempre tão insolente? — Abri o pote de meu iogurte de framboesa.

— Não sei, Cass. Nunca o vi agindo dessa maneira antes, se é isso o que você quer saber.

— Não sei o que quero saber. — Irritada e aborrecida, examinei o recinto com o olhar, em busca de Jack.

Sentado a uma mesa, ele estava cercado por algumas garotas bobinhas, que jogavam os cabelos para trás, tocavam em seus músculos e riam de qualquer coisa que ele dizia. Por instantes, nossos olhares se cruzaram, e eu senti o coração bater um pouco mais rápido.

— Meu Deus! Como nunca percebi esse espetáculo antes? — comentei.

— Sinceramente, não sei. Acontece todos os dias. — Melissa deu risada.

— Essas garotas não têm vergonha. Sinto-me quase constrangida por elas.

— Todas torcem para ser aquela pela qual ele realmente vai se apaixonar — Melissa disse, enquanto cortava um pedaço de sua fatia de pizza de mussarela.

— Boa sorte, garotas! — Fingi uma saudação e, em seguida, dirigi a atenção ao meu iogurte.

A curiosidade venceu quando escutei gritos e o ruído de cumprimentos espalhafatosos. Olhei para a mesa de Jack e vi um garoto quase da mesma altura e físico de Jack sentando-se perto dele.

— Quem é ele? — perguntei para Melissa.

— O que acabou de se sentar? É Dean... O irmão mais novo de Jack. Ele é calouro.

— Como você sabe disso? Você está parecendo um quem é quem da escola — caçoei.

— Dean faz uma matéria comigo.

— Ei, como isso é possível se ele é um calouro?

— Ainda faço duas aulas do nível básico. Dean é muito legal. Nada parecido com o irmão — Melissa revelou, com um sorriso e um olhar sonhador.

— Ah, meu Deus, você gosta dele!

— Eu não — Melissa murmurou, na defensiva. — Mal o conheço. Só estou dizendo que ele não tem nada a ver com o irmão.

— Certo, acalme-se. Tudo bem gostar do irmão mais novo de Jack Carter. — Olhei para Dean, admirando seu sorriso, mas percebendo a falta das covinhas que embelezavam o rosto do irmão. — Ele é bonitinho. — Cutuquei o ombro de Melissa.

— Também acho — Melissa afirmou, também olhando para Dean.

— Menos mal que você goste do irmão gente boa — disse, sorrindo.

— Como se eu fosse gostar de Jack... Ele é nojento!

— Já sei disso — garanti, pegando outra colherada de iogurte.

— Juro por Deus, Cassie, se você acabar se apaixonando por esse babaca, não quero ficar sabendo. Você acabou de chegar aqui, e eu já conheço Jack há dois anos. Ele é um mulherengo da pior espécie. — Melissa se calou e deu uma mordida em sua banana.

— Tudo bem, Melis. Já sei: evite Jack Carter. Mas nem precisava me dizer. Não pretendo chegar perto dele.

Sorrimos, momentaneamente satisfeitas com minha promessa.

Capítulo 2

O SOL ME AQUECEU QUANDO SAÍ do prédio da Escola de Comunicações e Artes. Uma leve brisa me alcançou enquanto observava os estudantes circulando. Alguns se dirigiam para as salas de aula, e outros procuravam áreas ensolaradas sobre o gramado. Sorri ao passar por um garoto de cabelos longos, tocando violão. Todos os dias ele tocava sob a mesma árvore, e comecei a me perguntar se era um estudante ou se simplesmente gostava de frequentar o *campus*.

Passei ao lado da livraria da universidade, anotando mentalmente a necessidade de adquirir dois livros para os exames que eu teria pela frente.

O centro acadêmico estava cheio de gente quando entrei. Logo percebi a presença de Jack e seu harém de fanzocas. Não conseguia entender como nunca percebera aquilo antes, mas, agora, era só o que eu notava. Ele flexionava os músculos para duas garotas, que soltavam gritinhos histéricos quando pegavam em seu bíceps. Escutei Jack dizer "Segurem-se!" quando ele as ergueu no ar. Fechei a cara quando Jack demonstrou, em câmera lenta, seu movimento de arremesso de uma bola de beisebol, para o deleite das meninas.

— Ele tem a mania de querer ser o centro das atenções — comentei, sentando-me na frente de Melissa.

— Então, pare de prestar atenção nele.

— Isso é muito difícil. Jack está sempre promovendo um espetáculo. — Indiquei com a mão o bando ruidoso das garotas que acompanhavam cada movimento dele.

Uma voz grave interrompeu minhas críticas contra Jack:
— Oi, Melissa.
— Ah... Oi, Dean — Melissa respondeu, com a voz suave e doce.

Dei uma rápida e discreta espiada em minha amiga e sorri para mim mesma.

— Posso me sentar com vocês? — Dean perguntou, sem tirar seus olhos castanho-claros de Melissa.

— Lógico! Somos uma companhia muito melhor do que a da mesa de seu irmão — Melissa caçoou.

Ele deu uma olhada na direção de Jack, fazendo um gesto negativo com a cabeça.

— Às vezes enche o saco, sabe? — Dean colocou um prato com uma fatia de pizza sobre a mesa e se sentou. — Oi, sou Dean.— Estendeu a mão para mim.

— Sou Cassie, amiga de Melissa. Dividimos um apartamento — apresentei-me, apertando a mão dele.

— É um prazer...
— Dean! O que você está fazendo aqui?— A voz quente de Jack ecoou pelo recinto.

Senti o estômago revirar, ergui o olhar e percebi que ele me encarava. De imediato, assumi uma expressão de contrariedade.

— Oi, gatinha. Vejo que você conheceu meu irmãozinho. — Jack piscou antes de pôr seu braço sobre o ombro de Dean.

— Graças a Deus ele não se parece nem um pouco com você. Talvez eu seja capaz de suportá-lo. — Inclinei a cabeça, sorri e mordi meu sanduíche de peru.

Notei que Melissa e Jack trocaram um olhar de zombaria e senti vontade de chutar Melissa sob a mesa. A última vez que fiz isso deixou uma mancha roxa na canela dela, e Melissa não falou comigo durante dias. Assim, me contive.

— Exercícios físicos liberariam essa sua agressividade. Poderíamos malhar juntos — Jack disse, com um sorriso sexy.

Minha boca estava cheia, mas não deixei isso me deter:
— Preferiria comer o pão que o diabo amassou.

— Eu queria ver isso. — Jack deu uma risada e as covinhas apareceram nas bochechas dele.

— Por que você não vai torturar outra pessoa? — implorei, mordendo meu sanduíche antes de afastar o olhar.

— Porque gosto de torturar você. — Jack sorriu ironicamente e se moveu para se sentar perto de mim.

— Ah, não! — Joguei minha bolsa bem onde ele estava prestes a acomodar seu traseiro perfeito.

— Por que tanta fúria, gatinha? — Jack se deteve diante de mim.

— Por que tanta aporrinhação, imbecil? — indaguei, imitando seu tom de voz.

Jack se aproximou ainda mais de mim e disse:

— Você vai mudar de ideia. Você vai ver. Garanto que não vai ser capaz de resistir para sempre.

Tive vontade de cuspir o que estava mastigando na cara arrogante dele. A ideia de fazer isso me fez rir, e, sem querer, um pedaço de sanduíche ficou preso na minha garganta, e eu engasguei. Enquanto me esforçava para engoli-lo, Jack se afastou, dando risada.

— Sinto muito pelo meu irmão. Na realidade, ele não é um imbecil — Dean disse em defesa de Jack, com sinceridade.

Tossi para limpar minha garganta e peguei um guardanapo.

— Ele está fingindo ser um?

— Algo assim. Não o leve tão a sério. Jack só está se divertindo com você.

— Mas eu não estou me divertindo. — Esbocei um sorriso amarelo.

— Está, sim. E ele sabe disso — Dean acrescentou, com uma expressão que misturava segurança e conhecimento.

Não respondi à afirmação de Dean, porque não queria lhe dar certeza de que estava certo... ou errado. No momento em que mordi outro pedaço do sanduíche, Jack voltou à nossa mesa. Pega de novo com a boca cheia, eu não podia falar nada. Assim, só o fuzilei com o olhar.

Jack enfiou um guardanapo na minha mão e se afastou sem dizer uma palavra. Comecei a desdobrá-lo. Estava escrito "Número 23 no campo, número 1 no seu coração", seguido por alguns números escritos com tinta preta. No mesmo instante, amassei-o e joguei dentro da minha bolsa.

— O que era? — Melissa quis saber, interrompendo meus pensamentos.

Engoli em seco, e respondi:

— O número do telefone dele, acho. Não vi bem.

— Ele deu o número para você? — Dean demonstrou surpresa.

— Acho. Talvez eu esteja errada. Vou ver mais tarde.

De repente, fiquei constrangida com a possibilidade de Jack ter dado seu número para mim, quando talvez não fosse o número dele.

Melissa virou-se para Dean:

— Por que o espanto?

— Jack não dá seu número de telefone. Não faz sentido para ele. — Dean direcionou o olhar para Jack, que, agora, estava sentado a algumas mesas de distância.

— Ele tem um celular, não? — Melissa perguntou.

— Sim... Por quê?

— Então, é possível identificar as chamadas dele.

— O número dele é privado. Não é possível detectar.

— Sério, Dean? Quem faz isso? — Melissa balançou a cabeça.

— Alguém que teve de mudar o número quinze vezes no colégio porque o telefone nunca parava de tocar ou de receber mensagens de texto.

— Quinze vezes?! — exclamei, num volume muito mais alto do que pretendia.

— Talvez até mais. Era uma loucura. As garotas postavam o número dele na internet e, então, a caixa postal ficava cheia em apenas um dia. E quando ele não respondia, elas começavam a ligar para mim, procurando por Jack.

— Caramba! — Melissa deu risada.

— Por isso fiquei surpreso com o fato de ele dar o número para você. Jack não o dá para ninguém — Dean afirmou.

— Bem, como eu disse, posso estar enganada.

— Sendo assim, pegue o papel e o leia agora. — Melissa apontou para minha bolsa.

— Não. — Eu me sentia muito constrangida. — Não agora, enquanto ele está por perto. Mais tarde.

Levantei-me da mesa, peguei minha bolsa e minha bandeja, e passei, com indiferença, por Jack e seu grupo de admiradoras. Escutei o ruído de vozes femininas quando ele se levantou e me alcançou.

— Espero que você me ligue, gatinha.

— Tenho certeza de que você espera muitas coisas — afirmei rudemente, recusando-me a olhar para ele enquanto me afastava.

— Venha ver meu jogo esta noite — Jack pediu em voz alta quando abri as portas de vidro.

— Acho que não. — E virei-me para ele antes de sair.

— Você não quer ver meu arremesso?

Inclinei a cabeça, segurando a porta aberta com um braço.

— Eu já vi seu arremesso. Em câmera lenta, lembra? Acho que captei a essência.

A porta de vidro se fechou atrás de mim, e me dirigi para minha próxima aula, perguntando-me até quando seria capaz de resistir a Jack.

Abri a porta de nosso apartamento de dois quartos, com o cheiro da fritura do bacon matinal ainda pairando no ar. Cartas e trabalhos escolares estavam espalhados sobre nossa mesa, e acrescentei minha mochila à bagunça.

Melissa via televisão sentada em nosso sofá em forma de L, comendo uma tigela cheia de queijo *cottage* e uvas verdes. Sorri ante aquela combinação estranha e me dirigi à cozinha, pegando uma garrafa de água da geladeira e algumas batatas chips do armário.

Tomei um gole de água para me hidratar.

— Então, vamos ao jogo de beisebol de hoje à noite? — Melissa perguntou.

Pega de surpresa, deixei a água que estava em minha boca cair no tapete.

— Droga! — Sorri, peguei um pano e me curvei para secar o tapete. — Você pode ir. Eu vou ficar aqui.

— Cassie, toda a escola vai aos jogos de beisebol. Principalmente quando Jack joga. É um espetáculo, sério.

— Como assim? — quis saber, jogando o pano molhado na pia.

— Bem, muitos caça-talentos estarão presentes em busca de novos jogadores. Assim como jornalistas de todos os jornais e TVs locais. Você tem de ver. Mesmo se for só a um jogo, Cassie, terá de ser um no qual Jack participa. Além disso, você pode tirar algumas fotos bem legais para aquela revista, *Tuck*.

Eu me animei com a ideia de fotografar o novo estádio e os torcedores da universidade.

— A revista se chama *Trunk* — corrigi, referindo-me à publicação dos alunos da universidade. — E alguém já foi escalado para cobrir o time de beisebol. Mas eu preciso tirar fotos noturnas.

— E também pode tirar fotos de ação — Melissa acrescentou, com um sorriso maroto.

— Três horas atrás você odiava Jack Carter, e agora parece ser a maior fã dele. O que está acontecendo?

— Querida, Jack Carter, como pessoa, é nojento, e deve ser evitado a todo custo. Jack Carter como jogador de beisebol é incrível, e deve ser observado sempre que possível. Percebe a diferença?

— Os dois são a mesma pessoa. — Achei graça da lógica maluca de Melissa. — Você só disse isso para eu ir ao jogo.

— Então, você vem comigo?

Respirei fundo e fechei os olhos.

— Sim, vou com você — prometi, esforçando-me para parecer desapontada.

Os gritinhos de satisfação de Melissa encheram o ar. A expectativa de ver Jack em ação despertou certa excitação em mim. Não queria sentir isso, mas não consegui evitar.

Capítulo 3

NOSSO APARTAMENTO FICAVA a apenas algumas quadras do *campus*. Assim, íamos a pé a todos os lugares que podíamos. Em geral, era muito mais fácil do que lidar com a questão do estacionamento. Havia muitos carros, e os números de vagas jamais eram suficientes. Sem mencionar o fato de que o cartão de estacionamento semestral tinha um custo maior do que o da minha primeira câmera fotográfica. Esse foi, em parte, o motivo pelo qual meus pais se recusaram a deixar que eu trouxesse meu carro para a faculdade.

As torres de refletores do estádio, iluminando em todas as direções, logo chamaram minha atenção. Parei e me ajoelhei, desenrolando a alça preta da câmera do meu pulso. Tirei a tampa da lente e a coloquei no bolso da calça jeans. Melissa, acostumada com meus hábitos fotográficos, já dera minha falta, e, em silêncio, aguardava por mim.

Levei o visor ao olho direito e fechei o esquerdo. Afastando os cabelos para longe dos olhos, direcionei a lente para pegar apenas o topo do estádio de beisebol, com as luzes e o céu iluminado como pontos focais. Ajustei manualmente o foco e a velocidade. Pressionei o botão de disparo do obturador e escutei o som familiar de *clique!*, que adorava. Satisfeita com a visualização na tela, levantei-me e caminhei na direção de Melissa.

— Boa foto?

— Veremos — disse, pegando a tampa da lente no bolso.

Ainda estava aprendendo a usar minha nova câmera digital. Economizara durante dois anos para adquiri-la, guardando cada centavo do dinheiro de Natal e aniversário dado pelos parentes, e fazendo alguns pequenos trabalhos de fotografia para negócios locais e alunos veteranos do colégio. Muitas vezes, achava que a foto na pequena tela de visualização da câmera parecia boa, mas descobria que estava tremida ou não tão boa assim quando a visualizava ampliada no monitor do computador. Mas estava aprendendo.

Caminhamos lado a lado até a entrada do estádio. Melissa não brincava quando disse que era um espetáculo. A fila para comprar ingressos era maior que o comprimento do campo, e se estendia até a área de estacionamento. Enfim, entramos no estádio, tirei a tampa da lente de novo, hipnotizada pelo mar de laranja e azul-escuro no qual mergulhávamos. Todos estavam enfeitados com as cores de nossa faculdade; alguns usando camisas de beisebol com os nomes dos jogadores estampados nas costas. Ri comigo mesma com a quantidade de camisas com a inscrição "Carter 23", e não resisti a fotografar algumas.

— Cassie, venha! Você pode fazer isso depois de nos sentarmos. — Melissa verificava os números dos assentos em nossos ingressos.

Eu a segui, obediente.

— A maioria dos estudantes não se senta nas arquibancadas? — Apontei para o lado esquerdo do campo.

— Depende do que se está querendo ver.

— Ah, não... O que você fez? — Minhas pernas começaram a tremer ao ver Melissa descendo a escadaria até a primeira fila de assentos, a mais próxima do campo.

Melissa se virou e abriu um sorriso largo.

— É nesta fila — ela avisou, procurando o assento e olhando para a esquerda, na direção do abrigo do time.

Também virei a cabeça e notei que estávamos muito próximas do abrigo.

— Desculpe, Melissa, mas não vou me sentar aqui.

— Vai, sim. São nossos assentos. Todos os outros foram vendidos. — Melissa sorriu com inocência e deu um tapinha no assento vazio ao seu lado.

Fiz cara feia.

— Ao menos troque de assento comigo. Não quero ficar tão perto do abrigo dos jogadores.

— Tudo bem — Melissa concordou.

Acomodei-me a contragosto e me afundei no assento, tentando me esconder atrás do corpo franzino de Melissa.

— Não queria que Jack soubesse que estive aqui. Agora não vai ter jeito de ele não me ver.

— Pare de pensar tanto nisso.

— Você tem razão. — Suspirei, perguntando-me quanto tempo teria de permanecer naquela situação. Evitava olhar para qualquer lugar perto do abrigo da equipe, com receio de quem talvez estivesse olhando para mim.

— Ele não pode vê-la, Cass. Você pode olhar para o abrigo. Poderá até fotografá-lo, se quiser. Ele não verá — Melissa disse, com uma expressão séria.

— Como assim? — perguntei da maneira mais ingênua possível.

— Porque Jack está totalmente focado no jogo. Ele não observa a torcida. Nunca. No ano passado, uma garota tirou a regata e gritou o nome dele como uma louca. Jack não moveu um músculo para olhar na direção dela. Poderia jogar você numa fogueira, e ele nem notaria.

— Por favor, não teste essa teoria. — E soltei uma sonora gargalhada.

— Olhe em volta, Cassie. Tenho certeza de que isso é a única coisa na vida que Jack leva a sério. — Melissa se recostou no assento, tomando um gole do refrigerante que acabara de comprar de um vendedor ambulante.

Percorri com o olhar a multidão e avistei muitos caça-talentos das ligas de beisebol profissional nos bancos reservados a eles, próximos de nós. Cada um carregava seu próprio radar portátil para medir a velocidade dos arremessos de Jack, além de tablets para registrar tudo. Diversas câmeras de televisão e máquinas fotográficas da imprensa estavam alinhadas sobre tripés atrás da base do rebatedor. Era a coisa mais próxima de um circo midiático que eu já vi. E eu portava minha própria câmera profissional, o que fazia com que eu me encaixasse em toda aquela loucura.

A voz do locutor se fez ouvir em todo o estádio, enquanto a gritaria pouco a pouco diminuía de volume:

— Senhoras e senhores, bem-vindos ao Fullton Field! Aqui, para cantar o hino nacional, está a aluna Laura Malloy, da Fullton State!

Laura sorriu, nervosa, antes de fechar os olhos e cantar os versos iniciais numa afinação perfeita.

Instintivamente, peguei minha câmera e ajustei a lente, focalizando as emoções do rosto dela, e tirei diversas fotos. Quando Laura terminou de cantar o hino, encaminhou-se até os jogadores perfilados ao longo da terceira base e sorriu para Jack. Em segredo, fiquei contente quando ele não correspondeu ao sorriso.

— Temos um estádio totalmente lotado esta noite, galera, e todos sabemos o porquê! Quem assumirá sua posição no monte do arremessador contra nossos adversários da Flórida é o único e inigualável Jack Carter! — O locutor anunciou o nome de Jack como se fosse o redentor do mundo livre, como se tivesse descoberto a cura do câncer, ou como se ele pintasse um arco-íris em um céu sem cor.

Melhor: o nome de Jack foi anunciado como se ele fosse um *herói*.

E, de certo modo, ele era. Jack atraía a atenção da mídia para a universidade e trazia reconhecimento para o time de beisebol. Isso se convertia em faturamento para a universidade, e todos os talentos promissores do beisebol queriam jogar aqui. Jack era a nossa máquina de marketing.

A universidade o venerava. Não só as garotas do *campus* queriam ficar perto dele, mas todo mundo. Até esta noite, eu jamais percebera o grau de sua popularidade.

— Agora, entrando em campo, o time do Fullton State Outlaws! — O locutor fez uma pausa antes de prosseguir: — E, assumindo sua posição no monte do arremessador, Jack Carrrterrrrr!

O estádio irrompeu em gritos, berros, aplausos e assobios. Olhei para Melissa, pasma com tudo aquilo, e ela sorriu para mim.

Jack caminhou com confiança até sua posição, no centro do campo, com a calça listrada azul e branca apertando seu corpo nos lugares certos. Observei os músculos de sua coxa contraírem-se a cada passo, e admirei quão bem seu traseiro se ajustava no uniforme. Infelizmente, seu tronco ficava escondido sob a camisa folgada azul-escura com letras laranja e brancas.

A expressão de Jack parecia diferente, mais focada. Não era a do garotão alegre do centro acadêmico. Era a de um jogador de beisebol confiante e sério.

— Do que você está rindo? — A pergunta de Melissa cortou meu diálogo interior.

— De nada — respondi, brusca. Não notara que estava rindo.

— Percebeu como o uniforme o deixa ainda melhor?

— Fala sério... Por que ele tem de ser tão incrível?

— Porque Jack é um idiota. Os idiotas são sempre incríveis — Melissa me lembrou.

Jack estava no topo do monte do arremessador, limpando a poeira na área situada à sua frente com a ponta do cleats. Ele posicionou os pés, colocou no joelho a mão com a luva e agarrou a bola com a outra mão. Os olhos focalizavam somente o receptor de seu time, agachado a dezoito metros de distância. Com um breve movimento de cabeça, Jack curvou-se para trás, com o corpo realizando um movimento muito fluido e suave.

Quando sua mão esquerda arremessou a bola, ela voou numa velocidade absurdamente rápida. O som do impacto da bola contra a luva do receptor foi tão alto que ecoou em todo o estádio. O rebatedor saiu de sua caixa e olhou, nervoso, para seu técnico antes de voltar à sua posição. Mais dois arremessos passaram sem que ele visse a cor da bola.

— Três bolas válidas e você está eliminado! — gritou o juiz principal, entusiasmado.

Então, a multidão explodiu em gritos de alegria.

Os caça-talentos se acotovelaram, comparando a leitura digital do número "150" nas telas de seus radares portáteis de velocidade.

— Caramba, ele arremessou a bola a cento e cinquenta quilômetros por hora! — disse um deles, de olhos arregalados.

— Eu falei que ele é bom.

Focalizei minha câmera no monte do arremessador, com os pés de Jack e a sua luva aparecendo no visor. *Clique*. Então, movi a lente para visualizar sua mão esquerda pegando a bola entre três dedos, com a costura em pontos vermelhos muito pouco visível. *Clique*. Jack levou a luva até o rosto, e todos os traços, exceto seus olhos castanhos, desapareceram atrás dela. *Clique*. Seu rosto se contraiu quando ele fez seu poderoso arremesso, com o olhar nunca se desviando do alvo. *Clique*. Os cabelos negros suados apareceram quando Jack tirou o boné e limpou o suor da testa com a manga da camisa. *Clique*.

Quando o primeiro tempo — ou *inning* — terminou, vi Jack sair do campo e se dirigir ao abrigo, sem olhar para a torcida nenhuma vez sequer. Imediatamente, ele reapareceu, usando um capacete azul-escuro e com dois tacos na mão. Girou os tacos como um moinho de vento, alongando os ombros. E quando se inclinou para alongar os tendões das pernas, as garotas gritaram, e os *flashes* das máquinas fotográficas estalaram.

— Vocês devem estar brincando comigo — comentei, olhando as garotas em volta tirando fotos.

— Espetáculo — foi tudo o que Melissa disse, sorrindo.

Jack caminhou completamente relaxado para a base do rebatedor. Comecei a pegar minha câmera, mas, então, recoloquei-a sobre meu colo. Já tinha fotografias suficientes de Jack.

O arremessador do time adversário iniciou seu movimento e, quando arremessou a bola, Jack deu um pequeno passo à frente antes de seus quadris girarem com seu impulso. O barulho da bola contra o taco metálico desapareceu rápido em meio a todos os aplausos. Com facilidade, Jack contornou a primeira base e acelerou na direção da segunda. O defensor externo lançou a bola para o interbase enquanto Jack deslizava impetuosamente na direção da base, com uma nuvem de poeira o envolvendo.

— Salvo! — o juiz principal gritou, com os braços estendidos em cada lado do corpo.

Jack fincou os dois pés sobre o alto da base empoeirada e removeu a poeira da camisa e da calça do uniforme. Eu estava completamente ligada.

Mau, mau, mau.

Ouvi um caça-talento dizer para o outro:

— Você cronometrou? — referindo-se à velocidade alcançada de Jack da base do rebatedor até a primeira base.

O outro caça-talento olhou para seu cronômetro e respondeu:

— Doze quilômetros por hora.

O primeiro caça-talento assentiu com a cabeça e registrou o valor no tablet.

A fotógrafa em mim não conseguiu mais se conter. Dei um *zoom* nas mãos de Jack, focalizando as luvas enquanto ele se afastava da segunda base com três passos largos. *Clique.* A cor escura de seus olhos, sombreados pelo capacete, davam-lhe uma aparência ameaçadora. *Clique.*

— Vai fazer um álbum de fotos de Jack para você? — Melissa quis saber.

— Não foi você que disse que eu precisava tirar fotos de ação?

— Não quis dizer que todas tinham de ser de Jack.

— Merda! — Cobri a lente com a tampa e rapidamente coloquei o botão de ativação na posição de desligar, onde ficou pelo restante do jogo.

Quando a partida chegou ao fim, Jack tinha arremessado em todos os nove *innings,* ou seja, os nove tempos de ataque, e só se deu por vencido em uma corrida à base principal e em três rebatidas válidas. O resultado final foi de oito a um para nós. Peguei minha câmera e a coloquei na bolsa antes de voltar a olhar para o time celebrando no campo. O técnico levou Jack para a área da imprensa, onde foi cercado por repórteres, caça-talentos e torcedores.

Do campo, Jack lançou um olhar em minha direção. Aquele simples olhar me paralisou, e fui empurrada pelo torcedor que caminhava atrás de mim. Jack sorriu e voltou a dirigir a atenção para as câmeras e para os jornalistas.

Capítulo 4

NO CAMPUS, eu seguia por um caminho cimentado, ladeado de árvores, que me levava à redação da *Trunk*. Ingressara na premiada revista estudantil por insistência de meu professor de comunicação visual. Ainda que tivesse de frequentar aulas de redação, meu foco recaía sobre o lado visual da divulgação de informações. Eu ansiava por melhorar minha arte, e assim proporcionar recursos visuais marcantes para os artigos associados.

Avistei o prédio de tijolos de um andar logo adiante. Todos os edifícios mais novos do *campus* eram construídos com tijolos vermelhos e brancos, enquanto os prédios mais antigos eram grandes estruturas de revestimento branco. Jamais compreendi por que não procuraram combinar os prédios mais novos com os mais antigos.

Abri a porta de vidro fosco do prédio, e uma lufada do ar-condicionado me alcançou. Movi os óculos escuros para o alto da cabeça, levando junto mechas dos meus cabelos.

— Oi, Dani — cumprimentei em voz baixa ao entrar na sala, não querendo perturbar Danielle, concentrada na tela do computador.

— Oi, Cassie. Venha dar uma olhada nisso.

Aproximei-me e olhei para a imagem na tela.

— Quero que esta foto ganhe mais expressão. Não está me dando o que preciso. O que falta?

Observei o garoto de oito anos de idade parado na frente de baldes de água entornados, com uma expressão triste.

— Em primeiro lugar, não acho que deva ser em branco e preto. Os detalhes se perdem nessa fotografia. Posso? — Apontei para a cadeira que Dani ocupava.

— Claro. — Ela desocupou a cadeira, e eu me sentei.

Por meio do software de edição de imagens, recuperei a foto original e manipulei as cores antes de apontar para a tela.

— Observe o tapetinho sujo atrás do menino. Eu mal o percebi em branco e preto. Os amassados nos baldes e o cascalho perto dos pés dele passavam despercebidos antes. Essa foto precisa ser em cores. Ela *merece* ser em cores.

Dani bateu palmas e, em seguida, apoiou-se sobre meus ombros.

— Você é um gênio. Adoro você!

— Obrigada. — Sorri, com os olhos grudados na tela.

— Então, Cassie, como vão as coisas? — Dani quis saber.

— Estou aqui para editar algumas fotografias que tirei no jogo de ontem à noite. Talvez você queira usá-las na matéria que está fazendo sobre Jack Carter.

— Diga-me: você não é uma... — Dani hesitou, mas completou: — ... delas?

— Uma o quê? — indaguei, surpresa.

— Uma das centenas de garotas da universidade apaixonadas por Jack Carter. — Dani deixou escapar um suspiro.

— Ah, não. Não suporto esse cara. — E gargalhei.

— Uau! Que surpresa! — Dani exclamou, rindo. — Temos um milhão de fotos de Jack, mas adoraria ver as que você tirou.

— Obrigada, Dani. — Aprumei-me um pouco e sorri, incapaz de reprimir a ponta de orgulho que senti.

— Agora que você me salvou de me matar por causa da foto do menino, preciso comer. Vejo você mais tarde; e obrigada.

Dani pegou sua bolsa, ajeitou o rabo de cavalo e saiu da sala.

Levei mais tempo do que esperava para editar as fotos da noite passada, mas tive de admitir que ficaram boas. Na realidade, ficaram excelentes. Meu estômago roncou de fome, e me perguntei se Melissa ainda estaria no *campus*. Enviei-lhe uma mensagem de texto. De imediato, ela respondeu: "Ainda aqui. No centro acadêmico".

Respondi: "Tenho uma aula daqui a pouco, mas estou a caminho." Inseri um cartão de memória na minha câmera e a guardei na mochila. Passei por algumas garotas e fingi não ouvir quando elas murmuraram o nome de Jack.

Irritada, peguei um caminho alternativo, e gostei ao vê-lo praticamente vazio. Enquanto caminhava, fazia gestos negativos com a cabeça, contrariada pelo fato de que o comportamento de Jack me tornou o centro de uma atenção indesejada.

Abri a pesada porta de vidro e escutei o som dos pinos de boliche se chocando. Estiquei o pescoço para avistar o jogador de boliche, e sorri quando reconheci um colega da aula de fotografia digital. Lampejos rápidos de luz me fizeram ver que ele não estava jogando boliche por diversão, e percebi outro colega de turma tirando fotografias dele.

Em seguida, olhei em volta, em busca de Melissa. Ela inclinou a cabeça e me mostrou a língua. Então, encaminhei-me para onde ela e Dean estavam sentados. Pus a mochila sobre a mesa antes de me acomodar.

— Achei que você não ia aparecer no jogo. — E Jack se sentou de surpresa ao meu lado.

— Melissa me ameaçou jogar na fogueira caso eu não fosse. — Mantive um tom de voz frio e evitei seu olhar, afastando meu corpo do dele.

— Bem, agora sei como fazê-la sair comigo.

— Não vou sair com você.

— Pelo menos me dê seu número.

— Não.

— Por quê?

— Porque não quero. — Suspirei, ainda irritada com o modo como as outras garotas agiam ao redor dele.

— Ah, por favor, gatinha...

— Pare de me chamar de gatinha! — Levantei-me, pegando minhas coisas. — Vejo você mais tarde, Melissa.

Coloquei a alça da mochila no ombro e saí rápido pela porta lateral. Pus os óculos escuros, e peguei o caminho do prédio da Escola de Comunicações e Artes.

— Gatinha! Gatinha, espere!

Olhei para trás e vi Jack correndo para me alcançar. A atenção de todos estava dirigida a nós.

— Pela última vez, meu nome não é gatinha. — Colocando a alça da mochila um pouco mais alta sobre o ombro, acelerei meu ritmo.

— Eu sei. Mas você nunca me falou seu nome verdadeiro — Jack afirmou, algo esbaforido.

— Cassie. — E exalei um ligeiro suspiro.

— É um prazer conhecê-la, Cassie — Jack disse meu nome com doçura. Era fácil perceber por que as garotas ficavam caídas por ele.

— Eu diria que também é um prazer conhecê-lo, mas ainda não decidi. Jack riu. Uma risada espontânea, cordial.

— Há algo que eu possa fazer para ajudar a influenciar sua decisão?

— Duvido muito.

— Vamos sair, Cass? — Jack fez o convite de um jeito tão honesto que quase acreditei que ele realmente queria isso.

— Não. — Fiquei firme, com um tom de voz indiferente.

— Por que não?

— Gosto que meus encontros sejam livres de doenças.

Um ponto para Cassie. Segura essa, Jack Carter.

— Eu também — Jack gracejou, com confiança, acenando com a cabeça para um jogador do time que passava.

Naquele momento, foi minha vez de gracejar:

— Ouvi dizer que você não é muito seletivo a respeito de suas conquistas.

— Então, você não ouviu direito.

— Ah, tem razão. Na realidade, ouvi dizer que você não sai. Simplesmente transa com qualquer garota que pisca os olhos com cílios postiços em sua direção.

— Preciso mesmo conhecer suas fontes.

Jack me seguiu até o prédio antigo. Quando alcancei a porta da sala de aula, virei-me para ele e o dispensei:

— Até mais, Carter. — Em seguida, entrei na classe e me encaminhei para minha carteira.

— Você vai ser assim tão hostil em nosso encontro? — Jack gritou da porta.

Todos os meus colegas de turma se viraram na minha direção. Esforcei-me para não ficar ruborizada. Parada no degrau da sala de aula, virei-me e fuzilei Jack com o olhar.

— Quem disse que vou sair com você?

— Não me faça implorar, gatinha. Não me faça implorar na frente de todas essas pessoas. É constrangedor.

Cochichos e murmúrios de surpresa tomaram conta da sala de aula.

— Eu saio com você, Jack! — gritou uma loira peituda e com a cara plastificada, sentada no fundo da sala.

— Que bom! Tenho certeza de que vocês dois passarão bons momentos juntos. — Afundei-me em minha carteira, desejando ter o poder de me tornar invisível.

Fechei os olhos e respirei fundo algumas vezes. Então, sussurros cálidos interromperam minha tentativa de relaxamento.

— Não quero sair com ela, gatinha. Quero sair com você. — A respiração de Jack atingiu minha nuca, arrepiando meus pelos.

— O que está fazendo? Saia já daqui! — murmurei.

— Prometa que vai pensar a esse respeito — Jack pediu.

— Prometer a você que pensarei a respeito de sair com o maior jogador de beisebol da escola? Ah, claro, eu pensarei sim.

Sério?

— Prometa — ele insistiu.

Ou Jack era mesmo sincero ou era um ator e tanto; e eu estava me envolvendo. Respirei bem fundo, virei a cabeça e o encarei.

— Tudo bem. Prometo que pensarei a respeito. Você vai embora agora?

Jack deu um sorriso largo, e as covinhas apareceram, torturando-me com seu adorável *sex appeal*. Ele não disse mais nada e saiu da sala. Fiquei em silêncio, tentando ouvir outro som além do meu coração batendo como um tambor.

Sou patética.

No término da aula, saí da sala e, no corredor, encontrei Jack cercado por um grupo de garotas risonhas. Ele me viu e se afastou delas, correndo para me alcançar.

— Assediando muito? — perguntei.

— Se a garota gosta não é assédio — Jack caçoou, com o excesso de confiança escapando de cada poro.

Por um lado, quis esmurrar seu belo rosto, por outro, quis ficar com ele.

— Aposto que você diz isso para todas — afirmei.

— Não preciso dizer isso para todas as garotas. Você é a única que tira uma onda de mim por coisas como... respirar.

Olhei-o com desdém e disse:

— Bem, você é alguém que respira de modo irritante.

— E você é alguém que olha com desprezo de modo irritante — Jack refutou.

— O quê? — Parei de andar e me virei, provocando a parada do grupo que nos escoltava.

Com um gesto de mão, Jack impediu a aproximação dos demais. Eu era alvo de todo o seu interesse, quer quisesse, quer não. Então, ele disse:

— Você não deve me olhar com tanto desdém. Seu pai nunca lhe disse que isso não era bom para você?

— Meu pai me diz muitas coisas — respondi, na defensiva.

— Ah, agora saquei... Fixação na figura paterna.

— Como alguma garota consegue suportá-lo?

Ele me deixava tão louca que queria beijá-lo, mas fiquei ali parada, demonstrando frieza.

— Por causa das covinhas.

De fato, Jack falou aquilo a sério, apontando as covinhas em suas bochechas. Em seguida, abriu um sorriso largo.

Não fui mais capaz de suportar a brincadeira.

— Nossa, como você é humilde! — E recomecei a andar.

— Vamos sair. Por favor. Uma vez só — Jack pediu em voz alta, enquanto me afastava. — E se você odiar, nunca terá de sair comigo outra vez.

Novamente, parei de andar e me virei.

— É isso? Só uma saída e você some para sempre? — Dei uma risada, levando em consideração a ideia.

Fazíamos uma cena de novo, enquanto as garotas cochichavam, esperando para ver se Jack Carter conseguiria o que queria.

— Só uma saída. — Ele ergueu um dedo na frente do meu rosto e, em seguida, dirigiu-se para a escolta de admiradoras: — Ajudem. Digam para ela sair comigo. Uma vez só. Que mal pode haver?

As tietes urraram com animação, e escutei gritos de "Saia com ele!" e "Só uma vez!".

— Tudo bem. Só uma vez — cedi, por fim.

Gritos de alegria irromperam depois de minha resposta. A maneira como aquelas idiotas se comportavam dava a impressão de que eu acabara de aceitar um pedido de casamento.

Capítulo 5

— NÃO ACREDITO QUE CONCORDEI COM ISSO. — Enterrei o rosto nas mãos.

Melissa se sentou perto de mim, no chão do meu quarto.

— É uma má ideia. É melhor você ligar para ele e cancelar o encontro.

Levantei a cabeça e respirei fundo.

— Se eu fizer isso, Jack nunca me deixará em paz.

— É, tem razão. Meu Deus, você tem de ir!

Fiquei de pé e examinei meu rosto no espelho.

— Talvez não seja tão ruim. — E comecei a me maquiar.

— Ou talvez seja. — A expressão de Melissa era de preocupação.

— O que você está pensando?

Melissa deu um sorriso travesso.

— Se o encontro for horrível, Jack vai deixá-la em paz, certo?

— Foi o que ele disse — respondi, relutante.

— Bem, então tudo o que você tem de fazer é transformar a saída num inferno. Algo do tipo *Como perder um cara em dez dias*!

Refleti sobre a sugestão de Melissa enquanto cuidava da minha maquiagem.

— Ah, meu Deus! Sua putinha! Você quer transar com ele. Está apaixonada por Jack e quer ter dez mil jogadorezinhos de beisebol, Cassie!

— De onde tirou essa ideia?! — E soltei uma gargalhada.

— Dos filmes. — Os olhos de Melissa brilharam, combinando com seu sorriso malicioso.

A campainha tocou, e senti um nó na garganta. *Merda*. Ainda não estava pronta. Minha cara de espanto chamou a atenção de Melissa.

— Vou mantê-lo ocupado até você se aprontar — ela disse.

— Obrigada, amiga.

Escutei o ruído da porta da frente se abrindo. A voz amigável de Jack ecoou pelo corredor e alcançou meu quarto, fazendo-me tremer de nervosismo. Com a mão trêmula, passei o batom e apliquei um brilho claro por cima. Estalei os lábios juntos uma vez e, em seguida, crispei-os para garantir que o brilho se espalhasse de modo uniforme.

Antes de sair do quarto, olhei-me pela última vez no espelho, curvando-me para frente. Percebi que o jeans de cintura baixa deixava à mostra a calcinha cor-de-rosa. Puxei para baixo a regata e voltei a me curvar. O jeans continuava a escorregar para baixo, mas a regata permanecia firme em torno da cintura.

Quando saí do corredor e cheguei à sala, Jack emudeceu ao me ver. Em seguida, ele murmurou:

— Você está linda, gatinha.

— Não vou mais sair. — E me virei na direção do corredor.

Jack me deteve com sua reação bem-humorada:

— Desculpe, Cass. Não vou mais chamá-la assim.

— Não tenho certeza de que você conseguirá.

— Posso errar uma ou duas vezes, mas você irá realmente me culpar? — Jack enfiou as mãos nos bolsos da bermuda branca e preta e, em seguida, piscou para mim.

— Sim. Não me chame de gatinha. Isso me incomoda e me faz odiá-lo.

— Ela é sempre assim tão briguenta? — Jack perguntou à Melissa, com um sorriso malicioso.

— Não costuma ser. Você deve ser especial. — E ela sorriu, tímida.

Lancei um olhar de espanto para Melissa e, ao me virar, vi Jack sorrindo como se tivesse ganho o maior prêmio da loteria.

— Não é nada disso — falei para ele, em tom de ameaça, cerrando os dentes.

— O quê? — Jack fez um gesto de impaciência, erguendo os ombros largos. — Você acha que sou especial. Que maneiro!

Não consegui resistir a dirigir-lhe um olhar de desdém.

— Você só é especial numa única coisa: você é especialmente irritante. Como uma espinha.

Jack deixou escapar um rápido bufo de raiva.

— Qual é, gati... Cassie? Vamos nessa. Foi legal vê-la, Melissa. — Ele a abraçou, até Melissa dar uma risadinha.

Vaca traidora.

— Vejo você mais tarde, Melis. — Fiz um gesto negativo com a cabeça e sussurrei para ela: — Não posso acreditar em você!

Melissa acenou para mim e me jogou um bejinho.

Jack me levou até onde estava seu carro. Como não tinha a menor ideia de qual era o modelo, segui-o às cegas um passo atrás. Ele caminhou até o lado do passageiro de um antigo Ford Bronco branco repleto de amassados, arranhões e tinta lascada.

— Tem certeza de que essa coisa pode andar legalmente nas ruas? — Observei os pneus gigantescos do jipe e a ausência de uma capota.

— Está assustada? — Jack quis saber.

— Está viajando? — brinquei.

Jack girou a chave, e a porta se abriu com um rangido. Em seguida, ele pegou minha mão e, gentilmente, me ajudou a embarcar, colocando a mão com firmeza no meu traseiro.

— Tire as mãos do meu traseiro, Carter — adverti.

— Só estava ajudando a subir no carro. Sério. — Jack fingiu inocência quando fechou a porta. — Jura que não está assustada?

— Não estou. Este carro parece combinar com uma duna, com uma competição de *monster truck* ou com uma oficina de reparos. — Olhei para baixo, e detectei um buraco no assoalho.

— São os pneus? — Jack perguntou, honestamente.

— São imensos.

— Assim como meu...

— Meu Deus... — o interrompi depressa e me virei.

— O que foi? — Jack deu risada. — Ia dizer *coração*. Os pneus são tão grandes quanto o meu coração. — E bateu de leve no peito para enfatizar.

— Você quer dizer tão grandes quanto o buraco em seu peito, onde seu coração devia estar? — A estocada verbal saiu antes de eu conseguir detê-la.

— Caramba... Será que você pode esperar até o jantar para decidir se tenho coração ou não?

— Se você insiste.

— Sim. — Jack segurou o volante, inseriu a chave na ignição e a girou.

O motor rugiu, e meu assento vibrou. Prendi o velho cinto de segurança e lancei um olhar desconfiado para Jack.

— Você está com medo — Jack afirmou, preocupado.

— Estou bem. Vamos.

Jack tirou a mão da alavanca de câmbio e a pousou em minha perna.

— O que eu lhe disse a respeito de encostar a mão em mim? — perguntei-lhe, expressando desagrado.

— Cinquenta centavos. Não se preocupe, tenho como pagar. — Uma covinha me saudou, mas desapareceu logo. — Tem certeza de que você está bem?

Fiz que sim com a cabeça. Então, Jack tirou a mão de minha perna, pôs o carro em movimento e acelerou firme.

— Merda! — ele murmurou.

— O que foi? — De repente, fiquei preocupada com nosso bem-estar. Íamos capotar e morrer.

— Pretendia perguntar isso a você antes de sairmos, mas, por causa de sua agressividade, esqueci.

— Você vai falar ou quer que eu adivinhe?

— Pretendia lhe perguntar se você come carne ou não.

— Então, você quer saber se sou vegetariana?— Confesso que fiquei confusa e surpresa.

— Sim. — Ele exalou um suspiro exasperado.

— Por quê?

— Porque quero comprar uma vaca para você. O que acha? — Jack procurou manter a calma, mas começava a ficar vermelho de raiva.

— Não sei. Aonde você está me levando?

— Ao restaurante com o melhor hambúrguer da cidade, e eles não têm comida para vegetarianos.

— Sério? Eles não servem saladas?

— Não, não servem — afirmou, muito sério.

— Eu como carne. — E não consegui conter uma risada.

Jack fez ar de espanto e me olhou de modo hesitante. Então, dei um tapinha no ombro dele mais perto de mim.

— Não esse tipo de carne! — E desviei o olhar. — Não sou vegetariana. Você é muito irritante.

— Você continua dizendo isso, mas está aqui.
— Não tive opção. — Olhei-o com desdém, para que ele notasse.
— O que posso dizer a esse respeito, gatinha?
— Quando irá parar de me chamar de "gatinha"?
— Quando irá parar de me olhar com desprezo?

Esforcei-me para formular uma reposta, mas minha mente só tinha foco para o som de sua voz e para a aparência de seu lindo rosto.

— O gato comeu sua língua, gatinha?
— No próximo sinal vermelho, juro por Deus, pulo para fora desta máquina mortífera e volto a pé para casa.
— Tudo bem, eu paro.

Quando chegamos ao restaurante, desci do carro antes mesmo de Jack desligar a ignição. O lugar era uma antiga sorveteria reformada. Os poucos itens oferecidos estavam escritos numa lousa pendurada na entrada. Uma velha caixa registradora ostentava um cartaz escrito à mão que dizia: "Pagamento só em dinheiro". Ao perceber a grande quantidade de clientes no recinto, perguntei-me como tocavam um negócio como aquele e como mantinham todos os clientes felizes.

— É sempre assim? — perguntei a Jack, impressionada com a quantidade de gente.
— Oi, Jack. — Uma morena vistosa passou correndo por nós, estendendo a mão para tocar no braço dele.
— Oi, Sara. Bem cheio esta noite, hein? — Jack gritou, tentando ser ouvido acima do zumbido da multidão.
— Sempre! — ela respondeu, com um sorriso e uma piscadela.

Fazia sentido.

— Você vem aqui com frequência? — indaguei, já irritada.
— Eu disse para você: é o melhor lugar para se comer hambúrguer na cidade.

Sara reapareceu e pousou um braço no ombro de Jack, perguntando:
— O de sempre?

Jack olhou para mim antes de responder para Sara.
— Cass, você quer bacon? Batatas fritas?

Concordei com um gesto de cabeça.
— Traga dois, por favor. Obrigado, Sara.

Sara olhou para mim por um instante e, em seguida, voltou a dirigir a atenção para Jack.

— Saio à meia-noite — murmurou no ouvido dele, alto o suficiente para eu escutar.

— Estou acompanhado, Sara — Jack afirmou, pouco amável.

— Ah, é claro... — Sara se afastou com rapidez, um tanto constrangida.

— Desculpe-me. — Jack pôs a mão de leve na parte inferior das minhas costas, conduzindo-me até uma mesinha no fundo do recinto. — Ah, esqueci uma coisa. Já volto!

Antes de eu conseguir dizer algo, Jack se levantou e correu para a porta de entrada. Observei através da grande vidraça quando ele abriu a porta do lado do passageiro do carro e enfiou a mão no porta-luvas. Ajeitei meus cabelos, acompanhando cada movimento de Jack.

Dois copos de água apareceram na minha frente, e me virei para agradecer à Sara com um sorriso. Ela não retribuiu o gesto.

Finalmente, Jack reapareceu e se sentou.

— Primeiro as coisas mais importantes. — Jack tirou um saquinho de papel do bolso da jaqueta.

Quando ele despejou todo o conteúdo do saquinho, escutei o som de metal retinindo contra o tampo de fibra de vidro da mesa.

Moedas de vinte e cinco centavos se espalharam em todas as direções. Algumas rolaram para fora da mesa, caindo no chão e no meu colo. O restante cobriu parte do tampo.

— Que diabos está acontecendo? — perguntei.

— Cinquenta centavos por toque, certo? Isso deve me bastar por algum tempo. — Jack sorriu, malicioso, sem dúvida orgulhoso de si mesmo. Cruzou os braços atrás da cabeça e se inclinou sobre eles.

Dei as boas-vindas ao calor que tomou conta de mim.

— Espertinho — admiti, relutante, empilhando as moedas na extremidade da mesa.

Um ponto para Jack Carter. Droga!

Ele não respondeu. Simplesmente, ficou sentado ali, sorrindo e olhando fixo para mim com seus olhos castanho-escuros.

— Pare de me olhar desse jeito — pedi, constrangida.

— De que jeito?

— Como um pedaço de carne desejado por alguém faminto.

Ele gargalhou e se ajeitou relaxado na cadeira. Percorreu com o olhar o restaurante e, em seguida, voltou a me fitar, enquanto bebia aos poucos sua água.

— Você é diferente.
Apoiei os cotovelos na mesa e me inclinei na direção de Jack.
— Como assim?
— Para começar, você é petulante. Nunca sei o que vai falar ou fazer. — Jack pegou uma moeda e bateu de leve nela, fazendo-a girar.
— Isso é triste, Jack. — Fiquei aborrecida com o fato de que minha petulância fosse tão desafiadora ao mundo dele.
— E eu não a impressionei.
Ah, meu Deus... Ele ficou mesmo chateado.
— Ah, sei como isso deve ser difícil para você. Quero dizer, você é um cara que impressiona...
— Eu sei. Todas as outras garotas estão sempre querendo ficar perto de mim. Você é a primeira que tenta ficar longe.
Sorri, sentindo os músculos relaxarem pela primeira vez na noite.
— O que posso dizer? Acho que não sou como todas as outras garotas.
— Então me diga, Cass, qual é sua história?
— O que você quer saber? — Tomei um gole de água, baixando os olhos para ocultar a verdade que eu talvez estivesse disposta a revelar para ele.
— Por que não a vi antes deste ano?
— Nos últimos dois anos, frequentei uma faculdade comunitária. Acabei de me transferir.
— Tenho sorte. — Ele tomou outro gole de água. — De onde você é?
— De um lugar a cerca de duas horas daqui. No noroeste. Vivi na mesma casa toda a minha vida. E você?
— Cresci num lugar a dez minutos daqui.
— Sério? Tão perto. Nunca pensou em ir para outro lugar? Quero dizer, tenho certeza de que você teve muitas propostas quanto ao beisebol. — Fiquei realmente surpresa, considerando o que vira sobre seu talento e a reação de todos a ele.
Jack fez uma careta, mas, em seguida, sua expressão se suavizou.
— Tive propostas de diversas universidades: do sul da Califórnia, de Los Angeles, do Texas, da Flórida, da Geórgia, do Alabama... Qualquer uma que você pensar.
— Por que não aceitou? — Muito interessada, inclinei-me para ele.
— Quis jogar sob o comando do técnico Davies. Mas, principalmente, quis ficar perto dos meus avós. — A voz de Jack ficou embargada de emoção, e seus olhos focaram-se em algum lugar na distância.

— Sei. — Reclinei-me na cadeira, surpresa.
— Não era a resposta que você esperava?
— Na verdade, não. Quero dizer, é incrível. Mas eu não entendi. Por que seus avós? — Pedi honestidade da parte dele. Palavras honestas, pensamentos honestos, emoções honestas.
— Eles praticamente criaram a mim e meu irmão.
Sorri quando Jack mencionou Dean.
— Gosto dele.
— Quer que eu fale bem de você para Dean? Eu o conheço muito bem. — Pareceu que Jack estava caçoando, mas havia um quê de insinuação na oferta dele.
— Não, obrigada. Ele não é realmente o meu tipo, mas é muito legal. Como vocês dois foram admitidos na mesma universidade?
— Foi uma das minhas condições.
— Condições?
— Sim. Só concordei em vir para cá se concordassem com a admissão de Dean.
— Você chantageou a universidade? — Arregalei os olhos, atônita.
— Não. Só disse que viria para cá desde que, quando Dean tivesse idade suficiente, eles o admitissem.
— E eles concordaram com isso? — Eu estava chocada. — Quero dizer, óbvio que concordaram, pois vocês dois estão aqui.
— Dean seria admitido de qualquer maneira, mas eu quis uma garantia. — Jack sorriu.
— Interessante. — Ajeitei os cabelos, colocando as mechas desgarradas de volta no lugar, atrás da orelha, combatendo a sensação de que Jack talvez não fosse tão mau.
Jack se inclinou em minha direção, chegando mais perto de mim.
— O que foi?
— Você é bem diferente do que eu imaginava — respondi, concentrando-me em sua boca carnuda.
— Isso se deve ao fato de você ser muito crítica. — Ele se reclinou com um sorriso.
Fechei a boca e apertei os olhos, preparando-me para o discurso que estava prestes a fazer.
— Não. Isso se deve ao fato de você ser um porco. Você é um machista, egoísta e patético, que trata as garotas como merda e...

— Ei! — Jack me interrompeu, mostrando-se ofendido. — Quem disse que trato as garotas como lixo?

— Desculpe, Jack, mas nenhuma menina gosta que um cara transe com ela de noite e se esqueça dela de manhã.

— Você me faz parecer um sujeito insensível ao dizer isso.

— É mais ou menos por aí — afirmei, dando de ombros. — E você se pergunta por que eu quis me manter longe?

— Achava que eu faria a mesma coisa com você?

— Sim.

— Claro que quero transar com você, Cass. Mas não tenho nenhuma intenção de esquecê-la.

Observei-o com cautela, com o coração batendo forte e o desejo crescendo em mim.

— Você deve dizer isso muito frequentemente.

— Não tenho de dizer isso para todas.

Fiquei calada, impressionada com a honestidade dele.

— Em que você está pensando? — Jack estendeu o braço e deu um tapinha na minha mão com um dedo, quebrando meus pensamentos.

— De verdade?

— Sim. De verdade.

— Que não confio em você.

— E por quê? — Jack cruzou os braços sobre o peito.

— Porque não consigo saber se você leva a sério as coisas que diz.

Jack descruzou os braços e voltou a se inclinar na minha direção.

— O que o seu coração diz?

— Que importa? Meu coração é tolo. Acredita em qualquer coisa.

Jack sorriu, com o olhar fixo em mim.

— Certo. Então, o que diz sua cabeça?

— Minha cabeça questiona tudo e não acredita em nada.

— Nesse caso, sua cabeça quer provas, e seu coração quer garantias.

— Mais ou menos.

— Acho que você deixa a vida mil vezes mais difícil. — Jack segurou a cabeça com as duas mãos.

— Por isso faço meu teste com garotos... para me proteger.

— Proteger-se do quê? — E Jack pegou outra moeda.

— De caras como você.

Nossa conversa foi interrompida pelo ruído dos pratos sendo colocados sobre a mesa.

— Servindo dois Titãs especiais com fritas. Vocês querem mais alguma coisa?

— Eu não. Você, gatinha?

Olhei-o com tanto desdém que machucou.

— Queria um pouco mais de molho.

Fiquei boquiaberta ante a visão do sanduíche e das batatas fritas. Pareciam capazes de alimentar todo o time de beisebol.

— Você consegue dar conta de tudo isso?

— Pode apostar. E é melhor você limpar todo o seu prato — Jack respondeu, sorrindo.

— Limpar isso? — Apontei para o prato com um olhar incrédulo.

Jack voltou a sorrir, levando o sanduíche à boca e mordendo um pedaço enorme. Sara trouxe o molho e se afastou. Mergulhei uma batata nele, mordendo-a com cuidado.

— Nossa, é incrível!

— Não falei? — Jack conseguiu dizer, com a boa cheia.

Eu odiava o fato de Jack ser tão simpático. Mesmo com a boca cheia, ainda era irritantemente adorável.

— Conte-me sobre o seu teste. — Jack pegou um guardanapo para limpar uma mancha de ketchup no queixo.

— Esqueça que eu disse algo a esse respeito.

— Vamos, Cass. Quero saber. — Jack parecia muito curioso.

— Tudo bem — cedi. — Mas você não vai me zoar.

— Não vou. Prometo. — Ele tornou a sorrir.

Assim que as covinhas apareceram em suas bochechas, meu coração bateu mais rápido.

Respirei fundo e entreguei os pontos:

— Não é bem um teste. Na realidade, são algumas regras. Regra número um: o cara não pode mentir. Regra número dois: não pode trair. Regra três: não pode fazer promessas que não é capaz de cumprir. E quatro: não pode dizer coisas que não leva a sério.

— É isso?— Jack me encarou, incrédulo.

— Podem não significar nada para você, mas significam muito para mim. — Suspirei, um pouco constrangida por ter compartilhado minha lista com ele.

— Não pretendi ofendê-la, gatinha. Só que... bem, parecem expectativas muito normais para mim.

— Parece que sim — concordei, dando uma mordida naquele monstro que chamavam de cheesebúrguer.

— Mas?

— Mas a maioria dos caras não parece seguir essas regras. Eles mentem. Eles traem. Não conseguem cumprir suas promessas, nem são capazes de parar de dizer coisas que não levam a sério.

— E quanto a você?

— Quanto a mim?

— Você consegue seguir suas próprias regras?

— Tento levar minha vida seguindo essas regras. Caso contrário, você machuca as pessoas.

Jack tomou fôlego e, em seguida, perguntou:

— As pessoas mentiram muito para você? Algum cara partiu seu coração no colégio?

— Tem mais a ver com meu pai. Ele não é capaz de cumprir nada do que diz. Sempre me fala muitas coisas, mas jamais as cumpre — disse, com hesitação.

— Por exemplo? — A curiosidade estava estampada na expressão dele.

— Não sei. Em relação a tudo. Ele promete que vai à minha formatura, mas não aparece. Diz que não se atrasará, e sempre se atrasa. Fala que comprará algo para mim, e não compra. Meu pai faz promessas que não consegue cumprir. Sempre. Mas não acontece só comigo, entende? Ele promete coisas para as outras pessoas e elas acreditam nele. E, quando ele não as cumpre, geralmente eu sou a incumbida de dar um jeito, pois ele some.

Fiz uma pausa, de súbito insegura sobre minha confissão.

— Isso é uma besteira?

— Não. De jeito nenhum. Acho que seu pai é um babaca — Jack afirmou.

— Você já percebeu como as palavras podem ser bonitas? Como é fácil dizer aquilo que você acha que alguém quer ouvir? Como você pode afetar todo o dia de uma pessoa com apenas algumas frases? No entanto, quando você não as leva adiante com alguma ação, elas se tornam inúteis. São apenas sons e sílabas. Porém, não significam absolutamente nada.

Jack estendeu os braços por sobre a mesa para pegar minhas mãos, mas desistiu logo de tocá-las. Observei quando ele pegou duas moedas da pilha e as deslocou para o meu lado da mesa.

— Quase esqueci. — Ele sorriu antes de colocar as mãos sobre as minhas.

Tentei não sorrir, mas fracassei. O toque das mãos dele me tirava do sério.

— Sabia que você tinha problemas com a figura paterna.

Meu sorriso se desvaneceu quando puxei minhas mãos das dele.

— Você é mesmo um idiota — falei na defensiva, sentindo-me tola por compartilhar algo importante com ele.

— Se você parar de me insultar, contarei algo íntimo sobre mim para você.

— Não quero saber. — Cruzei os braços sobre o peito.

Jack engolia um pedaço do sanduíche quando alguns gritos chamaram sua atenção. Ele olhou em volta, resmungando.

— O que foi? — perguntei, também procurando a origem dos gritos. Notei dois caras musculosos usando bonés de beisebol. — São seus amigos?

— Não exatamente.

Dei outra mordida no meu cheesebúrguer quando o ruído de uma pancada despertou minha atenção. Percebi que um dos caras bateu o punho sobre nossa mesa, fazendo as moedas se espalharem ao meu redor. Olhei para Jack, que assumiu uma expressão de fúria.

— Suma da minha frente, Jared — Jack ordenou.

— Não seja tão valentão.

Jack me observou com um olhar suplicante, como pedindo desculpas por aquilo que estava para acontecer. Então, ele ergueu os olhos, encarando o intruso que rodeava nossa mesa.

— Você está pedindo para levar outra surra em uma semana, não?

— Levante-se! — Jared desafiou.

— Não está vendo que estou acompanhado? — Jack indicou-me por meio de um gesto.

Jared deu uma olhada na minha direção.

— Como se ela importasse. Apenas uma entre muitas, não é o que você sempre diz?

Jack se ergueu da mesa e estufou o peito.

— Não fale assim dela. Nem mesmo ouse olhar para ela. Entendeu? — Jack deu um passo na direção de Jared, com o punho cerrado.

Jared notou a intenção de Jack e disse, astuto:

— Nos acertamos depois, então.

— Duvido muito — Jack afirmou, louco de raiva.

Antes de se afastar, Jared se aproximou de mim, dizendo:

— Pelo menos você é bonita. Me procure depois que ele a jogar no lixo, junto com todas as outras. Prometo transar com você mais de uma vez.

Tentei responder, mas Jared desapareceu rápido da minha vista, pois Jack o derrubou no chão com um soco violento. Jared tentou se erguer, mas Jack o impediu, voltando a esmurrá-lo.

— Eu lhe disse: não fale com ela! — E Jack socou Jared novamente.

Fiquei sem fôlego quando o sangue de Jared respingou no chão ladrilhado.

Balancei a cabeça, esforçando-me para entender aquela cena maluca, inesperada.

— Jack! Jack! Pare! — Levantei-me e puxei a camiseta de Jack, implorando para que ele parasse.

Jack desferiu outro golpe, e joguei meu corpo nas costas dele, falando em seu ouvido:

— Jack, pare, por favor.

Ele olhou para baixo, na direção de Jared. Então, ergueu os olhos e observou ao redor, vendo a multidão atônita com a cena. Em seguida, olhou para mim, com uma expressão de tristeza.

— Sinto muito, gatinha.

Foi a primeira vez que aquela expressão não me deixou enfezada.

Sara, nossa garçonete, aproximou-se, dizendo:

— Vocês têm de ir embora, Jack. Peguem suas coisas e vão.

— Sara, diga para Carl que sinto muito pela confusão. — Jack limpou o rosto, ainda vermelho de raiva, e, naquele momento, também provavelmente de vergonha.

Ele colocou as moedas no saquinho de papel e deixou algum dinheiro sobre a mesa para pagar a conta. Em seguida, pegou minha mão e me puxou para fora do restaurante.

Quando chegamos ao carro, Jack abriu a porta do passageiro, ajudou-me a entrar e, depois, dirigiu-se para o lado do motorista, balançando a cabeça todo o tempo.

— Sinto muito, Cassie.

— Qual o motivo dessa briga? — Observei a mão ensanguentada dele.

Jack se acomodou no assento e olhou para fora, evitando meu olhar.

— Transei com a namorada dele.

A decepção tomou conta de mim.

— Bem, quando acho que você pode ser um cara quase decente, você diz algo que ferra tudo.

Jack agarrou o volante com firmeza e se virou para mim.

— Eu não sabia.

— Papo furado, Jack.

— Eu não sabia. Juro. Ela me disse que não tinha namorado.

— Nojenta... — E afundei no assento.

— Sim, é uma nojenta. — E Jack forçou um sorriso.

Ele deu a partida no motor, e eu senti meu assento vibrando intensamente. Sem demora, afivelei o cinto de segurança e fiz uma oração em silêncio.

No caminho de volta para meu apartamento, não conversamos. O rádio produzia um som de fundo, enquanto cada um de nós se recolhia aos próprios pensamentos. Jack parou a máquina mortífera em uma das vagas marcadas com a placa "Visitante", em frente do meu prédio. Desligou o motor, mas não se mexeu. Alcancei a maçaneta.

— Sabe, meu pai também é um imbecil — Jack revelou.

Soltei a mão da maçaneta, virei-me para encará-lo e, em seguida, me recostei no assento.

— Como assim?

Jack evitou meu olhar e relutou em prosseguir. Achei que ele tivesse se arrependido de se abrir para mim, mas eu não desistiria.

— Fale, Jack, por favor.

— Ele desapareceu quando Dean tinha três anos. Certa manhã, saiu para trabalhar e nunca mais voltou. Minha mãe ficou louca de tanto procurá-lo. Ligou para todos os hospitais, delegacias, hotéis. Lembro-me de vê-la consultando a lista telefônica com medo e desespero nos olhos. Tentava discar os números, mas os dedos tremiam tanto que eu tive de fazer isso por ela. — A tristeza de Jack era quase palpável.

Eu quis estender a mão para ele, mas não fiz isso. Ao achar que meu toque interromperia o fluxo de pensamento de Jack e me impediria de vivenciar mais esse lado dele, mantive as mãos entre as pernas.

— Na realidade, não me lembro de meu pai. Mas quando minha mãe foi embora...

Não consegui mais me manter em silêncio:

— Sua mãe também abandonou você e seu irmão? — perguntei, atônita.

— Sim. Recordo com clareza dela nos dizendo que éramos *muito maus*, que ela não conseguia mais aguentar. Afirmou que não era capaz de criar dois meninos maus sozinha e, assim, tinha de ir embora.

— Nossa! Ela disse isso? Quantos anos você tinha?

— Oito. Dean tinha cinco.

— Jack, sinto muito. Não podia imaginar algo assim. — Estendi a mão e a pousei sobre sua perna.

— Cinquenta centavos, gatinha.

Tirei minha mão, balançando a cabeça negativamente.

— Eu só estava brincando, Cass... Veja bem, não conte isso para ninguém, certo? Pouquíssima gente conhece essa história, e, se possível, eu gostaria que continuasse assim.

— Claro, Jack. Não darei um pio. — Sorri, esperando que ele acreditasse em mim.

Quando achei que Jack tinha acabado de revelar seu passado, ele prosseguiu:

— Enquanto minha mãe saía pela porta de casa, meus avós chegavam de carro. Lembro-me de ouvir gritos, portas de carro batendo e pneus cantando. E nunca vou me esquecer do som de Dean chorando e gritando por ela.

O olhar de Jack, ao reviver aquele pesadelo da infância, parecia muito distante.

— Lembro-me também do rosto sorridente de minha avó entrando pela porta principal. Ela disse para subirmos e pegarmos algumas coisas para podermos dormir na casa dela. Acho que foi muito duro para eles de repente, ter de tomar conta de dois meninos pequenos. Mas meus avós nunca se queixaram. Nunca.

— Você tornou a ver sua mãe depois disso?

— Não. — A resposta dele foi veemente.

— Escutou algo a respeito dela? — Eu me perguntava que tipo de mãe podia simplesmente abandonar dois filhos pequenos e nunca mais voltar.

— Nem uma única palavra.

— Não posso crer. — Balancei a cabeça, perplexa. — Então, você foi um menino travesso, não? — Sorri, sem a intenção de questioná-lo.

Jack reclinou seu assento e focalizou o olhar no céu noturno.

— Malcriado mesmo. No entanto, Dean não era. Quer dizer... era, mas ele só estava me imitando. Dean parou de ser malcriado assim que ela foi embora. Acredito que ele achava que, se fosse um filho perfeito, isso a traria de volta. — Jack virou o rosto na minha direção.

— E quanto a você?

— Fiquei muito revoltado. Achei que fui o único culpado por ela ter ido embora. E como minha mãe jamais voltaria, qual era o sentido de ser bom? Me meti em muitas encrencas.

— De que tipo?

Jack respirou fundo antes de responder:

— Arranjei muitas brigas. — Ele olhou para mim e fez um gesto de indiferença com os ombros. — Acho que isso não mudou muito. — Sorriu com amargura.

— Ele mereceu — sussurrei, também reclinando meu assento.

— Mereceu, não?

— Sim. — Foi minha vez de sorrir.

— Me meti em muitas brigas. E em muitos apuros com garotas. No colégio, adotei basicamente a filosofia de que, se conseguisse transar com uma garota em cada festa ou fosse capaz de dar uma surra num cara, as meninas e os caras não reclamariam, pois eu não tinha pais. Transar e brigar eram minha maior distração.

Fechei a cara, exprimindo desagrado por meio do olhar.

— O que foi? — Jack me observava.

— É que, até certo ponto, você continua agindo assim, sabia?

— Eu sei. É muito difícil quebrar os velhos hábitos. Além disso, sou bom em ser mau e estragar as coisas. Pergunte para Dean.

Eu não sabia o que dizer. Não tinha certeza de como me sentia. Jamais conhecera alguém que perdera o pai e a mãe sem que eles tivessem morrido. Não era capaz de imaginar viver com esse conhecimento ou se sentir responsável por esse acontecimento.

— Quando você começou a jogar beisebol?

Os olhos de Jack brilharam.

— Meus avós nos fizeram praticar todos os esportes imagináveis. Acharam que ajudaria. Eu não recordo, mas minha avó disse que eu chorava sempre que a temporada de beisebol acabava.

Dei uma risada, imaginando a cena.

— Isso é muito legal. Ainda pequeno, já era apaixonado por beisebol.

— Jogar beisebol é a única coisa em que sou realmente bom. A única coisa na qual não fiz besteira. E, quando estou no campo, todo o resto desaparece, sabe? — Jack se virou para olhar para mim, com os olhos rogando compreensão.

Sorri, e Jack continuou:

— Minha mente fica muito clara no campo de jogo. Esqueço minha mãe, meu pai ou a coisa estúpida que fiz. Sou eu, a bola e o rebatedor. É o único lugar do mundo onde sinto que estou no controle. Tenho influência no que acontece ao meu redor.

Parei de fazer que sim com a cabeça quando percebi que estava fazendo isso repetidas vezes.

— Sinto isso quando estou tirando fotos. Qualquer coisa que não estou vendo através da lente desaparece. E consigo enquadrar minha foto do jeito que escolho. Consigo impor o aspecto dela. O que está nela. O que não está. Atrás da lente, tenho controle completo de como as coisas são vistas.

Jack sorriu, e as covinhas apareceram nas bochechas.

— Você captou a mensagem.

— Gosto desse seu lado — afirmei, realmente querendo dizer isso.

— Não se acostume mal. — Jack cruzou os braços no peito.

Fiz um movimento abrupto ante o tom subitamente defensivo dele.

— Um modo de arruinar um momento bem legal com sua atitude de merda.

— Atitude de merda?

— Sim. Sua atitude de merda. — Recoloquei meu assento na posição vertical e voltei a pegar na maçaneta da porta.

— Sinto muito, Cass. Não fique chateada. Realmente, sou uma droga nisso. — A mão de Jack tocou meu ombro, puxando-me de volta na direção dele.

— Droga no quê? Em ter uma conversa séria? Eu sei, é difícil mesmo.

— Realmente, não tenho conversas sérias com garotas — Jack admitiu com relutância.

— Isso é patético, Jack.

— Se, a esta altura, não tivesse dito a você que tenho dificuldade em confiar nas pessoas... — Jack começou a se justificar, mas eu o interrompi.

— Eu sei disso. E você tem todo o direito. Mas alguma hora terá de começar.

Jack respirou fundo, e eu finalizei:

— Mais cedo ou mais tarde, você terá de se envolver com as pessoas.

E por "pessoas" eu quis dizer eu.

Droga.

Jack se inclinou na minha direção, e pude sentir o calor de sua respiração contra meu rosto.

— Eu sei. — Ele fechava cada vez mais o pequeno espaço entre nós.

Jack pegou meu rosto e me encarou.

— Vou beijar você.

Meu coração disparou, enquanto ideias de impedi-lo atravessavam minha mente.

— Isso não muda nada — gaguejei, com minhas defesas enfraquecendo.

— Muda tudo. — Jack pareceu muito seguro de si, mesmo quando sua boca carnuda silenciou meu débil protesto.

Fechei os olhos e me perdi no calor do beijo de Jack. Sua língua com gosto de canela explorou minha boca e a abriu com delicadeza, com uma tremulação lenta e macia. Os dedos dele se emaranharam nos meus cabelos, puxando-os com leveza. Ergui a mão até sua face e, em seguida, agarrei sua nuca, e trouxe Jack para mais perto de mim.

Minha boca parecia enlouquecida, com toda a noção de compostura perdida para senti-lo melhor.

Por fim, Jack se afastou, com nossas bocas se separando com um último beijo ligeiro.

— Isso muda tudo — Jack repetiu, ainda segurando meu rosto em sua mão.

— Prove.

Capítulo 6

JACK

Um mês depois

Naquela noite, "prove" foi a palavra dita por Cassie quando saiu do carro e se encaminhou para seu apartamento. Ela também não confiava nas pessoas. Ou melhor, ela não confiava em mim. Cassie Andrews não precisava de salvação, mas eu queria salvá-la.

Cassie queria me provar que era diferente de todas as outras meninas que eu conhecera. Pelo jeito, ela não percebia que já era diferente. Eu a convidei para sair, e jamais convidava garotas para sair. Ficar com uma numa festa ou numa boate era uma coisa. Isso é fácil. Posso fazer qualquer coisa com uma cerveja na mão ou com a plateia observando.

Mas convidar Cassie para sair em plena luz do dia, completamente sóbrio, com ninguém ao redor... era algo que eu jamais fizera antes. Ela me deixava muito nervoso. Soube que Cassie não era como as outras no momento em que vi sua expressão de desgosto após chamá-la de gatinha. A maioria das meninas ficaria excitada se eu as chamasse de gatinha. Mas Cassie não. Ela me deu a impressão de querer dar um soco no meu queixo.

E eu quis beijá-la desde então.

Para provar à Cassie que eu era um cara sério, a primeira ordem do dia em minha agenda consistiu em abandonar minha habitual mesa cheia de tietes, passando a me sentar com ela no restaurante do centro acadêmico.

Imaginei que lhe dar atenção prioritária em público demonstraria minha intenção. Naquele primeiro mês, os sussurros e comentários se espalharam muito rápido, com meus companheiros de time me criticando sempre que podiam. Sem falar no assédio implacável de cada mulher do *campus* com menos de trinta anos.

Nunca imaginei o quão cansativo era dar as costas para as mulheres. Uma coisa era ficar com elas e cair fora depois, mas me manter completamente fora do mercado era uma situação que eu nunca enfrentara antes. Em resumo, as garotas não gostam de ser rejeitadas, sobretudo se a causa fosse outra garota.

Mas ninguém sabia o que se passava em meu íntimo. Enfim eu conhecera uma menina que não tentara me impressionar. Cassie não se interessava por aquilo que eu fazia como atleta, mas sim por aquilo que eu fazia como pessoa. Eu estava mergulhando de cabeça naquela história. Agarrando Cassie com as duas mãos.

Em minha lista, o segundo item consistiu em passar o máximo de tempo possível com Cassie. Tornei-me um frequentador assíduo do apartamento que ela dividia com Melissa, onde Cassie e eu nos convertemos em mestres na arte do namoro.

Jamais imaginei que eu poderia passar horas simplesmente beijando uma garota. Afinal, nunca fiz isso antes. No último mês, aprendera o quão erótico pode ser o ato de beijar. Diversas noites deixei o apartamento insatisfeito sexualmente, mas completamente satisfeito emocionalmente.

Eu era um galinha. Antes, eu queria sair para beber uma cerveja e brigar com alguém.

Namorar é melhor.

Com comida suficiente em minha bandeja para alimentar um exército, passei por um grupo de garotas suspirantes para chegar até a mesa de Cassie. Uma delas, que se chamava Andrea, me deteve com a mão em meu braço. Rejeitei o contato, olhando de cara feia para sua mão.

— O que foi? — perguntei com rispidez, desinteressado do que Andrea tinha para dizer.

— O baile a rigor da nossa associação vai rolar em breve, Jack. — Andrea fez uma pausa, com os olhos adornados com imensos cílios postiços piscando num ritmo alucinado. — E achei que você gostaria de ir.

— Não — respondi.

O sorriso largo desapareceu do rosto dela.

— Por que não? É por causa dela? — Andrea olhou com desprezo na direção de Cassie.

— Não é da sua conta. E se você voltar a se referir à minha namorada dessa forma, encontrarei alguém para lhe ensinar um pouco de boas maneiras.

Andrea bufou de raiva, toda ofendida, e se afastou, notando que Melissa sorria para mim.

— Vocês, garotas, são uma ótima exceção — disse para Cassie e Melissa, antes de depositar minha bandeja na mesa.

Cassie olhou ao redor, para as garotas cochichando e nos observando, e disse:

— Nem me fale!

Então, Melissa falou para as garotas próximas, em voz alta:

— Já faz um mês, meninas. Chega, não?

— Perdão por torná-la o foco da atenção, gatinha. — Sabia que Cassie odiava quando a chamava dessa maneira, mas não conseguia resistir. Porque gostava.

Abracei-a pelo ombro, e a puxei para junto de mim, com os dedos acariciando sua pele macia. Beijei-lhe a testa antes de soltá-la, com seus olhos verdes formando meias luas enquanto ela sorria.

— Acho que tem a ver com ocupação de território.

— O território ocupado por Cassie Andrews no coração de Jack Carter — Melissa acrescentou, rindo.

— Fico feliz de você estar com a gente nessa, Melis. — Sorri, estimulado pela atitude dela.

— Jack, você ainda é um imbecil, mas já melhorou muito. Contudo, se fizer algum mal à Cassie, garanto que não arremessará mais bolas de beisebol, pois quebrarei seu braço. *Capisce*?

— *Capisco* — respondi, para atender ao pedido da melhor amiga de Cassie. Então, curvei-me na direção de minha namorada, e lhe disse:

— Jamais lhe farei algum mal de propósito.

De imediato, Cassie se virou para me encarar.

— Realmente, isso não é muito tranquilizador. Você sabe disso, não?

— Só estou sendo realista. Não quero lhe fazer promessas que não posso cumprir — acrescentei, aludindo à regra número três do teste com garotos.

— Sendo assim, você não pode prometer que não vai me fazer mal? — Cassie ficara irritada, e na hora me arrependi do que dissera.

— Cass, jamais pretendo lhe fazer algum mal, mas não posso lhe prometer que isso jamais acontecerá.

— Jack é bom em encher o saco dos outros, não é mesmo? — Dean acabara de chegar, e, de pé, sorria para mim. Em seguida, sentou-se ao meu lado.

— É o que dizem — concordei com um gesto de cabeça.

— Além do mais, se ele rejeitar uma garota, não será ela que dará o fora. Ele é que o fará — Dean acrescentou, me provocando.

Fuzilei meu irmãozinho com o olhar, por causa de sua franqueza em um lugar tão público. Olhei em volta, certificando-me de que ninguém estava tão perto para ouvir aquilo.

— Não irei a lugar nenhum. — Cassie colocou a mão sobre a minha e a segurou. — Então, não me force a ir.

Senti-me aliviado com o fato de ela me assegurar disso. Passei muito tempo de minha vida convencido de que nenhuma menina jamais quis estar com o que eu sou de verdade, de que eu jamais dera a alguém a oportunidade de provar que eu estava errado. Se minha própria mãe não me amava o suficiente para não partir, como podia esperar algo diferente de outra pessoa?

— Meu Deus, nunca conheci duas pessoas com mais medo de deixar que alguém as ame do que vocês dois — Melissa comentou.

Tentei protestar, mas Melissa prosseguiu, com o rabo de cavalo balançado agitadamente com o movimento da cabeça:

— E nem tentem negar. Vocês dois foram ferrados por pais estúpidos. Você, Cassie, por causa das constantes mentiras de seu pai e da incapacidade dele de executar as coisas mais triviais, e você, Jack, por causa da fuga de sua mãe, que culpou os filhos por isso. E, em algum lugar de suas mentes confusas, vocês provavelmente acham que merecem isso.

Melissa soube da minha triste história certa noite, quando nós três estávamos reunidos no apartamento. Cassie mantivera sua promessa e não contara nada para sua melhor amiga. Eu contei. Na ocasião, me pareceu uma boa ideia.

Melissa tomou fôlego e, então, concluiu:

— Vocês dois são tão atrapalhados sozinhos que juntos parecem a confusão perfeita.

Pensei em protestar, mas achei que Melissa não estava de todo errada.

— É uma analogia atraente. Obrigada por dizer que sou atrapalhada — Cassie disse, com os sentimentos claramente feridos.

Fuzilei Melissa com o olhar e, em seguida, olhei para Cassie.

— Serei sempre a confusão perfeita com você.

Cassie recostou a cabeça em meu ombro e exalou um suspiro profundo.

— Melissa não sabe nada a respeito de ter pais disfuncionais. Os dela são perfeitos.

— Ei! Não é minha culpa se ganhei na loteria em relação aos meus pais. Além disso, sabemos que não sou forte o suficiente para lidar com a merda com que você lidou. Teria tido um colapso nervoso.

— Não sei se é por que sou forte ou se é por que me tornei capaz de bloquear minhas emoções. — Cassie tornou a suspirar.

— São as duas coisas. — Melissa olhou para mim. — Jack, nunca conheci alguém com a capacidade de bloquear as emoções como Cassie. É assustador.

— Sério? Isso é impressionante.

— Não dirá o mesmo se ela fizer isso com você. Acredite em mim.

— Bem, espero que isso nunca aconteça comigo.

— Se eu não priorizasse com o que devo ou não me importar, jamais seria capaz de funcionar. É a única maneira pela qual consigo sobreviver sem ser um caso totalmente perdido — Cassie afirmou, defendendo-se.

— Saquei, gatinha. Ainda assim é impressionante.

— Quando você irá para o Texas? — A pergunta de Dean mudou o tema da discussão e quebrou a tensão.

Graças a Deus pelos irmãos menores, sobretudo aqueles que conseguem falar com a boca cheia de cheesebúrguer.

— Iremos na quinta de manhã. Por quê?

— Só por curiosidade.

Cassie se aprumou na cadeira e se virou para mim.

— O que vocês fazem quando viajam? Treinam? Os pais vão junto?

Cassie sempre tinha muitas perguntas a respeito de tudo, e isso me encantava. Ela era muito curiosa e inteligente.

— Em geral, viajamos na véspera do início dos jogos. Fazemos o *check in* no hotel. Treinamos, nos exercitamos e jantamos como um time. Alguns pais vão, mas não muitos.

— Cada jogador tem o seu próprio quarto?

— Não. Dividimos os quartos.

— Há alguma inspeção para ver se todos estão em seus quartos na hora de dormir?

Fiz que sim com a cabeça.

— Sim, há. Em geral, às dez da noite, o técnico visita os dormitórios e verifica se todos estamos presentes.

— Existem outras regras?

— Nada de garotas e nada de bebidas. — Dei uma risadinha.

— Essas regras nunca são quebradas, certo? — Cassie empurrou de leve o meu ombro.

— Nunca. Somos todos anjos quando estamos na estrada.

— Anjos? Sem essa, Jack. — Dean deu uma sonora gargalhada.

— Ei, espera aí! — Cassie exclamou, entre o coro de risadas. — Vocês levam garotas às escondidas para os seus quartos?

Senti os olhos de Cassie cravarem-se nos meus. Ela queria a verdade, e eu não pretendia mentir para ela.

— Sim.

— Você é um porco mesmo. — Cassie fez um gesto de desgosto com a cabeça.

— Isso não é novidade. Mas sou um outro homem, gatinha. Juro.

— Veremos. — Cassie esboçou um sorriso afetado que era prova de sua descrença.

— Quer apostar? — sugeri, querendo muito relaxar a atmosfera tensa.

Cassie pareceu não gostar da sugestão.

— Por favor, Jack, diga que você não precisa fazer uma aposta para se manter fiel.

Senti o corpo de Cassie se contrair quando se afastou do meu. Um comentário cômico de minha parte mudou completamente a linguagem corporal dela. Era como se eu pudesse senti-la recolocando os tijolos ao redor de seu coração. Tijolos que já derrubara. Um por um, Cassie os cimentou de volta no lugar a que ela achava que pertenciam.

Essa sequência de jogos no Texas seria o primeiro teste real de nosso relacionamento. Cassie não tinha certeza de que podia confiar em mim. Não a censurei por isso, mas sabia que provaria que ela estava errada.

Capítulo 7

CASSIE

Eu andava nervosamente pela cozinha esperando a chegada de Jack.

— Por que não para de andar? O que você tem? — Melissa desviou o olhar do livro que estudava.

— Não sei. Estou meio ansiosa — admiti, tomando um gole de água.

— Com o quê? Sem brincadeira, Cass, não vi mais Jack tocar em outra garota desde sua primeira saída com ele, naquela noite.

— Não é isso. — E recomecei a andar.

— Então, do que se trata? — Melissa se endireitou na cadeira, colocando o lápis entre as páginas do livro e o fechando.

Parei de andar de novo e tomei outro gole de água.

— Não entendi por que Dean não pode levar Jack ao ônibus amanhã. Por que ele quer que eu faça isso? E por que ele está me deixando sua máquina mortífera?

— Meu Deus, Cassie. O cara não pode fazer algo legal para você? — Melissa suspirou.

— Por que isso é legal?

— Não é bacana ficar com o carro dele, já que seus pais não deixaram você trazer o seu?

— É legal sim.

Melissa tinha razão, mas minhas defesas ainda estavam em alerta.

— Mas por que ele quer passar a noite aqui?

— Sou uma idiota mesmo. — Melissa bateu a palma da mão contra a testa. — É sua primeira noite com Jack. Você está com medo. É isso.

Senti o estômago revirar. Encarei a bancada branca e preta da cozinha, com meus olhos perdendo o foco, até o padrão se tornar um torvelinho irreconhecível de nebulosos tons claros e escuros.

— Terra para Cassie, câmbio! — Melissa estalou os dedos em minha direção, e despertei do devaneio.

— Não estou com medo. Só... não me sinto pronta.

— Por que não?

— Porque, uma vez que você se entrega a um cara, não há volta. E uma vez que você fez isso, revelam-se sentimentos, emoções e vulnerabilidades que você jamais sabia que era capaz de ter. Não estou pronta para dar meu coração a Jack. E se ele o partir?

— E se ele não o partir? — Melissa replicou.

A batida leve na porta de entrada nos surpreendeu, e Melissa se recompôs antes de mim.

— Entre! — ela gritou.

A porta se abriu, e Jack entrou, carregando sua bolsa de beisebol numa mão e uma maleta na outra. Observei quando ele deixou a bolsa perto da porta e, em seguida, levou a maleta para o meu quarto. Arregalei os olhos para Melissa antes de ele chegar à cozinha. Ela conteve o riso.

— Oi, gatinha. — Jack me deu um beijinho na nuca, e senti meus joelhos tremerem.

— Com fome? — perguntei, com um sorriso nervoso.

— Faminto — ele respondeu, antes de me beijar na boca.

Perdida no beijo, os pensamentos se embaralharam em minha mente. E o perfume de canela de sua boca engolfou meus sentidos. Independente de quanto tentasse me opor, Jack Carter sempre me deixava arrebatada.

Quando ele parou de me beijar, apoiei a mão na bancada para firmar meu corpo trêmulo. Quando tive certeza de que minhas pernas readquiriram a firmeza, caminhei até a geladeira e abri a porta, observando cada prateleira e gaveta.

— Suas opções são queijo para derreter, macarrão ou tortilha recheada — informei, algo constrangida com a nossa falta de opções alimentares.

— Só posso escolher uma opção? — Jack caçoou. — E se eu quiser todas?

— Tudo bem. — Eu segurava a porta aberta. — Jack, diga o que você quer!

— Acho que quero tudo. É mau? Eu posso ajudar.

— Tudo bem. Você prepara o macarrão, e eu faço o resto. Fechado?

— Fechado!

— Vejam só! Cozinhando como um velho casal — Melissa comentou de uma distância segura.

Virei-me para ela, desejando poder lançar dardos dos meus olhos.

— Velho casal? Qual é, Melissa? Nós nem mesmo enfrentamos uma viagem.

Jack colocou a panela sobre a bancada e me pegou, envolvendo minha cintura com os braços.

— Gatinha, você está preocupada com essa viagem? Não vou fazer besteira. Prometo.

Evitei encará-lo, observando a parede branca distante. Seus dedos começaram a acariciar meu rosto e, em seguida, forçaram meu queixo para cima.

— Olhe para mim, Cass — Jack pediu, gentilmente.

Com relutância, obedeci ao seu pedido. Era muito difícil colocar meus sentimentos em palavras, com todas as minhas inseguranças e meus medos erodindo a confiança que construímos.

— Não quero outra garota. — Jack levou minha mão à sua boca e a beijou. — Você me ouviu?

— Ouvi — foi tudo o que consegui dizer, sussurrando.

— Acredita em mim? — ele quis saber.

— Acho que sim. Vamos ver.

— Caramba! Eu provarei para você.

Jack me beijou, com sua língua forçando o caminho através de minha boca. Movi-me abruptamente para trás.

— Se esse é o seu jeito de provar...

Num instante, a boca de Jack voltou a encontrar a minha. O calor entre nós era suficiente para provocar um incêndio. Sua mão pegou a parte inferior das minhas costas, puxando-me contra ele. Minhas defesas diminuíam a cada segundo.

Movi as mãos sob sua camiseta e corri meus dedos ao longo das curvas de suas costas. A pele de Jack era suave e macia, mas firme e musculosa. Meu corpo latejava de excitação. Jack pressionou a ereção coberta pelo seu jeans contra meu corpo. Quase perdi o fôlego. E ainda que não estivesse pronta para ser uma das conquistas de Jack Carter, achei difícil resistir a ele estando tão excitada.

Melissa pigarreou.

— Meu Deus. Acho que devia deixar uma gorjeta depois de ver isso...

Afastei meu corpo do de Jack, com o desejo obscurecendo minha visão.

— Aceitamos moedas de vinte e cinco centavos. — Jack sorriu, e, em seguida, inclinou-se em minha direção para um último beijinho.

Melissa ficou confusa, sem entender nossa brincadeirinha particular, pois nunca revelara a ela.

— Tenho de acabar meu trabalho para a faculdade. Façam alguma comida para mim, por favor.

Jack impressionou-me não só me ajudando a preparar o jantar, mas também com a louça. Ele tentou me atingir com o pano de prato num total de doze vezes. Encheu meu saco, mas devo admitir que também achei aquilo gostoso.

Ao terminar de guardar a louça, me perdi em pensamentos.

— Em que você está pensando? — Jack quis saber.

— Estou pensando sobre nós — disse, oferecendo-lhe um sorriso tranquilizador enquanto recolocava o pano de prato no lugar.

— Ah, sim? E o que você pensou? — Jack deu um passo em minha direção.

Ergui a mão para detê-lo.

— Pensei no meu sentimento em relação a você hoje, em contraste com o meu sentimento na festa daquela noite.

— E qual é o seu sentimento por mim hoje? — Jack pegou minha mão, colocou-a nas minhas costas, e puxou meu corpo contra o dele.

— Eu não o odeio hoje. — Meu coração disparou.

— E também não vai me odiar esta noite — Jack sussurrou em meu ouvido.

Um arrepio substituiu minha vontade de contra-atacar de modo divertido. Soltei-me e me afastei de seu corpo excitante.

— Tenho de me aprontar para você.

— Irei junto — Jack disse, quando comecei a sair da cozinha.

Parei e me virei para encará-lo.

— Não, não vai. Você ficará aqui até eu terminar de me aprontar. Vá ver *SportsCenter* ou *Baseball Tonight* na TV.

— Sério?

— Sério!

— Tudo bem, gatinha. Você se apronta e eu espero aqui.

Presumi que Jack achou que eu tramava algo, mas a verdade era que eu não tinha a intenção de fazer nada sexual com ele naquela noite. Não me sentia preparada, e teria de admitir isso para ele. Receava ter aquela conversa. Tirei a maquiagem, escovei os dentes, vesti uma regata cor-de-rosa e um short branco. Em seguida, dirigi-me para a sala de estar.

— Você pode vir agora — chamei.

O olhar de Jack percorreu meu corpo de alto a baixo. Então, ele se ergueu do sofá, desejou boa-noite para Melissa e caminhou na minha direção, com um sorriso. Deu um tapinha no meu traseiro e me puxou para o meu quarto.

— Pare, seu pentelho! — gritei quando entrei no quarto, rindo. Vi quando Jack fechou a porta e, em seguida, procurou algo em sua maleta.

— Trouxe uma coisa para você. — Ele tirou um pote de vidro vazio e o entregou para mim.

Peguei-o e li a etiqueta escrita à mão colada no vidro: "Cofrinho da gatinha". Dei uma sonora gargalhada e coloquei o pote sobre a minha penteadeira.

— Trouxe isto também. — Jack tirou um saquinho com as moedas de nosso primeiro encontro.

O som delas tinindo umas contra as outras reavivou minha memória.

— Maneiro. — Sorri, enquanto depositava o conteúdo do saco no pote.

— Você me deve um monte de toques, gatinha.

— Sem dúvida. Quem poderia imaginar que você podia ser tão esperto?

— Todo o mundo, exceto você — ele respondeu, naquele tom metido, tão típico de Jack.

Ele deu dois passos em minha direção, e nossos rostos quase se tocaram. Em seguida, acariciou minha face e enlaçou minha nuca, puxando minha boca de encontro à sua. A língua invadiu minha boca, enquanto a mão percorria a curva das minhas costas e parava sobre meu quadril, agarrando-o com firmeza.

Pouco depois, Jack se afastou, com um belo sorriso malicioso. Ele se curvou sobre sua maleta e tirou uma *nécessaire* de couro.

— Tudo bem se eu tomar um banho rápido?

— Claro. Tem uma toalha debaixo da pia. — Sorri, ainda tentando recuperar o fôlego.

Não consegui tirar os olhos de Jack quando ele despiu a camiseta e a deixou cair no chão perto da pia. Os braços bronzeados e bem definidos me deixaram atônita. Jack abriu o zíper do jeans, tirou a calça e se encostou no balcão para pegar a pasta de dente. Forcei-me a desviar o olhar antes de começar realmente a babar ante sua visão só de cueca bóxer bem justa.

Resistir talvez fosse mais difícil do que eu imaginava.

Jack saiu do banho enrolado em uma toalha verde. Gotas de água pingavam de seus cabelos molhados.

— Gatinha, você pode pegar uma cueca para mim?

Saí da cama, peguei sua maleta, abri-a e encontrei camisas sociais, gravatas e calças.

— O que são todas essas roupas elegantes?

— Temos de usá-las sempre que viajamos.

— Sério? Por quê?

— São as regras. Temos de ter uma aparência apresentável. Somos um time de beisebol universitário. É preciso causar boa impressão.

— Ah, faz sentido — disse, procurando uma cueca para ele.

— É muito melhor do que um bando de caras desordeiros com camisetas e bermudas.

— Sem dúvida! — Peguei a primeira cueca que achei. — Pegue. — E a joguei para ele.

— Obrigado. — Jack deixou que a toalha caísse no chão.

Fiquei boquiaberta, recusando-me a desviar o olhar. Um intenso calor tomou conta de mim quando ele se virou para me encarar. Jack sorriu antes de vestir a cueca.

Droga. Esta noite talvez me mate.

— Gostou do que viu? — Jack provocou, deitando ao meu lado na cama.

— Por que você não namora um espelho? — sugeri, com sua insolência forçando o ressurgimento de minha natureza defensiva.

— Para começar, não posso transar com um espelho.

Antes que eu conseguisse responder, sua boca já estava sobre a minha, com sua língua com o sabor de menta da minha pasta de dente.

Minhas defesas esmoreceram quando o calor de sua pele penetrou em mim através de minha roupa pouco espessa. Deixei escapar um gemido quando senti sua ereção se esfregando em mim.

— Eu lhe quero, Cassie. — Jack encostou a boca no meu pescoço e deslizou a língua até meu ouvido. — Eu quero você. — E mordiscou minha orelha.

— Jack... — falei seu nome entre as respirações ofegantes. — Jack, pare.

Ele parou de se mover, e senti meu coração bater mais forte.

— Desculpe, Jack, mas... não esta noite.

Preparei-me para a reação de Jack, incerta de qual seria. No passado, os caras ficavam bem frustrados se eu pedia para eles pararem. Agiam como se tivessem o direito divino de transar comigo, quer eu estivesse preparada ou não. Os caras pareciam se transformar em outras pessoas sempre que seus membros estavam envolvidos no processo.

Todo o calor me abandonou quando Jack me soltou.

— Tudo bem, gatinha. Só vou transar com você quando se sentir pronta. — Em seguida, beijou a ponta do meu nariz.

— Obrigada. — Sorri, agradecida pelo fato de Jack não parecer zangado.

— Mas você vai se sentir pronta em breve, certo? — Ele não conseguiu manter uma expressão séria por muito tempo. — Estou brincando. Não vou pressioná-la. — Sorriu.

Sorri aliviada com sua compreensão. Jack me pegou e me abraçou com força. Em seguida, colocou minha cabeça sobre seu peito.

— Ajudaria se soubesse que estou apaixonado por você?

Soltei-me e o encarei.

— Não brinque comigo, Jack Carter.

— Não estou brincando.

Inclinei-me para beijá-lo, com os sentimentos confusos.

— Diga — pedi, beijando-o. — Diga — repeti.

— Eu... — Jack hesitou. Então, olhou nos meus olhos, e disse: — Eu amo você. — Ele me puxou pela nuca, e me beijou loucamente.

— Jack... — murmurei seu nome, enquanto fundia minha boca na dele, com minhas pernas em torno de sua cintura.

Aquelas três pequenas palavras me transformaram. O desejo me subjugou, fazendo com que eu quisesse me ligar a ele de todas as maneiras possíveis. Queria que o espaço entre nós desaparecesse.

— Eu quero você — sussurrei.

Jack recuou um pouco.

— Não precisamos transar — ele afirmou, deslizando seus dedos pelas minhas costas.

— Eu sei, mas eu quero. — E fiquei realmente surpresa comigo mesma.

— Tem certeza?

— Você está tentando me convencer a desistir? — caçoei.

Jack arregalou os olhos quando tirei o meu short, revelando minha calcinha fio dental azul-clara. Ele jogou meu short no chão. Ajoelhou-se e massageou minhas pernas, não deixando intocado nenhum pedaço delas.

Então, passou a explorar a parte superior de meu corpo. Suspendeu minha regata e começou a beijar de leve o espaço entre meus seios. Inclinando-se completamente sobre mim, beijou meu pescoço e, em seguida, beijou minha boca.

Percorri suas costas com as mãos, sentindo seus músculos rijos e tensos. Puxei o elástico de sua cueca bóxer, tentando tirá-la. Em vão. Jack terminou de tirá-la, e senti sua excitação crescer.

— Você tem camisinha? — ele perguntou antes de dar o passo final.

— Você não tem? — indaguei, incrédula.

— Acho que trouxe uma. Por precaução, sabe?

— Só por precaução... Sei?

— Você não pode censurar um cara por isso. Mas eu a esqueci em casa.

— Sério?

— Sério.

— Bem... — Hesitei. — Passei a tomar pílula quando começamos a sair.

— Jura?—

— Sim... — Sorri, tímida, constrangida com a revelação.

Jack se afastou um pouco.

— Eu nunca... — Ele começou a falar, mas parou de repente.

— Nunca o quê? — Minha respiração acelerou.

A hesitação dele fez minha confiança vacilar.

Jack me encarou com desejo e incerteza.

— Eu nunca transei desse jeito antes — ele admitiu, por fim.
— Numa cama? — caçoei, incerta do que ele estava querendo dizer.
— Não. — Jack fez uma pausa. — Sem uma camisinha.

Fiquei quase boquiaberta quando entendi que *desse jeito* significava sem uma camisinha. A vulnerabilidade de Jack brilhou naquele exato momento como uma luz de farol numa tempestade violenta. Em algum lugar ao longo do caminho, cruzamos uma linha imaginária onde os sentimentos e as emoções se tornaram indistintos no desconhecido. Um lugar aonde nenhum de nós ousou ir antes.

— Sério? Nunca?
— Nunca. Se não tinha uma camisinha, não transava. Nunca houve alguém como você, Cassie. Nunca haverá.

Sua confissão nos silenciou por algum tempo.

— Você ainda quer? — perguntei, com a voz trêmula.

Sentir a calcinha deslizar pelas minhas pernas e deixar meu corpo num movimento fluido foi a resposta que Jack me deu. Minha respiração foi ficando cada vez mais acelerada a cada beijo, a cada carícia, a cada toque dele. Jack segurou meu rosto entre as mãos.

— Você sabe que isso muda tudo — ele afirmou.
— Prove — retruquei com um leve sorriso, lembrando a palavra que disse após nosso primeiro beijo.
— Eu amo você, Cassie — Jack tornou a declarar.

Seu tom de voz foi tão sincero que tive de conter as lágrimas.

— Eu também amo você — admiti, com meus muros de proteção desabando em meio a nuvens de poeira.

Num piscar de olhos, Jack voltou a me beijar, com sua língua explorando o interior de minha boca. Com uma estocada firme, senti Jack dentro de mim, e deixei escapar um gemido de prazer.

— Tudo bem? — ele quis saber, reduzindo a velocidade dos movimentos.
— Tudo bem. Continue. — Fechei os olhos, querendo mais.
— Ah, meu Deus, você é incrível. — Jack respirava de modo ofegante perto do meu ouvido. — Puta merda, talvez eu nunca me recupere disso...

As mãos de Jack seguravam meus ombros, enquanto ele movimentava seu corpo, num vaivém dentro de mim. Eu movia meus quadris em sincronia com os movimentos dele.

Abri os olhos e passei meus dedos pelos seus cabelos. Segui as linhas de suas costas até alcançar a parte inferior dela, onde poças de suor se acumulavam. Os músculos de suas costas se retesaram quando o abracei. Puxei-o para que ele penetrasse cada vez mais fundo em mim a cada estocada. Jack deu um gemido gutural, e pressionou o rosto suado contra o meu.

— Nunca amei alguém antes. Assim, me leve numa boa, por favor — Jack pediu.

Virei a cabeça para encará-lo e o beijei.

— Jack — sussurrei —, não pare.

Continuei puxando seu corpo contra o meu. Suas estocadas provocavam uma sensação que nunca sentira de maneira tão intensa antes. Meu corpo latejava em todos os pontos, da cabeça até os pés. Ondas sucessivas de sensações e emoções me engolfavam.

— Cassie... — Jack murmurou, encarando-me.

Sorri de modo corajoso, mas, por um instante, senti-me completamente vulnerável.

— Tudo bem — eu disse, suave, agarrando-o com mais força ainda.

Jack crispou os lábios e semicerrou os olhos quando o senti pulsar e gozar dentro de mim. Seu corpo estremeceu e, em seguida, relaxou. Isso permitiu que ele se deitasse em meu corpo.

— Não... consigo... respirar — reclamei, brincalhona, empurrando-o pelos ombros.

— Desculpe. — Jack deu risada e saiu de cima de mim, deitando-se ao meu lado. — Foi incrível — afirmou, ainda ofegante.

Jack se inclinou na minha direção, beijou a ponta do meu nariz e se apoiou sobre um braço.

— Eu amo você, Cassie. Tenho certeza de que vou fazer algumas besteiras, pois não tenho muita experiência. Prometa que será paciente comigo. Dê notas à medida que aprendo ou algo assim.

— Você devia seguir uma carreira em vendas, sabia? — caçoei.

— Prometa, gatinha. Tenha paciência comigo.

— Só se você prometer não fazer nada que me constranja ou me faça parecer tola.

— Fechado! — Jack abriu um sorriso largo, e eu me inclinei para beijar suas covinhas.

Tive de admitir para mim mesma que estava com medo. Fomos longe demais, e meu coração nunca mais seria o mesmo, independente do que viesse a acontecer dali em diante. Contudo, se eu queria que ele acreditasse em nós, teria de acreditar nele.

Na manhã seguinte, às cinco da madrugada, levei Jack ao estádio de beisebol. Quando chegamos, vi o ônibus que levaria o grupo para o aeroporto e os companheiros de time de Jack. Sorri quando vi Jamie, namorada de Matt, um dos jogadores, dirigindo uma caminhonete imensa. Ela parecia apavorada atrás do volante, e sua expressão me trouxe alívio, pois imaginava que a minha era parecida. Olhando para mim, Jamie acenou, e eu acenei de volta.

Jack saltou para fora de sua máquina mortífera, pegou suas coisas e veio até o lado do assento do motorista, que eu ocupava de maneira relutante.

— Cuide de meu objeto de orgulho e se divirta — Jack disse.

— Você sabe que seu carro vai mofar no estacionamento do meu prédio, certo? — comentei.

Jack deu um sorriso, enlaçou minha nuca e me puxou ao seu encontro.

— Mando uma mensagem de texto quando chegar ao Texas. — Então, Jack me beijou.

Um beijo acompanhado por diversos assobios e gritos. Ele se afastou, virou-se e mostrou o dedo médio para seus companheiros de time.

— São uns amadores — Jack disse para mim e sorriu.

— É a primeira vez que eles conseguem zoá-lo. Estão agitados.

Jack me deu um último beijo, virou-se e começou a caminhar na direção do ônibus, carregando sua bagagem.

Capítulo 8

ESTAVA NA MINHA AULA DE DIREITO, com o professor falando a respeito de normas legais da comunicação de massa aplicada à liberdade de expressão e imprensa. Em vez de anotar, minha mente vagava em pensamentos a respeito de Jack e nossa noite juntos. Distraída, coloquei minha caneta perto da boca e comecei a morder a tampa.

Maryse, a bela morena sentada perto de mim, cutucou meu ombro, tirando-me do êxtase. Virei-me para observá-la e, com o queixo, ela indicou a lousa, onde nosso professor escrevia tópicos para o nosso próximo exame.

— Obrigada — murmurei.

— Por nada — disse, sorrindo. — Você está namorando Jack Carter, não é?

Fiz que sim.

— Dane-se esta aula, também estaria pensando nele. — Maryse deu uma risadinha.

Reprimi uma risada e respirei fundo, sabendo que fora pega.

Nosso professor terminou a aula, e Maryse me seguiu enquanto a classe se dispersava. Fora da sala de aula, ela me perguntou:

— Como conseguiu que Jack Carter se apaixonasse por você?

— Juro que não sei. Acho que você terá de perguntar isso a ele. — Sorri e coloquei meus óculos escuros.

— Todas as garotas daqui correram atrás dele por anos — Maryse disse, como se aquela fosse uma nova informação para mim.

— Talvez tenha sido justamente por causa disso. Eu não corri atrás dele.

Ela arregalou os olhos.

— Ah, então foi ele que correu atrás de você? Acho que foi a primeira vez que isso aconteceu. — Maryse aplicou um pouco de brilho nos lábios e os crispou. Em seguida, guardou o tubo na bolsa. — Os caras adoram caçar. Depois que eles agarram a presa é que se deve tomar cuidado.

— O que você quer dizer?

— Que Jack Carter não é do tipo que se prende a alguém. Você foi um desafio para ele, mas não é mais. Agora, você já é dele.

Não respondi, incerta do que dizer em minha defesa. E se Maryse tivesse razão? E se tudo fosse um jogo para ele? Inicialmente, Jack não conseguiu me ganhar, mas, em seguida, ganhou. O desafio estava vencido.

O caminho se bifurcou, e Maryse se afastou para pegar a outra direção.

— Tenho outra aula agora. De ética na mídia. Um saco. Vejo você na segunda. Não se esqueça de estudar.

— Até segunda — respondi com um sorriso amarelo.

Encaminhei-me para o centro acadêmico, notando a falta de movimento que costumava haver próximo dele. Era estranho admitir que o time de beisebol tinha a ver com o fato, mas tinha. A falta de energia era visível.

Quando abri a porta, não fui recebida pelo habitual ruído histérico das garotas. Se o time de beisebol não estava, então as tietes também não estavam. Aquela revelação foi quase tão estranha quanto perturbadora.

Olhei ao redor do espaço quase vazio e avistei Melissa e Dean. Não dera ainda dois passos na direção dos dois, quando uma loira excessivamente amigável estendeu um braço bronzeado para me deter.

— Oi. Você é Cassie, não? Sou Mollie, e só estou querendo saber se você e Jack ainda estão namorando.— Ela falou isso alto o suficiente para suas três amigas próximas escutarem.

— Por quê? — perguntei, incomodada.

— É que uma amiga minha do Texas me mandou esta foto ontem à noite pelo celular. Este é Jack, não? — Mollie segurava o aparelho para que eu conseguisse vê-lo, enquanto suas amigas esperavam minha reação com ansiedade.

Curvei-me na direção do celular e observei a foto na tela. Sem dúvida era Jack perto de uma porta de quarto de hotel aberta; uma garota magra e de cabelos escuros passava por ela.

— E esse também é ele, não? — Ela passou para outra foto, onde Jack sorria, fechando a porta atrás de si.

— Parece ser. — Afastei-me, com as pernas bambas, mas mantendo a cabeça ereta.

O ruído das risadinhas ecoavam em meus ouvidos. Eu fazia força para não chorar.

Caminhei na direção de Dean e Melissa.

— O que ela queria? — Dean indagou quando cheguei perto deles.

Deixei-me cair numa cadeira à mesa.

— Mostrar uma foto de uma garota entrando no quarto de hotel de Jack. — Senti um nó na garganta. — E outra de Jack sorrindo fechando a porta atrás de si.

— Não é possível — Dean afirmou.

— Sim, é possível. — O desconforto tomou conta de mim. — Sou uma idiota.

Dean pôs suas mãos sobre as minhas e as segurou com carinho.

— Talvez sejam antigas.

— Do que você está falando? — Livrei minhas mãos com força das dele.

— Existem muitas fotos de Jack com outras garotas, Cassie. Talvez sejam antigas.

Estremeci, de súbito me sentindo vulnerável à medida que as meninas malvadas me observavam vorazmente como coiotes a algumas mesas de distância.

— Jack não faria isso com você — Melissa garantiu, tentando me tranquilizar.

— Não exagere.

— Por que você diz isso?

— Porque ela conhece meu irmão. — Dean olhou para Melissa e, em seguida, para mim. — E Cassie está esperando que Jack faça alguma besteira, pois ele vive dizendo para ela que vai fazer.

— Só para constar, quero que seja mencionado que não acredito nisso. Nem por um segundo — Melissa afirmou, de modo confiante.

— Nem eu. — Dean esboçou um sorriso gentil.

— Era Jack naquelas fotos. Sem nenhuma dúvida. E a camiseta que ele usava estava na maleta dele. Eu a vi na outra noite.

Não consegui mais conter o choro, e as lágrimas começaram a rolar. Para não permitir que meu pranto servisse de alimento para as fofocas das garotas malvadas, levantei-me da mesa e corri para o banheiro.

Depois de me trancar numa das cabines, deixei que as lágrimas rolassem à vontade. Senti-me tola e constrangida pelo fato de ter deixado Jack Carter chegar tão perto de mim.

Ouvi uma batida na porta da cabine.

— Cass? — Melissa perguntou, baixinho.

Sem uma palavra, destranquei a porta, e ela a abriu. Melissa observou meu rosto coberto de lágrimas e, em seguida, me abraçou.

O abraço de minha melhor amiga só piorou as coisas, já que as lágrimas começaram a cair sem controle.

— Por que ele faria isso? Não entendo.

— Cassie, acho que você está tirando conclusões apressadas. Sei que parece ruim. Mas Jack não ligou para você ontem à noite?

— E daí? Ele me liga e envia torpedos o tempo todo. Não significa que não possa transar com alguma garota depois que desligamos. Não significa que não possa enviar um torpedo enquanto alguma menina está em seu quarto. — A lógica fazia todo o sentido para mim.

— É verdade, Cass, mas só acho que você deveria dar uma chance para ele se explicar.

— Explicar que fui uma idiota completa? Que fui enganada pelo maior jogador do *campus*? Você até me preveniu a respeito dele. — Enterrei a cabeça nas mãos, e comecei a soluçar.

— Mas eu estava errada. Quer dizer, não em relação ao fato de Jack ser um babaca em relação a todas aquelas outras meninas. Porém, ele não é assim em relação a você. Você sabe disso, Cassie. Deve haver alguma explicação.

— Por que está defendendo Jack?

— Porque vejo como ele olha para você. E escuto como ele fala a seu respeito.

— Não quero parecer uma idiota na frente de todos. Aquelas garotas com aquelas fotos... — Fiz uma pausa para recuperar o fôlego. — Sinto-me humilhada. Você sabe como foi constrangedor?

— Aquelas garotas conseguiram exatamente o que queriam. Elas são tão cruéis que farão qualquer coisa para separar você de Jack. Não é capaz de perceber isso? — Melissa procurava ponderar, com o tom de voz com um quê de decepção.

No entanto, nada do que Melissa disse me fez sentir melhor. Não conseguia tirar da cabeça a imagem de Jack sorrindo enquanto conduzia a garota para dentro de seu quarto.

— Tenho de ir. — Passei por Melissa e saí do banheiro.

Não parei de pensar até chegar ao nosso apartamento e desmoronar em minha cama. O som do meu celular me assustou. Olhei para a tela, onde estava escrito: "Uma nova mensagem de texto de Jack." Senti um mal-estar quando li seu nome. Pressionei o ícone Mensagens. "Entrando no campo. Ligo depois do jogo. Sinto muita saudade."

Não respondi. Não era capaz.

Encolhi-me na cama e agarrei o travesseiro com força, sentindo um peso enorme na cabeça. Fechando os olhos, procurei uma fuga.

Algum tempo depois, o toque do celular acordou-me de um sono leve e sem sonhos. Olhei para o relógio sobre a mesa de cabeceira, e seus dígitos vermelhos me alertaram de que quase quatro horas se passaram.

Meu celular continuou a tocar a música que escolhera para as chamadas de Jack.

— Você não vai atender? — Melissa gritou do outro quarto.

Pressionei o botão Ignorar, interrompendo a execução da música. Depois de um minuto, soou um bipe, alertando-me a respeito de um novo correio de voz. Não escutei, receando que, se ouvisse a voz de Jack, minha decisão fosse por água abaixo. Outro bipe se seguiu, e a frase "Uma nova mensagem de texto de Jack" apareceu na tela.

Tentei resistir à sua leitura, mas quis saber o que Jack tinha a dizer. Cliquei no ícone apropriado. "Tudo bem, gatinha? Vencemos hoje. Ligue-me assim que você vir esta mensagem. Saudade."

Recoloquei o celular no chão e me dirigi à sala de estar, onde Melissa assistia à TV.

— Você não atendeu à chamada dele? — ela me perguntou sem olhar para mim.

— Não sou capaz de falar com Jack agora.

— Você tem de falar com ele agora — Melissa disse, virando-se para me encarar.

— Não posso ter essa conversa com Jack por telefone. Tenho de olhá-lo nos olhos quando perguntar a respeito daquelas fotos.

— Ele não é o seu pai, Cassie.

— Eu sei disso.
— Sabe?
— É claro que sim.
— Tem certeza.
— Qual é a sua, Melissa?
— A minha é que Jack não vai prometer para a escola uma banda famosa para a noite de formatura e desaparecer, deixando para você resolver a confusão e responder a todas as perguntas. Ele não vai fazer um monte de promessas para as pessoas que não poderá cumprir.

De fato, os constrangimentos que meu pai me causou estavam marcados profundamente em mim. Quer eu admitisse quer não, fui afetada pelas suas mentiras e pela incapacidade dele de cumprir a menor das suas promessas.

Não disse nada. Continuei a encarar Melissa, com raiva dela por apontar as falhas que sentia que não conseguiria mudar.

— Cass, não quero que você puna Jack pelos erros cometidos pelo seu pai — Melissa falou com suavidade, encostando sua testa na minha.

— Como você pode dizer uma coisa dessas? Você sabe o que eu vi hoje. Aquelas fotos não têm nada a ver com meu pai. — Movi-me para trás, tensa.

— As fotos não têm a ver, mas o fato de você se recusar a falar com Jack, a menos que seja cara a cara, tem a ver sim. Eu sei o que você está fazendo.

— Por que não me diz, então?

— Você quer testá-lo. Julgar sua expressão corporal. Olhar seu olhos, sua boca.

— Você tem razão. Diga o que há de errado com isso.

— Nada. — Melissa deu de ombros, frustrada. — Só acho que talvez você não precise conversar pessoalmente com Jack para decidir se ele estava mentindo ou não.

— Mas eu preciso. Você não percebe. — Respirei fundo antes de prosseguir: — Não confio em mim mesma quando se trata dele.

— Por quê?

— Porque vou querer acreditar em tudo o que ele me disser ao telefone.

— É uma questão de se proteger, não é?

Fiz que sim com a cabeça.

— Você acha que algum dia será capaz de confiar da maneira que uma pessoa normal confia?

— Quer dizer cegamente? — Dei uma sonora gargalhada antes de prosseguir: — Provavelmente não.

O celular tocou no meu quarto de novo. Era o tom de chamada de Jack.

— Por favor, atenda à ligação dele, Cassie.

— Não consigo. Sinto muito. — Fui ao meu quarto e pressionei o ícone Ignorar mais uma vez.

Meu telefone emitiu um bipe com outro alerta de correio de voz. Logo depois, emitiu um bipe de nova mensagem de texto. Seria um longo fim de semana.

"Gatinha, estou ficando preocupado. Diga que está tudo bem antes que eu pire. Eu amo você."

Por um lado, pensei: *Ótimo. Fique pirado. Fique preocupado. Você merece.* Por outro lado, senti certo alívio com o fato de Jack realmente se preocupar. Fiz um gesto negativo com a cabeça, desgostosa com minhas emoções conflitantes, e desliguei o telefone. Não conseguia mais lidar com outras mensagens de texto ou chamadas perdidas naquela noite. Sem mencionar o fato de que não conseguia parar de me perguntar se a moreninha faria outra aparição no quarto de Jack. Essa ideia fez meu estômago revirar.

Escutei o celular de Melissa tocar. Não demorou para ela me chamar:

— Cassie, venha aqui!

Com relutância, voltei para a sala de estar, onde Melissa estendeu seu telefone na minha direção.

— Quem é? — perguntei, com medo da resposta.

— É Dean. Pegue o telefone.

— Alô — falei, irritada.

— Cassie, meu Deus, o que está acontecendo? Jack está me ligando feito um louco, completamente pirado. Disse que você não responde a nenhuma ligação ou torpedo dele.

— E daí? — Fingi não me importar.

— Você tem de falar com ele, Cass. Não pode ignorá-lo dessa maneira quando ele está numa viagem. Não é justo.

— Eu posso ignorá-lo sim! — gritei, em resposta. — Jack é que estava com uma putinha no seu quarto de hotel, não eu. Assim, não me diga que tenho de falar com ele, Dean. Não me fale do que é justo!

Com relutância, recomecei a chorar.

— Você é muito teimosa! Ele vai ficar louco. Você pretende deixá-lo?

— Só não consigo falar com ele, ok? Não consigo falar com ele agora — roguei algum tipo de compreensão por parte de Dean. — Diga para Jack que estou ocupada com um trabalho para a escola. Ele acreditará nisso.

— Tudo bem — Dean concordou, resignado. — Direi para ele. Mas, Cassie, Jack não é idiota. Ele vai perceber que há algo errado e, então, não sei o que poderá fazer.

— O que você quer dizer com isso?

— Quero dizer que nunca Jack me pareceu tão maluco quanto esta noite.

— Acho que ele deveria ter pensado melhor antes de convidar uma piranha para passar a noite no seu quarto.

— Você está sendo completamente irracional, sabia? — Dean afirmou, ríspido.

— Como assim?

— Está pondo o carro na frente dos bois. Por que não tenta esclarecer a situação?

— Porque não quero discutir isso por telefone.

— Por que não? Sua atitude é absurda e egoísta.

— Agora também sou egoísta? — gritei e soltei uma risada.

— Mais ou menos. Você está pensando só em si mesma e em seus sentimentos. Não está pensando em Jack. Isso não é apenas um jogo para ele. É o futuro dele. É a carreira dele. Jack não pode falhar. Você não se importa com isso? — A voz de Dean soou atormentada.

— Se ele me traiu, não me importo nem um pouco — respondi, num tom frio.

— Mas você não sabe o que aconteceu. Não sabe quem é aquela garota. Pode ser uma velha amiga dele... Por que você não liga e pergunta para Jack?

— Não. Não quero. Não até ele voltar. E não se atreva a dizer alguma coisa para ele, Dean! Não quero que Jack tenha todo o fim de semana para pensar numa resposta perfeita.

— Não direi uma palavra ao meu irmão. Mas, Cassie, por favor, mande ao menos um torpedo para Jack. Algo para que ele possa se concentrar no jogo. Faça isso por ele.

Claro que eu me preocupava com Jack e queria que ele jogasse bem. Independente do quanto ele me machucou, não queria distraí-lo da única coisa que realmente era dona de seu coração.

— Tudo bem. Assim que desligarmos, mando um torpedo.

— Converso com você mais tarde então. — Dean aparentava maior tranquilidade.

— Espere! Dean?

— Sim?

— Quero lhe avisar que não vou pegar Jack no domingo.

— Está certo. Nesse caso, vou buscar o carro dele na sua casa. — Dean suspirou.

— Obrigada. Tchau. — Desliguei o celular e o entreguei para Melissa. Em seguida, fui para o meu quarto e liguei o meu celular.

Rapidamente, digitei o seguinte texto e o enviei: "Desculpe, Jack, mas estava ocupada com um trabalho de fotografia. Provavelmente, estarei presa nele até sua volta. Boa sorte amanhã. Bjs."

Menos de um minuto se passou antes de meu telefone soar, assinalando que eu tinha uma resposta.

"Fico louco de estar tão longe de você e não saber o que está acontecendo. O que você fez comigo? Rsrsrsrs. Ligue se der. Se não conseguir, tudo bem. Boa sorte no seu trabalho. Não consigo parar de pensar na outra noite..."

Procurei me manter firme no que dizia respeito a Jack, mas mesmo suas mensagens de texto me desafiavam. Sabia que tirara conclusões apressadas a respeito das fotos, mas me recusava a parecer uma idiota. E, em minha opinião, só uma idiota se comportaria como se nada tivesse acontecido. Em suma, não queria ser aquele tipo de garota. O tipo de garota que precisava tanto de Jack em sua vida que ignorava tudo que fosse capaz de arruinar o relacionamento.

No entanto, ao tentar ser diferente de todas as outras meninas, tornei-me irracional, declarando Jack culpado antes de examinar os fatos do caso. Agarrei-me aos meus princípios com tanta força como a única maneira para conseguir superar o próximo dia e meio livre de Jack.

Isso, e o fato de ter desligado meu telefone.

Capítulo 9

ENTREI EM PÂNICO quando percebi que não faltava muito tempo para Jack retornar de viagem. Não me comunicara com ele desde os torpedos de dois dias atrás. Perguntava-me se deveria sair do apartamento. Mas aonde eu iria? Não poderia me esconder dele para sempre. Quanto antes conversássemos, melhor seria para nós dois.

Estava inquieta em meu quarto, pensando sem parar. Era fácil ser durona enquanto Jack estava em outro estado e eu podia simplesmente bloqueá-lo pressionando um botão do celular.

Enfim, escutei o ruído característico do carro de Jack se aproximando. Cheguei à janela no momento exato de vê-lo parando numa das vagas do estacionamento. Antes de sair do carro, ele aparentemente gritou com o pobre Dean, no assento de passageiro. Em seguida, Jack sumiu da minha vista.

Poucos instantes depois, ele golpeou com força a porta da frente.

— Cassie! — Jack gritou. E tornou a golpear a porta. — Cassie! Por favor, Cassie, abra. Não é o que você pensa.

Claro, Dean contou.

Senti o estômago embrulhar quando Melissa finalmente destrancou a porta. Escutei-o perguntar:

— Melissa, onde ela está? Gatinha, estou entrando — Jack anunciou diante da porta fechada do meu quarto.

Quando ele entrou, meu coração disparou. Os cabelos dele estavam totalmente despenteados por causa da velocidade com que ele veio do estádio até minha casa. Jack ainda usava o terno da viagem, embora com a gravata solta.

Jack correu para o lado de minha cama, ajoelhou-se e estendeu a mão para mim. Recuei antes de ele conseguir me tocar. Encarei-o enquanto ele falava:

— Gatinha, não é o que você pensa. Aquela garota não estava no meu quarto por minha causa.

Recusei-me a me mover, sem vontade de ser enganada.

— Você me escutou? Ela não estava ali por minha causa. Eu dividi o quarto com Brett, e ele a conheceu na nossa primeira noite. Brett a convidou para subir ao nosso quarto. Eu só abri a porta para ela.

— E a foto? Quem tirou? — eu quis saber.

— Ela chegou com outras garotas, mas não as deixei entrar. Uma delas deve ter tirado a foto.

— Verdade? — perguntei, mais esperançosa do que eu previra.

— Juro. — Jack voltou a estender a mão para mim, e, dessa vez, permiti que seus dedos se entrelaçassem nos meus. Ele levou minha mão até sua boca e a beijou todinha.

— Então, você não ficou com ela? — indaguei, embora já tivesse acreditado nele.

— Não. Não gosto mais de morenas. Agora só gosto desse tom de loiro. — Jack acariciou os meus cabelos, sorrindo. — Não faria isso com você.

Pulei para fora de minha cama direto para os braços de Jack. Ele me abraçou com força e me beijou.

— Senti muita saudade sua — Jack disse entre os beijos.

Então, ele se afastou e perguntou:

— Conte exatamente o que houve.

Caí na minha cama, puxando-o comigo.

— Na sexta-feira, no centro acadêmico, uma tal de Mollie se aproximou de mim e me mostrou duas fotos de você com essa garota, em seu quarto de hotel. Quase perdi o controle depois disso.

— E você simplesmente achou que a garota estava comigo? — Jack ficou triste.

— Vocês dois eram os únicos que apareciam nas fotos. — Senti um arrepio ao me lembrar delas.

— Isso não é justo, gatinha — Jack comentou.

— Sei que não é. — Desviei o olhar dele, constrangida com minha capacidade de descartá-lo tão rápido.

— Você deve se lembrar de que jogo beisebol aqui há três anos. Tenho amigas em todos os lugares para onde viajamos. E, às vezes, elas aparecem no meu quarto para passar um tempo. Sempre divido o quarto com ao menos um outro cara. Você não pode achar que estou fazendo algo errado o tempo todo.

— Mas o que eu deveria pensar? — Não consegui deixar de defender minha reação inicial. — Vi uma garota entrando num quarto em que você estava à porta. Em seguida, vi você fechando a porta, com o maior sorriso do mundo estampado no rosto.

— Droga, Cassie, por que não perguntou para mim? — O tom de voz de Jack mudou, com a raiva substituindo rápido a tristeza. — Foi por isso que você nunca me ligou? Porque achou que traí você no segundo seguinte em que eu deixei a cidade? — Baixou a voz, mas manteve o tom raivoso: — Nós transamos, Cassie.

— Não sou a primeira garota com quem você transou, Jack.

— Não. Mas você é a primeira garota que amei.

— Não podia ter essa conversa com você pelo telefone — admiti, sentindo certo remorso.

— Então, você decidiu não ter conversa nenhuma? — Jack saiu da cama e começou a andar pelo quarto. — Sabe como isso me enlouqueceu? Estou tentando me concentrar no jogo de beisebol, e tudo em que consigo pensar é por que a garota por quem estou apaixonado resolveu me ignorar. Sabia que havia algo errado nisso. Tentei me desligar, mas não consegui. Você não pode fazer isso comigo. Não entende? Você não pode fazer isso comigo quando estou tentando jogar beisebol!

— Desculpe, Jack. Não achei...

— Papo furado, Cassie! — Jack falou mais alto, tenso. — Não fiz nada para você não confiar em mim. Mas o fato é esse: você não confia em mim.

Evitei seu olhar, com a verdade de suas palavras ressoando profundamente em meu íntimo.

— Olhe para mim — a voz dele se elevou, junto com sua raiva.

Eu o obedeci, agradecida pelas lágrimas estarem turvando minha visão.

— O que quer de mim, Jack?

— Quero que você me dê uma oportunidade, mas, pelo jeito, é pedir demais. — Jack se virou e saiu do quarto.

Escutei a porta da frente bater com força. Sentei-me atordoada em minha cama.

— O que houve? — Melissa perguntou, à soleira.

— Acho que acabei de fazer uma grande besteira. — Respirei fundo e limpei uma lágrima. — Você pode me passar o meu celular? — Apontei para ele no balcão do banheiro.

Melissa pegou meu celular e o jogou para mim.

— Você quer conversar?

— Daqui a pouco. Obrigada. — Tentei sorrir, mas não consegui.

Melissa captou a mensagem e fechou a porta para me dar alguma privacidade.

Busquei o nome de Jack nos contatos e pressionei o ícone Enviar. Escutei o telefone dele tocar duas vezes antes de a ligação cair na caixa postal. Ele estava me ignorando. Deixei de lado o orgulho e esperei pacientemente pelo bipe para deixar uma mensagem, mas desliguei. Não tinha a menor ideia do que queria dizer para ele que não parecesse patético ou estúpido.

Como as coisas desandaram com tanta facilidade?

Fui até o quarto de Melissa e a encontrei lendo um livro, na cama. Aconcheguei-me perto dela e abri meu coração.

— Você tinha razão a respeito de Jack — comecei.

Ela largou o livro e se virou para mim.

— A respeito do quê?

— Ele garantiu que a garota não estava lá por sua causa.

— Ela estava lá por que então?

— Jack dividiu o quarto com Brett, e parece que Brett a conheceu e a convidou para subir. — Deixei escapar um longo suspiro.

— Você acreditou nele?

— Acreditei.

— Então, por que ele foi embora?

— Porque ficou de saco cheio com o fato de eu não confiar nele. — Fiz um gesto negativo com a cabeça. — É uma situação absurda, Melis. Num momento, fico aliviada pela garota não ter estado ali por causa dele. E, no momento seguinte, sinto-me horrível e culpada por não confiar em Jack. Agora ele se foi, e estou com muito medo de ter estragado tudo. — Fechei os olhos, respirei fundo e prossegui: — E se eu o perder?

— Isso não vai acontecer — Melissa falou com a voz firme.

— Como pode ter tanta certeza? — Eu era incapaz de ocultar o medo em minha voz.

— Porque Jack é tão teimoso quanto você! Ele não vai desistir de você assim tão fácil. Mas ele tem razão, sabe? Você não confia nele. E isso não é justo. — Melissa acariciou meus cabelos.

Voltei a respirar fundo.

— Eu sei, mais é difícil. Quer dizer, vi aquelas fotos e fiquei muito constrangida. Me senti uma idiota. Como se aquelas garotas soubessem de algo que eu não sabia sobre meu próprio relacionamento.

— Eu sei como se sente. Mas jamais lhe ocorreu que ele poderia não ter feito aquilo, certo?

— Na realidade, não — confessei.

— Eu também ficaria de saco cheio.

O som da porta da frente se abrindo interrompeu nossa conversa. Escutamos sons de passos rumando para meu quarto.

— Cassie! — A voz de Jack ecoou em todo o apartamento.

— Estou no quarto de Melissa — informei, nervosa.

Jack apareceu e se apoiou no batente. Tinha se trocado: o terno elegante fora substituído por uma bermuda preta e uma camiseta de beisebol justa. Ele enfiou as mãos nos bolsos e pediu para mim:

— Levante-se. Quero conversar com você.

Senti medo ao tentar sair da cama de Melissa. Ela me ajudou e disse, bem baixinho:

— Vai dar tudo certo. Vá. Peça desculpas. — Então, Melissa me deu um leve empurrão no traseiro.

Cambaleei antes de recuperar o equilíbrio, procurando algum sinal de alegria em Jack, mas em vão. Segui-o até o meu quarto. Ele fechou a porta.

— Sente-se. — Jack indicou minha cama, e eu o obedeci.

Ele não se sentou ao meu lado. Em vez disso, ficou diante de mim, olhando-me antes de falar.

— Deixe-me terminar antes de você dizer alguma coisa. Tudo bem?

Não consegui dizer nada. Assim, simplesmente fiz que sim com a cabeça.

— Queria estar realmente puto com você neste momento. Não, esqueça; estou realmente puto com você. — Jack parou de falar, respirou fundo e ajeitou os cabelos. — Olha, sei que temos problemas sérios. Temos problemas de confiança, e essa coisa acontecendo entre nós é assustadora.

Ele agora evitava me olhar.

— Mas quando eu disse que a amava, quis dizer exatamente isso. Não quis dizer que a amaria só se fosse fácil, ou só se não houvesse drama. Acho que sabemos que a vida não é assim.

Vi o rosto dele se contorcendo de emoção enquanto meus olhos começavam a se encher de lágrimas.

— Sei que não é fácil ficar comigo. Namorar comigo significa que você tem de lidar com muitas coisas desagradáveis provocadas por outras pessoas. Sinto muito por isso. Tudo aquilo a que você está se expondo nesse momento... lido com isso há anos. Estou acostumado... As fotos, as garotas, as páginas das fãs, os blogs, os caça-talentos, os jornalistas, toda essa merda de mídia social.

Finalmente, os olhos de Jack encontraram os meus.

— Sei que a versão passada de mim é a de um cara em quem você nunca confiaria. Mas quem eu sou quando estou como você não é o cara que eu costumava ser. Acho que não sou mais aquele sujeito desde a noite de nosso primeiro encontro. Assim, não é justo que você me julgue como se eu continuasse sendo aquele sujeito.

Jack acomodou seu corpo perto do meu, na beira da cama.

— Se for para continuarmos namorando, então você terá de confiar em mim. E você não poderá me excluir ou me ignorar quando as coisas ficarem incômodas.

Achei que horas de silêncio se passaram antes de eu perguntar:

— Posso falar agora?

— Sim. — Jack riu.

— Sinto muito mesmo, Jack. Sei que você não fez nada para merecer minha desconfiança, mas é que, quando vi aquelas fotos, me senti uma babaca. Pedi para você não me constranger e não me fazer parecer uma idiota, e achei que foi exatamente o que você fez. Entrei num modo de autopreservação, em que nada mais importava, a não ser eu.

Tentei explicar minha loucura de uma maneira que ele entendesse. Basicamente ele estava namorando alguém com sérios problemas de confiança.

Jack me enlaçou pelas costas e me puxou para si. Deixei algumas lágrimas rolarem antes de secá-las.
— Você me deixa louco, mas amo você. — E Jack me beijou.
— Então, você não está terminando comigo? — Fiz beicinho.
— Você não é tão sortuda.

Capítulo 10

JACK

— Gatinha, por favor, vamos nos atrasar! — gritei para Cassie, que estava no banheiro.

— Já vou, espera aí.

Escutei o som de algo batendo na bancada e pés se arrastando.

— Tudo bem, estou pronta. — E Cassie entrou na sala de estar.

Fiquei boquiaberto ante a visão de suas pernas bronzeadas naquele curto vestido branco. Examinei cada centímetro de seu corpo, admirando cada curva. Balancei a cabeça e sorri. Juro, Cassie parecia um anjo deslumbrante. E eu queria ser o seu diabo.

— Gatinha, você vai provocar um ataque cardíaco no meu avô.

A risada de Melissa ecoou pela sala.

— Por favor, não mate o avô de Jack, Cass. Não será uma boa primeira impressão.

— Darei o melhor de mim. — Cassie piscou. — Até mais tarde, Melis.

Guardei o celular no bolso e peguei a mão de Cassie. Ela enlaçou seus dedos nos meus, e a conduzi até a porta.

— Até mais, Melissa. — E abri a porta da frente.

— Tchau. Divirtam-se!

Saindo do apartamento, dei um tapinha no traseiro de Cassie. Ela parou e sorriu para mim. Meu Deus, eu amava aquela garota.

— Você está linda. — Passei os dedos através das ondas douradas de seus cabelos.

— Obrigada. — Cassie tornou a sorrir, e eu a ajudei a embarcar no carro.

Olhei para Cassie sentada ao meu lado e a percebi preocupada com seus cabelos. Droga. Ela os ondulara, e, no caminho, eles ficariam embaraçados. Devia ter pedido emprestado o Honda de meu avô.

— Pegue. — Estendi para ela meu boné de beisebol.

— Para quê?

— Coloque. Vai manter seus cabelos no lugar.

Cassie o colocou, mas o boné quase cobriu seus olhos.

— Você tem um cabeção! — ela disse, sorrindo.

Dei a partida, e o motor rugiu.

— Pronta? — perguntei.

— Pronta — Cassie respondeu.

Acelerei o carro, e o vento começou a despentear meus cabelos.

— Você já levou alguma garota para sua casa antes? — A voz de Cassie cortou o som do ar e o rugido do motor.

— Você está brincando, não?

— Não.

— Cassie, jamais dormi com a mesma garota duas vezes.

— E daí? Isso não significa que você não levou alguma garota para sua casa antes.

Pousei a mão direita sobre seu joelho e acariciei sua pele desnuda com os dedos.

— Você é a primeira. E a última — informei-lhe, com a expressão séria.

Cassie sorriu de alegria.

Dirigi durante dez minutos e parei na frente da casa azul e branca de meus avós. O quintal era meticuloso, com arbustos podados alinhados na frente da residência.

— É muito bonita. — Cassie tirou o boné.

— Seus cabelos estão perfeitos, gatinha. Vamos. — Peguei o boné da mão dela e o vesti, enfiando os cabelos debaixo dele.

Abri a porta do carro e a ajudei a desembarcar, com as mãos repousando em seus quadris e traseiro.

— Acho que você está querendo me torturar usando esse vestido.

— Fico feliz que você tenha gostado.
— Vou gostar mais quando você o tirar.
— Jack! Pare!

Entrelaçamos nossos dedos, e eu a conduzi até as portas duplas da frente. Uma delas se abriu, e Dean apareceu, sorrindo de orelha a orelha.

— Já não era sem tempo. — Ele deu um abraço bem apertado em Cassie.

— Se você não a soltar, vou machucá-lo. — De modo divertido, afastei Dean de Cassie com um empurrão leve.

Cassie deu risada, ergueu o queixo e aspirou o ar.

— Que cheiro incrível! — ela disse.

— É o molho caseiro da vovó — Dean revelou.

— Bem-vinda. — Eu observava como Cassie percorria com o olhar todas as nossas coisas.

— Que incríveis essas fotos antigas de vocês dois. Vocês eram muito fofos. — Cassie apontou para algumas fotos da escola primária penduradas na parede.

— Ainda somos fofos — afirmei, conduzindo-a até a cozinha.

Entramos e, imediatamente, vimos minha avó curvada sobre o fogão, com seus cabelos castanhos meio grisalhos ajeitados num coque. Meu avô estava sentado à mesa redonda de jantar, lendo o jornal. Ele ergueu os olhos quando escutou nossos passos, com os óculos repousando na ponta do nariz, como sempre.

— Querida, eles chegaram — vovô informou, parecendo excitado. Ele se levantou da cadeira e caminhou na direção de Cassie com os braços abertos. — Você deve ser Cassie. É um prazer conhecê-la. — E a abraçou.

— Essa é minha garota, Cassie — falei para minha avó.

Minha avó limpou as mãos no avental enquanto Cassie sorria e se soltava do abraço de meu avô.

— É um prazer conhecê-la, Cassie. Já ouvimos falar muito de você.

— Também é um prazer conhecê-los. Obrigada por me receberem — Cassie respondeu, com um sorriso caloroso. — Posso ajudar?

— De jeito nenhum, querida. Já está quase tudo pronto. Vá se sentar e sinta-se à vontade. Jack, cuide dela, ok? — A voz de minha avó assumiu o tom que ela só usava comigo e com Dean.

— Sim, é claro. — Aproximei-me de Cassie e lhe dei um beijo no rosto. — Você precisa de alguma coisa, gatinha?

— Estou bem, obrigada.

Meu avô puxou uma cadeira vazia para perto de si e deu um tapinha nela.

— Sente ao meu lado, Cassie. Ou também devo chamá-la de gatinha? — Ele piscou um olho.

— Acho que todos nós devemos começar a chamá-la de gatinha. — Dean deu risada.

Dirigi um olhar não muito amistoso a meu irmão.

— Só eu posso chamá-la assim. Seria sensato você se lembrar disso.

— Jack, pare de ameaçar seu irmão — minha avó me repreendeu.

— Tudo bem. — Dei um chute em Dean sob a mesa.

— Cassie, Jack nos contou que você é fotógrafa — meu avô disse.

— É o que estou estudando agora. Quero abrir meu próprio negócio assim que me formar.

— Isso é ótimo! Não é ótimo, querida? — vovô perguntou à vovó.

— Sem dúvida. Que tipo de negócio, Cassie? — ela quis saber.

— Gostaria de vender fotos para revistas especializadas em viagens e histórias de interesse humano. Eu viajaria pelo país e conheceria todo tipo de pessoas com histórias incríveis. — Cassie começou a explicar lentamente e alto o suficiente para todos escutarem.

Não deixei de notar a maneira como seus olhos verdes brilhavam quando falava sobre seu ofício.

— Ah, isso parece empolgante — minha avó afirmou.

— Que tipo de fotografia você tiraria? — Meu avô estendeu a mão para pegar seu copo de água.

— Acho que ligada a um artigo que um jornalista estivesse escrevendo. Poderia ser desde a inauguração de um novo hotel e seu impacto sobre uma cidade em dificuldades até o retorno a um local depois de ter sido quase destruído por um desastre natural. No entanto, o tema geral seria positivo e inspirador.

Cassie fez uma pausa e olhou para mim, com os olhos arregalados. Em seguida, prosseguiu:

— Quero me candidatar a um estágio nas férias de verão. Parece que uma das revistas com sede em Nova York tem um escritório em Los Angeles. Meu professor disse isso hoje. Ele me garantiu que escreveria uma carta de recomendação para mim. Vamos ver se dá certo.

Dei-lhe um sorriso largo.

— Se você não entrar na disputa, não poderá ganhar, gatinha. Serão uns idiotas se não a contratarem para o estágio.

— Obrigada, nenê.

— Vocês deviam ver as fotos dela. Cassie é muito boa — acrescentei.

— Ela é muito boa mesmo — Dean concordou. — Mas tenho uma dúvida. Suas fotos são muito criativas. Quer dizer, os ângulos e os enquadramentos... Cassie tirou uma foto de Jack no monte do arremessador. Não dá para ver todo o corpo, nem mesmo o rosto. É uma foto incrível. Você poderá tirar fotos assim para uma revista?

— Em primeiro lugar, muito obrigada pelos elogios, Dean. Respondendo à sua dúvida: acho que depende da revista e do seu estilo. Mas as publicações para as quais gostaria de trabalhar apresentam fotografias muito criativas, e acho que dão ao fotógrafo muita liberdade em relação às suas criações.

— Parecem as revistas perfeitas para você. Mas se não der certo, você sempre poderá tirar fotografias de esporte e seguir seu namorado pelo país — sugeri, esperançoso.

— Então só teria de acordar e tirar fotos de você durante todo o dia?

— Parece um trabalho dos sonhos para mim. — Dei uma risadinha.

— Meu Deus! — Minha avó suspirou. — Perdoe-me, Cassie. Dei o melhor de mim em relação a Jack.

— Tudo bem. Jack é perfeito exatamente do jeito que é.— Cassie sorriu para ela.

— Jack, Dean, venham me ajudar a servir... — vovó pediu.

Dean e eu nos levantamos da mesa e fomos até o fogão. Voltamos carregando travessas cheias de comida italiana fumegante. O cheiro das *bruschettas* de tomate, alho e manjericão tomou conta do ambiente, fazendo-me salivar.

— Sirvam-se. Cassie, primeiro — meu avô disse.

Cassie pegou a travessa de espaguete e se serviu de uma grande porção. Em seguida, alcançou duas *bruschettas* e as colocou em seu prato. Então, adicionou uma porção de salada.

— Já pegou o bastante? — caçoei.

— Acho que me empolguei demais. — Cassie ficou ruborizada.

— Não se preocupe. Coma o que você puder.

— Tudo parece incrível. Muito obrigada — Cassie afirmou para minha avó com sinceridade, e, sem perda de tempo, começou a comer.

— Você é bem-vinda, querida. Obrigada por vir.
— Agora, Jack, precisamos falar a respeito de seu recrutamento — meu avô mencionou entre mordidas. — Em primeiro lugar, quem estará aqui no dia do recrutamento além dos repórteres da TV? — Enrolou um pouco de espaguete no garfo.

Cassie olhou para mim, bastante interessada na conversa. Engoli a comida antes de falar:

— Você e a vovó, claro. Dean, você vai estar, certo?

Dean fez que sim com a cabeça, e me virei na direção de Cassie.

— E, Cass, gostaria que você também estivesse aqui.
— Espere. Aqui para o quê? Não estou entendendo muito bem.
— O recrutamento da liga secundária de beisebol. Os caras acham que serei um dos primeiros recrutados. Assim, será televisionado pela ESPN.
— Sério? — Cassie pareceu surpresa.
— Sério. — Imitei seu tom de voz, e ela sorriu para mim.
— Isso é incrível.
— Você virá, certo?
— Claro.
— Genial. Então, vão estar: Cassie. O vovô e a vovó. E Dean. E, é lógico, meus agentes: Marc e Ryan.
— Você já tem agentes? — Cassie perguntou.
— Não oficialmente. Não posso assinar com eles antes de ser recrutado. Mas temos um acordo verbal.
— E quantos agentes você tem? A maioria dos jogadores não tem só um?
— Um é o agente, e o outro, o advogado. Mas eles trabalham juntos. Assim, não tenho de contratar um advogado separadamente — expliquei.
— Ah, realmente precisamos conversar mais a respeito dessas coisas de beisebol. Acho que não sei nada do que está rolando — Cassie comentou, com certa intranquilidade.
— Desculpe, gatinha. Há outras coisas acontecendo, mas tudo é bastante novo. Eu ia lhe contar tudo.
— Desencana, Jack. Não estou preocupada. Sinto-me bastante empolgada por você. Mas essa coisa de TV é um pouco opressiva.
— Isso só acontece quando o recrutamento envolve um grande nome. Não se mandam equipes de TV para a casa de todo o mundo — Dean explicou-me.

— Certo. E quando vai ser?

— Na primeira segunda-feira de junho — Dean respondeu antes que eu conseguisse.

— E quando você vai embora? — Cassie procurava por uma resposta que eu ainda não tinha.

— Não sei ao certo, mas acho que logo depois. — E meu peito pareceu pesar uma tonelada.

— No mesmo dia? — Cassie quis saber.

— Não. Mas imagino que uma semana depois.

Cassie ficou muito perturbada. Eu não disse nada a ela e, naquele momento, sem nenhum aviso, tudo era revelado. Às vezes, eu conseguia ser bem idiota.

— Qual é o plano, Jack? O que seus agentes acham que vai acontecer? — minha avó quis saber.

— Acham que vão me convidar na primeira rodada de recrutamento e que me oferecerão um bônus de ingresso considerável. Se gostarmos da oferta, então vamos aceitá-la, e eu terei de me mudar para a sede do time.

— O que é bônus de ingresso? — Cassie estava tensa.

— É o dinheiro usado como incentivo para um jogador assinar um contrato com o time, em vez de ele voltar para a escola por outro ano. O salário da liga secundária é apenas suficiente para pagar as despesas do mês. Eis por que o bônus de ingresso é tão importante. Mas nem todo jogador recebe — tentei esclarecer sem confundir Cassie.

— Sendo assim, nem todos os jogadores recebem um bônus de ingresso, mas você receberá porque será recrutado na primeira rodada? — A voz de Cassie soou um pouco trêmula.

— Isso mesmo.

— Quantas rodadas existem?

— Num recrutamento? Cerca de quarenta.

— Puta merda! E seus agentes acham que você será recrutado na primeira rodada? — Cassie arregalou os olhos, enquanto eu reprimia uma risada. — Perdão! — Ela tapou a boca, envergonhada pelo palavrão.

— Já ouvimos coisas muito piores. — Meu avô deu risada.

— O que acontece com os caras que não recebem um bônus de ingresso?

— O que quer dizer, Cassie?

— Você disse que eles mal conseguem viver com o salário que ganham sem um bônus.

— Ninguém joga beisebol só pelo dinheiro, gatinha. Jogamos porque gostamos tanto do esporte que a ideia de não jogar provoca uma dor insuportável. É um esporte que um dia acaba para todo aquele que o pratica, mas fazemos de tudo para adiar esse fim. — Tomei fôlego e prossegui: — Quando você sonha apenas em fazer uma única coisa em sua vida, é quase impossível pensar em outra qualquer. Você não sabe como. É tudo o que você sempre quis, e não só vai lutar para chegar lá, mas também vai lutar para continuar.

— Adoro o quanto você ama o beisebol. — Os olhos de Cassie brilharam.

— Eu não jogaria se não amasse o beisebol — admiti, sorrindo.

— Marc e Ryan têm alguma ideia do time que vai tentar recrutá-lo? — Dean cortou um pedaço de pão.

— Se têm, não me contaram.

— Então, você nem imagina onde vai jogar? — Dean mastigou o pedaço de pão esperando minha resposta.

— Ainda não.

— Existem times em todo o país, não? — Cassie perguntou, com a expressão ao mesmo tempo excitada e preocupada.

— Em quase todo o país.

— E você terá de ir para qualquer lugar que eles disserem?

— Se eu quiser jogar beisebol, sim — respondi com um sorriso largo, esperando melhorar o estado de ânimo de Cassie.

— O que vocês dois vão fazer quando Jack partir?

— Ainda não conversamos a esse respeito, vovó. — Corri os dedos nervosamente pelos cabelos.

Por sob a mesa, Cassie pôs a mão em minha coxa. De imediato, peguei-a, grato pelo toque dela.

— Os relacionamentos a distância são uma droga — Dean comentou, sombrio.

— O que você sabe a respeito deles? — perguntei a ele com rispidez, de repente subjugado pela realidade de minha situação e Cassie.

— Ouvi dizer que são uma droga. E nunca duram. — Então, ele fechou a matraca, um pouco tarde para o meu gosto.

— Chega, Dean! — Minha avó o golpeou com o guardanapo. — Os relacionamentos a distância podem funcionar tão bem quanto os de qualquer outro tipo. Às vezes, até são melhores.

— Como assim? — Cassie a fitou, com nossas mentes claramente na mesma sintonia.

— Para começar, o relacionamento fica menos associado ao aspecto físico, lógico. — Vovó deu risada, e continuou: — E se associa mais às coisas que importam de verdade a longo prazo. Quando vocês não podem se ver por meses, os elementos do relacionamento florescem ou passam por dificuldades. Nenhuma relação consegue sobreviver sem confiança, honestidade e comunicação, não importa quão próximos vocês estejam.

Minha avó parou de falar por um instante, olhando para Cassie e para mim, e então disse:

— Relacionamento a distância significa inúmeras horas de conversa pelo telefone. Conversa de verdade. Porque é tudo o que vocês têm quando não podem simplesmente pegar o carro e ir até a casa do outro. Vocês têm mesmo de conhecer um ao outro. Durante esse tempo separados, os vínculos que vocês criam podem se tornar tão sólidos como vigas de aço.

Fiquei completamente concentrado nas palavras de minha avó.

— Ela tem razão — meu avô confirmou. — Quando vocês só têm o telefone para conversar, isso muda tudo. Todas as emoções e os sentimentos ainda estão ali, mas se amplificam de uma maneira difícil de explicar. Por isso a parte da comunicação é tão importante.

Minha avó olhou para o meu avô com um sorriso com covinhas.

— Porque é fácil interpretar mal ou tirar conclusões apressadas quando a pessoa que você ama está longe. A única maneira de consertar isso é conversar a respeito. Assim, acaba-se conversando muito.

— Quando vocês estiveram separados? — Enfim entendi que os dois falavam por experiência própria.

— Durante a guerra. Mas eu escrevia cartas para ele todos os dias — minha avó disse, sem rodeios.

— E eu escrevia a cada oportunidade que tinha. — Vovô meneou a cabeça. — E também ligava.

— Isso mesmo.

Os dois trocaram olhares carinhosos, e eu segurei a mão de Cassie.

— Acho que é o bastante dessa conversa para uma noite. Tenho certeza de que as crianças não querem pensar a respeito de todas essas coisas agora. — Então, minha avó se levantou da mesa, seguida pelo meu avô.

— Foi muito bom ouvi-los. Obrigada. — Cassie ainda segurava a minha mão.

— Deixem a louça por nossa conta. Vão descansar — sugeri aos meus avós.

— Obrigada, Jack. Vamos ficar na sala. — E vovó saiu da cozinha.

— Vocês dois vão ficar juntos, não é mesmo? — Dean pareceu temeroso.

Virei-me para Cassie, que olhava de modo penetrante para mim.

— Imagino que, até lá, ela já estará de saco cheio de mim. — Não consegui deixar de brincar com Cassie numa tentativa tola de ocultar meus temores.

— É bem provável — ela replicou.

Eu esperava que ela estivesse brincando.

— Sério que vocês não conversaram nada a respeito de tudo isso? — Dean questionou, incrédulo, reclinando-se em sua cadeira.

— Ainda não. — Tentei me manter sereno, ignorando a irritação que crescia em mim.

— Cara, não falta muito para junho. E você vai embora pouco depois do recrutamento. Vocês dois são incorrigíveis.

— Por que você não cala a boca, Dean, e se preocupa com sua própria vida amorosa? Ou melhor, com a falta dela. — E dei um chute na canela dele, com força.

A cadeira de Dean deslizou pelo chão da cozinha.

— Uau, Jack! Meu Deus! Só estava tentando dizer que vocês dois deviam começar toda aquela coisa de comunicação de que a vovó estava falando.

— Você está sendo um idiota, Dean. Sabia? — Eu me levantei do assento, tentando controlar a raiva.

Cassie segurou a parte inferior da minha camiseta, puxando-me na direção dela.

— Jack! Sente-se!

Olhei para Cassie, que estava encolhida de medo, e desmoronei sobre a cadeira, com a respiração ofegante. Depois de pensar por um instante, tornei a me erguer e peguei o braço dela.

— Vamos. — E a puxei.

— Não. Nós não lavamos a louça ainda e...

— Vamos. Eu lavo a louça quando voltar — afirmei, sem dar escolha para ela.

— Boa noite, Dean — Cassie disse, de má vontade, dois passos atrás de mim.

— Boa noite, Cass. Desculpe.

Irrompi na sala de estar e dei um beijo no rosto de minha avó.

— Preciso levar Cass para casa. Volto daqui a pouco e lavo a louça. Ok? Obrigado pelo jantar. Estava delicioso.

— Aconteceu alguma coisa, querido? — Minha avó me fitava, preocupada.

— Pergunte para o seu outro neto. — Sorri para ela, sem nenhum constrangimento, e dei um abraço no meu avô, que exalava o cheiro de tabaco impregnado em suas roupas.

— Foi um enorme prazer conhecê-los. Muito obrigada pelo jantar. Estava fantástico. — E em seguida, Cassie abraçou meu avô e minha avó.

— Prazer em conhecê-la também, Cassie. Boa sorte com aquele estágio. — Vovô sorriu.

— Você será bem-vinda quando quiser, mesmo depois que Jack for embora — minha avó garantiu.

Praticamente arrastei Cassie para fora da casa. Assim que fechei a porta de entrada, ela se livrou com força de mim.

— Meu Deus, Jack, chega! Pare de me puxar como um cachorro ou coisa parecida. Não sei por que está tão de saco cheio.

Na calçada, parei de repente, quando a culpa se misturou com a raiva.

— Eu machuquei você?

— Não. Mas não faça isso de novo. Não gosto.

Tentei pegar a mão dela outra vez, mas Cassie não deixou, colocando-a nas costas.

— Eu mereço isso. — E caminhei na direção do carro, dois passos à frente dela. Abri a porta, mas não a ajudei a embarcar.

Dentro do carro, abri o antigo cinzeiro, onde guardava algumas moedas. Peguei o valor certo. Olhei para Cassie, sabendo que ela estava chateada.

— Me perdoe. — E coloquei duas moedas de vinte e cinco centavos no seu colo.

Cassie olhou para baixo e, em seguida, ameaçou dar um sorriso.

— Odeio você, Jack.

— Não, você não me odeia. — Experimentei uma sensação de alívio ao ver que tudo acabaria bem.

— Me leve embora. Já que você me arrancou de sua casa, complete o serviço agora mesmo.

O tom de voz de Cassie afugentou qualquer sensação de alívio que acabara de sentir. Dei a partida, e não falamos nada durante todo o trajeto até o prédio dela. O único som ali dentro era o da música que escolhi.

Assim que estacionei o carro, ela desembarcou.

— Por favor, gatinha. Espere! — pedi, mas ela continuou andando. — Cassie!

Percebi que ela não tinha intenção de parar. Assim, eu a segui, devagar, com minha mente a mil. Quando alcancei a porta da frente, notei que não estava fechada. Dei um suspiro de alívio.

— Cass? — chamei, observando a sala de estar vazia.

A luz do quarto dela estava acesa. Assim, caminhei até lá.

Entrei e a encontrei diante do espelho do banheiro, tirando a maquiagem do rosto. Cassie se virou para mim, suspirou, e tornou a mirar seu reflexo. Sentei na beira da cama, me sentindo o maior paspalhão do mundo. O problema era que eu não sabia ao certo o motivo de ela estar tão furiosa, mas tinha certeza de que a culpa era minha.

Observei quando Cassie juntou seus cabelos num rabo de cavalo, revelando sua bela nuca, que, em geral, ela ocultava. Sabia que estava encrencado com ela, mas, de repente, tudo o que consegui pensar foi em beijar aquela nuca. Fiquei de pé, caminhei até Cassie e tentei lhe dar um beijo.

— Não, Jack.

Parei. Nenhum contra-ataque, nenhuma reação, nenhuma discussão. Simplesmente, voltei-me a sentar na beira da cama. Se eu tivesse um rabo, com certeza o teria enfiado entre as pernas.

Eu não tinha nenhum controle sobre aquela situação. Aquela garota era minha dona. Naquela cama, eu esperava alguma atenção da parte dela.

Cassie saiu do banheiro e caminhou na minha direção. Evitou meu olhar e se sentou o mais longe possível de mim.

— O que há de errado com você? — O tom raivoso dela me pegou de surpresa.

— O que eu fiz?
— Você está brincando, não? — Cassie deixou escapar uma risada nervosa. — Você pirou na casa de seus avós. Achei que ia bater em seu próprio irmão!
— Ele me encheu o saco! — disse, procurando defender minhas ações. — Não gostei das coisas que ele estava dizendo a nosso respeito.
— Jack, você não pode se irritar cada vez que alguém diz algo desagradável a nosso respeito.
— Sim, eu posso — respondi, muito sério.
— Tudo bem, você pode. — Ela riu. — Mas não deveria. Além disso, Dean não estava totalmente errado.
— Como assim?!
— Simplesmente não temos o melhor currículo quando se trata de confiança e comunicação. Sem dúvida, temos que trabalhar em algumas coisas. — Cassie se aproximou de mim.
Eu a enlacei pela cintura, puxei-a para junto de mim e lhe dei um beijo.
— Não somos perfeitos.
— Nem de longe. — Sorrindo, Cassie prosseguiu: — Jack?
— Sim.
— Você vai me manter a par de suas coisas de beisebol? Não quero ser a última a saber o que está acontecendo com você.
— Você não será mais a última a saber. Prometo.
— Então, você vai mesmo embora logo? — Cassie perguntou, com um tom de voz que partiu meu coração.
Fiz que sim com a cabeça.
— Mas voltarei em poucos meses. A temporada termina em setembro. Voltarei para casa assim que acabar.
— Sério? Então, você não vai se mudar para sempre?
— Foi isso que você pensou? Que serei recrutado e nunca mais voltarei?
— Mais ou menos. Não sei como funciona.
— Só irei para o resto da temporada de beisebol e, depois, voltarei para casa. A liga já vem tendo jogos desde abril — informei-lhe, querendo aliviar seus temores.
— E depois? Quero dizer, você irá embora de novo, não?

— Em fevereiro. — Sorri, sem muito entusiasmo.

Cassie começou a contar nos dedos os meses entre o meu retorno e a minha nova partida.

— Não é algo tão terrível.

— Totalmente aceitável, não?

— Ainda não estou pronta para perder a esperança em você. Sempre tentarei qualquer coisa com você. — Cassie piscou para mim e, então, começou a recuar. — Bem... quase qualquer coisa. — E ficou ruborizada.

Inclinei seu rosto na direção do meu, erguendo seu queixo com os dedos.

— Eu amo você.

Os olhos dela focalizaram minha boca antes de se fecharem quando eu a puxei para mim. Eu a beijei, sentido o sabor de hortelã de sua pasta de dente. O contato de nossas línguas despertou uma parte do meu corpo sobre a qual eu não tinha nenhum controle. Entrelacei meus dedos nos seus cabelos, puxando-a para ainda mais perto de mim.

Cassie deixou escapar um suspiro. Eu só conseguia pensar em despi-la daquele vestido branco. Coloquei-a sobre a cama e me posicionei em cima dela. A maneira como seus cabelos se espalharam no travesseiro me tiraram do sério.

— Você é linda. — E voltei a beijá-la.

Esperei pelo sinal de que Cassie estava disposta a ir mais longe antes de tentar alguma coisa. Sua boca se ergueu de encontro à minha e, ao mesmo tempo, ela pressionou o corpo contra o meu. Então, minha mão deslizou ao longo da pele desnuda de sua perna, erguendo parte de seu vestido. Puxei-o para cima, até seu quadril, não sentindo nenhuma rejeição em relação às minhas ações.

Corri o polegar ao longo do elástico de sua calcinha, deslizando-o embaixo dela. A sensação de sua pele me deixou inteiramente fora de controle. Queria penetrá-la.

— Eu quero você. — Ofeguei.

Cassie abriu os olhos e, ao mesmo tempo, suas mãos procuraram o botão de minha bermuda. O toque de seus dedos me fizeram deixar escapar um gemido. Com minha força de vontade desaparecendo, estendi a mão para ajudá-la a remover o tecido que restava entre nós.

Em seguida, livrei-me da bermuda e da cueca. Sentei-me e, em seguida, joguei a camiseta no chão. O belo corpo de Cassie, semidespido, com o vestido branco erguido até a altura de seus seios, me deixou sem ar. Eu a despi do vestido com facilidade. Em seguida, estendi a mão e desci a calcinha até seus pés, onde ela se livrou dela.

As curvas do corpo de Cassie me desafiavam. Então, percorri-as com a língua, sentindo o gosto salgado de sua pele.

Respirando rápido e pesado, Cassie deslizou seus dedos ao longo dos músculos de minhas costas. Cada som que escapava de sua boca me fazia querê-la mais.

— Jack... — Sua voz estava trêmula. — Eu quero você.

As palavras de Cassie me atiçaram. Quis deleitá-la... satisfazê-la... seduzi-la... Quis que aquele momento fosse a melhor parte de seu dia.

Cassie agarrou meu corpo quando deslizei para dentro dela. Ela deixou escapar um gemido. Crispei os lábios durante meu movimento de vaivém. Procurava me concentrar na sensação de deslumbramento de Cassie.

Seus olhos se abriam e fechavam à medida que minhas estocadas continuavam. Independente da quantidade de garotas com quem dormira na Fullton, nenhuma chegara perto de reagir daquela maneira. Cassie olhou para mim.

— Não pare, Jack. — Seu corpo tremia em espasmos.

Meu ritmo se acelerou. Sabia que não seria capaz de resistir muito mais tempo.

Beijei Cassie ao longo do pescoço e, em seguida, senti o gosto doce de sua boca.

— Cassie — disse, beijando-a.

Ela suspirou. Gemi descontrolado e liberei meu desejo avassalador em Cassie.

Afastei-me dela com delicadeza e me deitei de costas, com a respiração forte e ofegante. Ela se virou e pousou a cabeça sobre o meu peito. Abracei-a, passando os braços em torno de suas costas úmidas.

— Eu amo você, Jack.

— Não se esqueça disso quando eu estiver fora por três meses neste verão.

— Não fui eu quem transou com metade da escola. — Cassie riu, para amenizar um pouco a farpa.

— Isso não significa que metade da escola não irá querer transar com você assim que eu partir — disse, sério.

Percebi como os outros caras olhavam para Cassie. Não fui o primeiro cara da Fullton a notá-la. Só fui o primeiro a conquistá-la.

Capítulo 11

CASSIE

As coisas entre Jack e mim se acertaram depois de todo o caos na casa de seus avós. Passamos todos os momentos livres juntos, que não foram muitos naqueles dias. Com o recrutamento se aproximando, Jack se concentrou mais do que nunca nas questões relativas ao beisebol. E eu me ocupei em reunir um portfólio para o estágio.

— Vou visitar meus pais. — Melissa estava encostada na parede da cozinha. — Não quer vir comigo?

— Não vai dar — disse, depois de pensar por dois segundos. — Jack não têm jogo neste fim de semana. Só vai treinar.

— Então com certeza vou visitar meus pais — Melissa afirmou, sorrindo.

— Um tempo a sós com Jack... O que vamos fazer? — Enfiei o dedo médio na boca, simulando um boquete.

— Não quero saber. — Dando risada, Melissa abriu a geladeira.

— Quer sim — cacoei.

— Mais ou menos. — Ela balançou a cabeça como se tentasse afastar uma imagem perturbadora. Em seguida, mudou de assunto: — O que sabe a respeito de Jack e do time de softball, Cassie?

— Como não vai haver jogo de beisebol, pediram para Jack jogar hoje à noite.

— Sério?

— Parece que será uma boa publicidade. Não sei. Seja como for, ele não tem muita escolha. Jack não pode dizer "não" para outro time da escola.

— É estranho.

— Também acho, mas estarei lá.

— Você dá tanto apoio... — Melissa caçoou, simulando uma punheta com as duas mãos juntas.

— Ah, eu tento. — E gargalhei.

— Quer que eu veja seu carro?

— Quero. Você pode ver se ele ainda está juntando poeira na entrada de casa? — Dei uma risadinha ante o absurdo da situação.

— Não exagere com Jack durante o fim de semana. Ligo mais tarde, ok? — Melissa me abraçou e, depois, pegou suas coisas.

— Tudo bem. Não corra na estrada. Diga aos seus pais que estou com saudade. — Sorri e acenei no momento em que Melissa abriu a porta da frente, quase colidindo com Jack.

— Bom fim de semana, Jack. — Ela piscou para ele.

Jack se virou para mim, fazendo um ar de espanto.

— Ah, para você também, Melis — ele respondeu antes de fechar a porta. — O que há?

— Melissa vai aproveitar o fim de semana para visitar os pais. — Tentei não enrubescer, mas em vão.

Jack se sentou no sofá, perto de mim.

— Todo o fim de semana?

— Todo o fim de semana. — Enfatizei as palavras para impressionar.

— Beleza! Escuta, Cassie, Matt nos convidou para uma reunião na casa dele antes do jogo de softball. Eu disse para ele que ia ver com você primeiro. — Jack se deitou e apoiou a cabeça na almofada do sofá.

— Por mim, tudo bem. Quem vai participar? — Tirei o boné da cabeça dele e acariciei seus cabelos macios.

— Alguns caras do time. Dean e, talvez, Jamie. Realmente, não sei.

— Gosto de Jamie. Ela é divertida.

— Bastante. E ela faz bem para Matt — Jack acrescentou, referindo-se a coisas que eu não sabia e, sinceramente, não tinha certeza de querer saber.

— Todos vão ao jogo, certo? — quis saber, mudando de assunto.

Jack voltou a se sentar, me encarou e perguntou:

— Por que não vem comigo?

— Porque você tem de estar lá uma hora antes de o jogo começar. Para que, não faço a menor ideia, mas não vou tão cedo. — E fiz beicinho.

Pela nuca, Jack me puxou para junto dele, com sua boca pronta para me dar um beijo, mas sua barba por fazer arranhou meu rosto.

— Sério, quando você vai se barbear?

— Só quando nosso time perder, gatinha. Como não estamos perdendo, provavelmente nunca.

— Você e suas superstições.

— Você gosta — ele murmurou em meu ouvido e, em seguida, mordiscou minha orelha, me fazendo quase perder o juízo.

— Sim, pode apostar — foi a única resposta que consegui dar, enquanto ele continuava beijando meu pescoço.

— Você é tão bonita... Sabia?

Deixei escapar um gemido e, então, beijei-lhe a boca. Corri as mãos pelas suas costas, deslizei os dedos pela cintura de sua bermuda e, depois, ergui sua camiseta.

Suspirei quando toquei em sua pele desnuda e quente, sentindo calafrios percorrerem meu corpo. Jack me beijou em torno das orelhas e, em seguida, voltou a beijar minha boca.

— Cassie... — ele murmurou meu nome com a respiração ofegante.

Sem dizer uma palavra, saí debaixo dele, levantei-me do sofá e estendi a mão. Jack entrelaçou os dedos nos meus e se levantou. Eu o levei da sala de estar para o meu quarto, entramos, e eu fechei a porta.

Jack abriu a porta da casa de Matt sem bater, e entramos. Observei quando cinco jogadores de beisebol com seus rostos barbados viraram as cabeças em nossa direção e sorriram.

— Carter! Como vai, cara? Oi, Cass! — Matt gritou, à mesa redonda, onde eles jogavam cartas e bebiam.

— Oi, Jack. Oi, Cassie — Ryan nos cumprimentou sem tirar os olhos de suas cartas.

Dean pegou seu celular para ver a hora.

— Finalmente! — disse. — Onde vocês estavam?

— Duvido que um dia me acostume a ver você segurando a mão de uma garota. — Os olhos azuis de Brett fitavam nossos dedos entrelaçados.

— É melhor se acostumar. Ela não é uma garota qualquer. — Jack me deu um beijinho no rosto e apertou meus dedos com delicadeza.

— Achei bom você ter finalmente encontrado alguém, Jack. E alguém como Cassie, e não uma piranha estúpida qualquer. — Jamie, a namorada de Matt, vinha saindo da cozinha, que era conjugada com a sala.

— Eu adoro você, Jamie — falei.

— Você tem de admitir que minha preocupação era válida. Agora, me ajude. — E ela voltou para a cozinha.

Olhei para Jack, sorri e soltei sua mão. Ele deu uma palmadinha no meu traseiro quando comecei a me afastar.

— Eu amo essa garota — Jack disse para seus companheiros de equipe e, depois, sentou-se à mesa.

Entrei na cozinha e dei um abraço rápido em Jamie.

— A barba por fazer deles está me matando. Os meninos estão horríveis.

— Por favor, não me lembre disso. Procuro fingir que tudo não passa de um pesadelo. — Jamie esfregou a mão no rosto.

— Senhoritas? — Matt pigarreou. — Nós podemos ouvi-las, sabiam disso?

— Como se a gente desse a mínima!

— Ei, Jamie, não amaldiçoe nossa maré de sorte! — Cole gritou.

— Meu Deus, Cole, quem cuidou de sua criação? A primeira regra a respeito de uma maré de sorte é que *você não fala acerca de uma maré de sorte*! — Ryan deu um tapa no ombro de Cole.

— Vocês, rapazes, têm sorte por continuarmos a beijá-los, isso sim — Jamie disse.

— Eu voto a favor. — Jack me encarou por instantes, e voltou a se concentrar nas cartas.

— Vagina — Brett caçoou, com os olhos dirigidos para as cartas em sua mão.

— Eu vou dar uma surra em você no meio da próxima semana se você não calar a boca — Jack ameaçou, tenso.

— Brett está com inveja, porque nenhuma garota quer ficar com ele — Cole provocou.

— Na verdade, nenhuma quer é ficar com você — Brett retrucou.

O jogo de cartas continuou até Jack consultar o relógio na parede. Então, ele se levantou, tomou um gole de tequila e disse:

— Gatinha, preciso ir. Venha até aqui e me faça um carinho.

Olhei para Jamie antes de dizer:

— Dá para acreditar nesse folgado?

Jamie sorriu e me deu um empurrão:

— Vai lá!

— Ele é que deve vir até aqui. — Imóvel, fiquei encarando Jack.

Todos os olhares se voltaram para nós dois, entretidos com a batalha dos teimosos.

— Com prazer. — E Jack começou a vir em minha direção, com pressa. Ele me ergueu no ar e enlaçou minhas pernas em torno de sua cintura.

— Comporte-se... — murmurei em seu ouvido e mordisquei seu pescoço.

— Melhor você parar, senão vou jogá-la no chão e transar com você. — Jack me puxou pelos cabelos, aproximando minha cabeça da dele, e, em seguida, beijou-me loucamente.

— Por favor, arrumem um quarto para eles — Brett gritou.

— Vá ou você vai se atrasar — disse, soltando-me de Jack.

Ele olhou para mim uma última vez antes de se virar para seus companheiros de time.

— Não deixem que Cassie vá sozinha ao jogo.

— Não preciso de uma babá — resmunguei.

— Dean? — Jack falou de modo firme.

— Pode deixar, Jack. Prometo que vamos todos juntos. Cassie não ficará sozinha.

— Vejo vocês no jogo! — Jack fechou a porta, e todos os olhares se voltaram para minha direção.

— O que foi? Não olhem para mim. A maluca não sou eu!

— Só para você saber: nunca vi Jack agir dessa maneira com alguém, a não ser com nossa avó — Dean afirmou, sem tirar os olhos de suas cartas.

Tentei não sorrir, mas em vão.

Quarenta minutos depois, fomos para o *campus*. Os caras se divertiam durante a caminhada arrancando os bonés uns dos outros. Parei de andar para ficar um pouco para trás. Então, Dean se virou, percebendo minha ausência. Acenei para ele, pegando minha câmera na mochila e tirando a tampa da lente. Quando Dean notou minha intenção, ele se juntou de novo ao grupo com um sorriso largo.

Ajoelhei-me na calçada, enquadrando o grupo no visor. *Clique.* Uma foto da mão de Dean arrancando o boné de Brett. *Clique.* Jamie e Matt andando de mãos dadas. *Clique.*

— É uma bela câmera — uma voz rude me assustou, e deixei a câmera pendurada pela alça.

Ergui o rosto e vi uma imensa silhueta se elevando acima de mim, com o rosto sombreado pelo pôr do sol.

— Dê a câmera para mim — ele exigiu, antes de tomar um gole de algo escondido dentro de um saco de papel.

Levantei-me de imediato, buscando Dean com o olhar. O medo me paralisou: não conseguia gritar nem correr. Só esperava que Dean olhasse para trás.

— Já disse: me dê a câmera, sua puta! — o homem gritou e, em seguida, me deu uma bofetada.

O golpe foi tão forte que minha cabeça foi para um lado e os meus cabelos foram para o outro.

Ele me bateu?!

— Ei! O cara acabou de bater em Cassie! — escutei Dean gritando, e o som de passos correndo na minha direção.

Eu não era capaz me mexer. Ainda estava paralisada de medo. Não conseguia acreditar que fora agredida por aquele estranho.

Ele me deu outra bofetada, dessa vez do outro lado do rosto. Enquanto eu cambaleava por causa da força do golpe, olhei na direção do grupo. Dean vinha correndo a toda velocidade na minha direção, mas, de repente, o homem apareceu na frente dele. Vi quando Dean o empurrou, mas o homem ergueu seu saco de papel e o golpeou contra o alto da cabeça de Dean.

Cacos de vidro verde grosso se espalharam pela calçada, e Dean desabou desacordado no chão, com sangue saindo de sua cabeça. Eu quis gritar, mas em vão. Minha mente repetiu imediatamente a cena: Dean, alto e musculoso, perdendo toda a coordenação e desabando sobre o concreto. Em seguida, sangue, muito sangue. Brett correu até Dean, que continuava desacordado, rapidamente pôs o braço de Dean em torno de seu ombro, ergueu o amigo e o carregou na direção oposta.

Vi o restante do grupo se espalhando como animais num incêndio florestal.

Ei, esperem! Aonde vocês estão indo?

Dei dois passos na direção deles, mas o homem reapareceu ao meu lado.

— Aonde você pensa que vai?

Instintivamente me curvei e tentei cobrir o rosto com as duas mãos. Meus olhos focalizavam apenas os sapatos bicolores do homem. As cores preta e branca se tornaram indistintas quando os golpes atingiram o lado de meu rosto e minha cabeça.

Por favor, pare de me bater.

Seu punho interrompeu meu pedido íntimo. Virei seu saco de pancadas pessoal.

Meu Deus, faça-o parar. Não me importo se eu morrer neste momento, só faça-o parar de me bater. Por favor. Está doendo muito.

Nesse instante, seus sapatos desapareceram de minha vista. Ergui os olhos e o vi correndo entre dois conjuntos de casas, na distância, com a minha câmera em suas mãos.

— Cassie! — Ao escutar o grito, virei-me e vi Cole acenando loucamente para mim. — Cassie! Corra! — ele pediu.

Não corri. Não era capaz. Minhas pernas tremiam tanto que eu mal conseguia ficar em pé. Cambaleei na direção de Cole, mantendo meus olhos cravados nele o tempo todo.

— Meu Deus, Cassie, você está bem? — Os olhos dele ficaram arregalados ao me ver.

Fiquei em silêncio. Não conseguia parar de salivar. Era uma saliva cheia de sangue. Pressionei as pontas dos dedos no meu rosto, e senti uma dor aguda onde um dente cortara minha gengiva.

Minha mente não era capaz de processar o que acabara de acontecer. Não parava de pensar: *Isso realmente aconteceu? Ele me bateu?* As palavras ficavam se repetindo em minha mente.

— Onde está Dean? — Olhei em volta, inquieta, com visões de seu corpo desabando no chão se repetindo em minha mente.

— Não sei. Vamos, temos de achar Jack.

— Onde estão os outros? Onde você estava? — perguntei, com um tom quase robótico. Em seguida, cuspi, e o sangue respingou no pavimento.

— Eu... Eu não sei. Todos se espalharam. Foi tudo muito rápido. — Cole evitava meu olhar.

Ele passou o braço em torno da minha cintura, ajudando a acalmar meu tremor incessante. Estávamos indo mais devagar do que Cole gostaria, na direção da entrada do *campus*, quando vi Jack. Ele correu a toda velocidade em nossa direção, segurando firmemente seu boné.

— Cassie! — ele gritou, acelerando o passo em nossa direção.

Parei de me mover, com as lágrimas enchendo meus olhos. Senti um imenso alívio quando Jack me abraçou. Olhei para seus olhos castanhos e finalmente relaxei. Naquele momento, a presença de Jack me deixou segura.

— O que aconteceu, Cole? — Jack perguntou, com a voz cheia de raiva.

— Eu... não sei, Jack. Num momento, estávamos todos juntos, e, no seguinte, um cara estava batendo em Cassie, quebrando uma garrafa na cabeça de Dean e dizendo que tinha uma arma — Cole resumiu os eventos com a voz trêmula.

— Ele disse que tinha uma arma? — indaguei, confusa.

— Acho que sim. Por isso, todo mundo fugiu.

Jack me soltou e começou a andar. Ele se virou para mim.

— Gatinha, onde você estava quando eles fugiram?

Fiquei em silêncio, sem saber o que responder.

— Você tem de me dizer. Estou enlouquecendo. — Então, Jack agarrou Cole pela camiseta. — Onde Cassie estava, Cole?

— Jack, sinto muito. — Cole recuou, sem querer iniciar uma briga.

Vi quando Jack fechou sua outra mão para esmurrar Cole.

— Jack! — Desejei interromper aquela briga antes de ela começar.

Jack se virou para mim, me encarando.

— Ele levou minha câmera — falei para ele.

E permiti que as lágrimas rolassem pelo meu rosto. Aquele estranho me violou. Ele despedaçou a sensação de segurança que eu jamais soube que tinha antes de sofrer sua perda. Atacou meu corpo com violência e roubou partes de minha confiança inata nos outros. E carregou a única coisa material que me importava.

A raiva de Jack diminuiu por um momento.

— Eu vou lhe dar uma nova, gatinha. Prometo.

— Preciso da minha câmera. Por que ele a pegou? Por que ele me bateu com tanta força, e tantas vezes? — Sentei-me no meio-fio, soluçando incontrolavelmente.

— Vocês acham que devemos chamar a polícia? — Cole sugeriu, tenso.

— Dean e Brett estão na polícia do *campus* agora — Jack informou.

— Dean está bem? Eu o vi cair, desacordado.

Jack se inclinou na minha direção, com a mão fazendo carinho nas minhas costas.

— Não se preocupe. Ele está bem.

— Como? A cabeça dele estava sangrando muito!

— Ferimentos na cabeça provocam isso, gatinha. No momento em que vi meu irmão, o sangramento já tinha quase parado — Jack me disse, sereno.

— Então, ele está bem mesmo?

— Sim, está — E Jack me beijou no alto da cabeça.

— Ei, Jack? — Cole deu um passo para a frente.

Mas, de imediato, Jack ordenou:

— Fique longe de mim ou vou acabar fazendo algo de que talvez me arrependa.

— Sinto muito, Cassie. — Cole baixou a cabeça.

— Fica quieto, Cole! — Jack exigiu. Em seguida, colocou os braços sob minhas pernas e em torno de minha cintura, e me ergueu no ar. — Vamos para casa.

Jack beijou minha testa e me carregou em seus braços durante todo o caminho até o meu apartamento, sem parar para tomar fôlego e sem reduzir o ritmo.

No apartamento, Jack me colocou em minha cama e se ajoelhou ao lado dela.

— Precisamos cuidar disso, gatinha. Seu belo rosto está machucado.

Não passara pela minha cabeça o quão ferido meu rosto poderia estar. Meu maxilar doía, e minha cabeça zumbia, mas, além disso, nada mais realmente me incomodava.

— Vou pegar um pouco de gelo. Já volto. — Jack foi para a cozinha.

Escutei seu celular tocar e sua voz se zangar. Pouco depois, ele reapareceu ao meu lado.

— A polícia está vindo até aqui, gatinha. Querem colher seu depoimento agora, para que possam procurar o sujeito. E precisam tirar fotos dos seus ferimentos. Assim, não posso limpá-los agora. Desculpe.

— Tudo bem. — Sorri de maneira heroica e, em seguida, fiz uma cara de dor. — Uau, droga, isso dói... — Coloquei a mão no rosto.

— Desculpe ter deixado você sozinha esta noite. Devia ter ficado com você.

— Jack, devo ser capaz de andar pela rua sem ser atacada e roubada.

— Mas se eu não tivesse ido mais cedo. Se eu estivesse lá... — Jack pousou a cabeça no meu colo.

— Ainda bem que você não estava.

— Por que você diz isso?

— Porque eu não conseguiria viver com a culpa se você se machucasse por minha causa.

— Gatinha, não me importaria de perder meu braço se fosse para proteger você.

— Não diga isso, Jack. — Pisquei para ele, lembrando-o de minha lista.

Nesse instante, a campainha tocou.

— Já volto. — Ele beijou minha testa e deixou o meu quarto.

Meu telefone emitiu um bipe, alertando-me de um torpedo. Era de Melissa.

Meu Deus, você está bem? Dean acabou de me ligar. Estou voltando.

Não volte. Estou bem. Ligarei para você depois de falar com a polícia, respondi.

A polícia? Sério? Ligue assim que puder. Pirei!!!

Ligo logo. Não pire. Jack está aqui, digitei outra resposta.

— Ei, gatinha? — Jack parou na porta do meu quarto. — A polícia está aqui.

Deixei o celular sobre a cama e saí do quarto. Dois policiais uniformizados esperavam por mim na sala de estar. Um deles segurava um bloco de anotações, enquanto o outro segurava uma câmera que atraiu meu olhar e me lembrou do que eu perdi.

Aquele imbecil roubou minha câmera. Não tenho mais uma câmera. Sou uma sem-câmera.

Comecei a chorar e me sentei. Jack se apressou em se sentar ao meu lado, enxugando as lágrimas delicadamente com o polegar.

— Você está bem?

— Não posso acreditar que ele roubou minha câmera — disse, fechando os olhos para impedir que as lágrimas continuassem caindo.

— Precisamos mesmo colher seu depoimento, senhorita — afirmou um dos oficiais.

— Tudo bem. — Funguei e sequei as lágrimas sob os olhos.

— Seu irmão já nos contou o que houve, mas gostaríamos de confirmar a história dele. Ele também disse que aconteceram mais coisas depois que deixou a cena. Sendo assim, vamos precisar que você também nos dê esses detalhes. Certo? — O policial observava seu bloco de anotações.

Confusa, olhei para Jack e, em seguida, voltei a olhar para o policial.

— Meu irmão?

— Sim. Hum... Dean Carter? Ele disse que era irmão de Cassie Andrews — o policial comentou.

— Como ele está? Dean está bem? — Minha preocupação com Dean provocou uma torrente de perguntas.

— Ele não precisa de pontos, mas tem um corte feio na têmpora, sem falar numa dor de cabeça intensa — o outro policial afirmou.

Olhei para Jack, que me pediu calma com um gesto de mão. Os policiais leram o depoimento de Dean em voz alta. Concordei com seu relato, percebendo a tensão tomar conta de Jack. Peguei sua mão e a segurei. Preenchi as lacunas existentes entre o momento em que Brett carregou Dean para longe e minha caminhada até Cole. Percebi a tensão de Jack crescer ainda mais. Vê-lo sofrer provocou uma dor em meu peito. Mas devo admitir que gostei do fato de ele ter ficado tão irritado com o incidente. Nunca me senti tão segura ou protegida em minha vida.

Os policiais me fizeram perguntas simples, mas a última me abalou:

— Você pode nos dar uma ideia da aparência do criminoso? Seria capaz de identificá-lo?

— Consigo identificar seus sapatos. E talvez seu punho — respondi, visivelmente inquieta.

— Como disse?

— Tudo o que vi foram seus sapatos bicolores. E seus punhos. Sua posição em relação ao sol me impediu de ver seu rosto — informei, tremendo.

Nesse instante, Jack soltou minha mão, levantou-se e começou a andar de um lado para o outro.

— Falta muito? — ele perguntou aos policiais.

— Não — um policial respondeu, seco. Então, ele se virou para mim. — Desculpe, Cassie, mas temos de tirar algumas fotos de seus ferimentos.

— Tudo bem. — Ergui-me do sofá, suspirando, e caminhei até a parede branca da sala de estar.

O policial tirou fotos de meu rosto em diversos ângulos.

Depois da partida dos policiais, Jack me levou ao banheiro, onde dei uma olhada na minha imagem pela primeira vez naquela noite.

— Isso é muito estranho. — Curvei-me na direção do espelho, tocando nos dois hematomas verde e roxo na minha testa.

— O que é muito estranho?

— Não sinto dor no lugar dos hematomas — comentei, impressionada com o rosto não familiar refletido no espelho.

— Onde você sente dor — Jack quis saber.

— No rosto e no maxilar — respondi, tocando-os com cuidado.

— Vou pegar um pouco de gelo e um analgésico. Vão ajudar a diminuir a dor e o inchaço. — Jack pegou minha mão, virando-me para ele. — Se eu achar esse sujeito, vou matá-lo.

— Só quero minha câmera de volta.

— Eu sei — E Jack começou a se afastar.

— Ei, Jack?

Ele parou.

— Por que Dean disse que era meu irmão?

— Não sei. Acho que ele pensou que estava lhe fazendo um favor. Ou protegendo você de algum modo. Por quê?

— É que eu gostei. Só por isso.

— Ah, sim? Mas por quê? — Jack sorriu.

— Gostei do jeito que soou.

— Eu também, gatinha. Eu também.

Jack se afastou, e meu coração bateu mais forte com sua confissão.

O celular de Jack tocou, e me lembrei de que ainda precisava ligar para Melissa. Fui até minha cama e tentei pegar meu celular. No entanto, Jack apareceu no quarto, com sua mão tapando o bocal do telefone.

— Você se importa se Dean passar a noite aqui?

— Claro que não. Eu ia mesmo lhe pedir para ligar para ele. Vou dar uma ligada rápida para Melissa. — Senti-me aliviada com o fato de Dean estar vindo.

Jack levou o telefone de volta ao ouvido.

— Cassie disse que tudo bem, Dean... Acho que não... Espera aí. Vou ver. — Ele voltou a olhar para mim. — Precisamos de alguma coisa?

— Não. Só que ele venha para cá.

— Cassie falou que não precisamos de nada. Não, ela não vai se importar. Avise nossa avó que vamos passar a noite aqui. Tudo bem. Até mais, Dean.

— Não vou me importar com o quê? — perguntei assim que Jack desligou o telefone.

— Se ele ficar aqui todo o fim de semana.

— De jeito nenhum. Até certo ponto, eu o quero aqui.

— Sério? Já trocando o velho pelo novo? — Jack deu risada.

— Não me faça rir. Dói. — Peguei meu rosto com as duas mãos. — Quero seu irmão aqui porque ele estava lá. Ele sabe como me sinto, porque também passou pela experiência. Isso é estranho?

— Faz sentido para mim, gatinha.

— Preciso ligar para Melissa agora, antes que ela volte correndo para cá. — Comecei a pressionar os botões de meu celular, e Jack se afastou, fechando a porta de meu quarto ao sair.

— Meu Deus, Cassie! O que houve? O que está acontecendo? Por que você demorou tanto para me ligar? Estou pirando aqui!

— Desculpe, Melis. Esta noite está uma loucura. — Eu segurava o telefone um pouco longe do rosto, tomando cuidado para não pressioná-lo contra meus ferimentos.

— Dean está bem? Jack está aí? O que aconteceu?

— Estávamos indo para o jogo de softball para ver Jack jogar e fomos atacados de surpresa. Um sujeito roubou minha câmera, me bateu, quebrou uma garrafa na cabeça de Dean...

— Ah, Cass, ele roubou sua câmera?!

— Sim.

— Nossa... Sinto muito. Sei que você está mais perturbada com isso do que com qualquer outra coisa.

— Você me conhece muito bem, amiga.

— Você está bem? Quer dizer, onde ele bateu em você? Jack pirou?

— Não sei como Jack está. Irritado? Triste? Furioso? Acho que um pouco de cada coisa. Ah, escuta, acho que Dean vai ficar aqui neste fim de semana. Você se importa se ele dormir na sua cama?

— De modo algum. Só diga para ele não fazer negócios suspeitos nela. — Melissa deu risada.

— Você é terrível!

— Eu sei — Melissa respondeu com orgulho. Seu tom mudou quando quis saber: — Como Dean está? Ele vai ficar bom?

— Creio que sim. Ele deve ter uma cabeça bem dura — brinquei.

Melissa ficou calada por um momento.

— Cass, fico feliz por vocês dois estarem bem.

Antes de eu conseguir responder, ouvi uma batida na porta, que se abriu devagar.

— Gatinha, Dean chegou.

— Ei, Melis, Dean acabou de entrar. Quero vê-lo. Posso ligar para você mais tarde?

— Sim, claro. Diga aos meninos que adorei saber que eles vão ficar com você.

— Direi. Eu adoro você.

— Eu também. — E Melissa desligou.

Joguei o celular na cama, saí do quarto e alcancei a sala. Olhei para Dean, com Jack parado ao lado dele. Imediatamente, meus olhos começaram a se encher de lágrimas.

— Dean! Você está bem? — E, ansiosa, corri ao encontro dele e o abracei.

— Estou bem. E você? Me diga!

Fiz que sim com a cabeça.

— Você não tem ideia de como foi assustador vê-lo machucado daquele jeito.

— Não tem ideia de como foi terrível ver aquele cara batendo em você — Dean respondeu, com a voz cheia de raiva.

— Podemos não tocar nesse assunto agora? — Jack pediu.

Gostei da ideia e deixei escapar um suspiro.

— Graças a Deus você está bem, Dean. Ah, antes que me esqueça: Melis disse que você pode ficar no quarto dela.

— É mesmo? Ficaria nele mesmo que ela dissesse que não — Dean afirmou, rindo. — Tudo bem se eu tomar um banho?

— Claro que sim. Há um chuveiro no quarto de Melis. As toalhas ficam debaixo da pia. — Enquanto eu falava, Jack pegou minha mão e me conduziu na direção do sofá.

Dean saiu da sala. Em seguida, Jack se sentou no sofá, colocando-me sobre seu colo.

— Não vou treinar neste fim de semana. Não deixarei você sozinha.

— Jack, fico muito feliz por você se importar tanto com o que aconteceu comigo, mas você não pode ficar ao meu lado vinte e quatro horas por dia. E não pode deixar de treinar. O recrutamento está aí. Enlouqueceu?

— É o que estou tentando dizer!

— Quando você for treinar, Dean ficará aqui comigo. Não quero ficar sozinha, tá certo? — supliquei para que minha sugestão aliviasse a aflição de Jack.

— Tudo bem. Dean é a única pessoa em quem eu confio... Faremos turnos.

— Você tem de superar isso, Jack. Não pode assumir a responsabilidade de ser meu guarda-costas.

— Sim, posso.

— Você vai me deixar louca. E, então, eu terminarei o namoro com você.

— O quê?! — Jack me encarou, chocado e surpreso.

— Não quero uma babá. Não quero um guarda-costas. Aprecio o que você está tentando fazer, mas não desejo me sentir como numa gaiola.

— Cass, só me dê algum tempo para lidar com isso, ok? Acabou de acontecer, e não me sinto bem. Você sabe o que é querer bater em quatro de seus companheiros de time? Quatro caras que eu devia respeitar, em quem eu devia confiar. Quatro caras em quem eu confiava totalmente antes desta noite.

— Não posso lhe pedir para não ficar puto com eles. Não sei por que fugiram e me deixaram ali. Até certo ponto, estou confusa sobre tudo isso. — Fechei os olhos.

— Você pode estar confusa sobre eles, mas eu não.

Dean reapareceu na sala com uma toalha enrolada na cintura, e sorriu.

— Preciso me lembrar de que vai doer de verdade na próxima vez em que tentar lavar os cabelos. — A capacidade de Dean de se recuperar com tanta rapidez depois do incidente me impressionou e me deu esperanças.

— Estou muito cansada. Vou dormir, tudo bem? — E me levantei com dificuldade do sofá.

— Muita coisa para nosso fim de semana a sós, não? — Jack esboçou um leve sorriso.

Capítulo 12

JACK

O fato de aquele estranho ter agredido Cassie e roubado sua câmera me deixou louco. Três semanas se passaram e os hematomas quase desapareceram, mas minha raiva continuava igual. Nunca contei para Cassie, mas eu percorria ida e volta aquela rua todos os dias, às vezes antes e depois do treino, procurando o canalha que a atacara.

Também procurava a câmera por toda parte. Pesquisava na internet, visitava lojas de coisas usadas, mas ela não aparecia. Queria justiça para Cassie... na realidade, vingança. Mas, sobretudo, queria ser o vingador. E a cada dia que isso me era negado, minha raiva contra meus covardes companheiros de time aumentava. Não conversei com nenhum daqueles que estiveram lá naquela noite, mas perdia a calma sempre que algum estava próximo.

Entrei no vestiário e coloquei meu uniforme do treino em silêncio.

— Carter! — Davies, meu técnico, gritou de seu escritório. — Venha até aqui.

O técnico foi um bom jogador de beisebol, mas era um homem ainda melhor. Ele foi o motivo pelo qual preferi a Fulltton State entre todas as demais universidades. Quis jogar beisebol para alguém que respeitava, e eu respeitava meu técnico.

Após trancar meu armário, encaminhei-me ao escritório de Davies.

— Feche a porta. — Ele se reclinou em sua cadeira giratória.

Eu o obedeci.

— Sente-se, Carter.

Sentei-me numa antiga cadeira de madeira diante dele.

— Veja, não sei o que está acontecendo entre você e seus companheiros. Ouvi dizer algo a respeito de sua namorada ter sido atacada. Sinto muito por isso, mas seu time é sua família, e você precisa resolver esse problema.

— Com todo o respeito, senhor, mas minha família não fugiria e se esconderia, deixando minha namorada ser agredida.

— O que você disse, Jack?

— Quatro de seus rapazes a deixaram ali sozinha, senhor. Brett cuidou de Dean, mas os outros deram no pé.

— Quem?

— Vou lhe dizer quem. Meus companheiros de time. Minha suposta *família*. Meus *irmãos*. Mal consigo olhar para eles, quanto mais fingir que os respeito.

— Não conheço os detalhes, Jack. Vou cuidar disso, mas você tem de me prometer que vai colaborar. Não posso ter um time dividido no final da temporada. E você precisa manter o foco.

— Estou focado. Não se preocupe. — Tentei tranquilizá-lo, mas percebi que ele não acreditou em mim.

— Não me deixe na mão, Carter. Não deixe seu time na mão. Não deixe você na mão.

— Não é da minha natureza, senhor. Não deixo ninguém na mão. — E não estava brincando.

— Tudo bem. Pode se retirar, então. Diga ao meu auxiliar Smith que quero conversar com o time antes de o treino começar.

— Sim, senhor. — E deixei o escritório.

Todo o time se sentou no abrigo esperando pelo técnico Davies. Como esse não era nosso procedimento padrão, os rapazes tentavam entender o que estava acontecendo. Fiquei em uma extremidade do longo banco, enquanto Brett, Cole, Matt e Ryan se mantinham na outra.

— Ok, senhores, escutem. — Assim que o técnico Davies entrou no campo, fez-se silêncio. — Sei que houve um incidente fora do *campus* com alguns de nossos jogadores. Não imaginei que a situação fosse tão ruim. Não sabia o que havia acontecido. Mas agora eu sei.

Davies dirigiu seu olhar severo para cada jogador sentado no banco e continuou:

— Quero que saibam que não estou só querendo formar grandes jogadores de beisebol aqui... também pretendo formar grandes homens. E grandes homens não fogem de uma luta. Grandes homens não deixam uma garota sozinha e indefesa.

Ele fitou seu auxiliar Smith, tomou fôlego e prosseguiu:

— Sei que alguns de você estão muito chateados com o que aconteceu. Alguns estão furiosos, magoados, constrangidos e aturdidos. Quero que vocês peguem esses sentimentos e os usem dentro do campo. Não levem essas emoções consigo para casa, onde elas podem consumir e corromper seus espíritos.

Sem dizer outra palavra, Davies se virou, caminhou para fora do abrigo e se dirigiu para a entrada do vestiário. O silêncio era pesadíssimo. Ninguém movia um músculo ou fazia um som. Perdoar meus companheiros parecia quase impossível. Eu não sabia como superar a raiva.

— Vocês ouviram o técnico Davies. Resolvam o problema, rapazes. Terminemos nossa temporada não só como companheiros de time, mas como amigos. Arremessadores e receptores no lado do campo. Todos os outros no campo.

— Smith! — eu o chamei, fazendo com que o resto do time parasse onde estava.

— O que foi, Carter?

— Posso conversar um minuto com Brett, Cole, Matt e Ryan? — perguntei, olhando para cada um deles quando disse seus nomes.

— Cinco minutos. Depois, treino! — Em seguida, Smith se virou. — Todos os demais, para o campo. Agora! — ele gritou, e o abrigo se esvaziou.

— Davies, nosso técnico, tem razão — comecei dizendo a eles. — Não podemos terminar a temporada dessa maneira. Não posso sair daqui odiando vocês. Essa raiva que sinto está me consumindo. Só quero saber o que houve.

— Sinto muito, Jack. Simplesmente entrei em pânico — Matt confessou. — Só quis saber de tirar Jamie dali. Não pensei em Cassie. Sei que fiz besteira, mas é a verdade.

— Aprecio sua honestidade, Matt. — Eu tentava combater o ódio em meu peito.

— Também sinto muito, cara. O sujeito disse que tinha uma arma, e eu corri. Deixei Cassie ali, e a observei ser atacada de uma distância segura. — Ryan olhava para o chão.

Ryan percebeu a fúria tomando conta de mim e logo continuou:

— Mas sou eu que tenho de viver com isso, Jack. Tenho de viver com o fato de que, quando a encrenca começou, saí correndo. Deixei uma garota ser agredida e não fiz nada. Decepcionei você. Decepcionei Cassie. Decepcionei a mim mesmo. E penso nisso todos os dias.

— Não sei o que dizer.

— Não há nada a dizer. Só quero que você saiba que lamento muito — Ryan acrescentou.

Concordei com um gesto de cabeça e olhei para Cole e Brett.

— Quando vi Dean caído no chão, meu instinto foi o de tirá-lo dali o mais rápido possível. Cassie ainda estava de pé e achei que outro de nós a tiraria dali.

— Agradeço por ter cuidado dele, Brett. Obrigado — falei. — Posso pedir-lhes um favor?

Todos responderem que sim em uníssono.

— Se vocês virem o sujeito que fez isso, avisem-me imediatamente.

— Eu o tenho procurado todos os dias — Cole admitiu. — Ando de carro por aí à sua procura, pois eu vi seu rosto. Com certeza, eu o reconheceria.

— Eu gostaria muito de encontrá-lo — afirmei, imaginando capturar aquele canalha.

— Talvez possamos fazer isso depois do treino, e ver o que conseguimos descobrir. — Matt sugeriu.

— Estou nessa. — Brett ergueu sua mão.

— Eu também — Ryan apoiou.

— Fechado! — Fiquei aliviado com a disposição deles de ajudar, e senti a raiva diminuir.

Todos nós sabíamos que provavelmente nunca encontraríamos o sujeito, mas esse era o modo de tentar corrigir um erro. E eu precisava disso da parte deles para ajudar a superar minha ira e decepção.

Após o treino, saíamos caminhando pelas ruas à procura do sujeito. Então, certa noite, meu telefone tocou no meio de nosso ritual noturno.

— Esperem, é Dean! — gritei para meus companheiros dispersos.

— O que foi?

— Pegaram o sujeito — Dean informou, com a voz firme e aliviada.

— Sério?

— Sim, no momento em que ele tentava penhorar a câmera de Cassie. Ele está preso. Tenho de ir identificá-lo.

— Você pode pegar a câmera de Cassie? Quer que eu vá junto? Não é melhor eu ir com você? — disparei a falar, misturando raiva, alívio e frenesi.

— Como a câmera é uma prova do crime, acho que Cassie ainda não poderá tê-la de volta — Dean explicou. — Estou no estacionamento da polícia, agora. Vou entrar e identificá-lo. Ligue para Cassie e conte que o capturaram.

Olhei para cada um de meus companheiros, que naquele momento me rodeavam.

— A polícia pegou o sujeito. Ele tentou penhorar a câmera de Cassie e foi preso. Dean está na delegacia agora.

— Vou até lá. Também consegui ver a cara do miserável. Posso ajudar. — E Brett saiu correndo, sem esperar por uma resposta.

— Você está bem? — Matt colocou a mão no meu ombro.

— Sinceramente, eu gostaria de tê-lo encontrado. Queria quebrar a cara dele.

Então, todos começaram a urrar e gargalhar.

— Aposto que você faria isso — Cole garantiu.

— Foi melhor assim, Jack. Você teria matado o cara. E não dá para jogar beisebol profissional na cadeia. — Ryan deu risada.

— Eu poderia criar uma liga de beisebol de encarcerados. Sou muito engenhoso — sugeri.

Matt ignorou meu humor mórbido.

— Foi bom a polícia prendê-lo. É uma boa coisa.

— Eu sei. Além disso, Cass jamais me perdoaria se eu fosse preso.

— Ou quebrasse a mão — Cole acrescentou.

— Você tem razão. Ela ficaria pirada se eu quebrasse a mão. — Respirei fundo, sentindo a raiva se dissipar. — Vou contar a novidade para ela. Obrigado pela companhia, amigos.

Apertei as mãos de todos. Caminhamos até os nossos carros como um grupo cujas feridas estavam cicatrizado e, então, nos dispersamos.

Encontrei Cassie sentada na cama, tão entretida na leitura de um livro que nem me percebeu parado ali, na porta do quarto. Pigarreei e, enfim, ela levantou os olhos.

— Jack! Há quanto tempo está parado aí?
— Não muito. — Sorri e me aproximei da cama dela.
— Não sabia que você vinha. Está tudo bem?
— Acabei de falar com Dean. Pegaram o sujeito.
— A polícia o prendeu?! — Cassie exclamou, arregalando os olhos. Então, marcou a página com cuidado, fechou o livro e o colocou de lado.

Sentei-me ao lado dela.

— Ele tentou penhorar a câmera. A loja precisa verificar se as coisas que as pessoas levam são roubadas ou não. Então, ligaram para a polícia, que o prendeu.
— Meu Deus. Que bom. Então, recuperaram minha câmera. Posso tê-la de volta?

Estendi a mão e senti Cassie relaxar com meu toque.

— No momento, não. A polícia a retém como prova do crime. Só será liberada depois que o sujeito for sentenciado.
— Quanto tempo isso pode levar?
— Alguns meses.
— Meses? — Cassie repetiu, decepcionada.
— Sinto muito. — E sentia mesmo. Ver sua decepção, dor e tristeza me perturbou bastante.
— Não é sua culpa. — Cassie tentou sorrir, mas pareceu um sorriso bem desanimado.
— Dean reconheceu o cara. Brett também. Provavelmente, ele será acusado de assalto, agressão e furto.
— Haverá um julgamento? Vou ter de testemunhar?
— Nem uma coisa, nem outra. Ele não apresentou contestação à acusação.
— O que isso significa?
— Basicamente, ele está assumindo que cometeu o crime sem dizer que o cometeu. Ele desiste do direito de um julgamento, pois sabe que não

escapará se for submetido a um júri popular. No entanto, a não apresentação de contestação também impede que ele seja processado pelos danos causados e, assim, é muito provável que a sentença dele seja mais branda.

— Mais branda? Isso é justo?

— O cara é esperto.

— Então, não haverá julgamento. Você tem certeza?

— Tenho.

— Bom.

— Você está chateada? Ou com raiva?

Cassie ergueu a cabeça e olhou para mim.

— Não posso mudar o que já aconteceu. Só quero minha câmera de volta.

— E eu só quero matá-lo — disse, sério.

Cassie deu uma risada.

— Devemos ficar felizes porque a polícia o prendeu. Achei que isso nunca aconteceria.

— Você tem razão. É ótimo que o tenham prendido. Agora eu sei aonde ir para matá-lo.

— Jack, pare.

— Nunca mais vou deixar alguém tocar em você, gatinha.

— Eu sei. Mas temos de seguir em frente, ok? Esqueça isso.

— Tudo bem. — Naquele momento, percebi que aquele sujeito não tinha mais importância. Tudo o que realmente importava estava bem ali, ao alcance de minhas mãos.

Capítulo 13

CASSIE

Abri os olhos lentamente e os esfreguei, resistindo à vontade de fechá-los para voltar a dormir. Hoje era o grande dia para Jack. Meu celular emitiu um bipe, e estendi a mão para pegá-lo. Uma mensagem de texto:

Bom dia, gatinha. Já acordou? Mal posso esperar para vê-la.

Olhei o horário do torpedo. Seis e quarenta e três da manhã. Cerca de uma hora atrás. Digitei a resposta informando-lhe que acabara de acordar e enviei o torpedo. Pouco depois, meu celular tocou.

— Oi — respondi, meio sonolenta.

— Passo aí em meia hora — Jack disse, animado.

— O quê? Não! Ainda estou na cama. Preciso comer, tomar um banho e me aprontar.

— Não disse que temos de sair em meia hora. Só disse que estarei aí em meia hora. Além disso, tenho uma coisa para você.

— O que é?

— Um presente. Até já. — Jack riu antes de desligar.

Pulei para fora da cama e saí do quarto em busca de Melissa.

— Graças a Deus que você já acordou — disse, vendo-a comer seus cereais matinais sentada no sofá. — Jack chegará em meia hora. E ele disse que está me trazendo um presente. Você sabe o que é! Conte!

— De jeito nenhum! Não vou estragar a surpresa.

— Não é... — Fiz uma pausa. — Ele não...

— Ele não vai o quê? Pedir você em casamento?
— Não... Quer dizer, ainda não...
— Ah, isso está engraçado. — Melissa estava gostando de me provocar, e resisti ao desejo de arrancar a verdade dela.
— Você é uma idiota. Quer dizer, acho que ele não vai fazer isso, mas a ideia me passou pela cabeça. Provavelmente porque ele logo vai embora, e eu sou uma garota e...
— Não é um anel — Melissa revelou. — Mas e se fosse? O que você diria se Jack a pedisse em casamento?
— Sem brincadeira, eu odeio você. Isso não é nada engraçado. Odeio surpresas.
— Você vai adorar o presente. Juro. Confie em mim. Confie em Jack. Ele sabe o que está fazendo. E isso é tudo o que direi a respeito.
— Tudo bem. Obrigada. — Respirei fundo. — Vou tomar um banho.
Depois do banho, enrolei uma toalha em torno de mim e abri a porta do banheiro. Jack estava deitado com os olhos fechados na minha cama. Não queria acordá-lo. Assim, andei na ponta dos pés até a penteadeira. Gritei quando ele saltou para fora da cama e me agarrou, fazendo minha toalha cair no chão.
— Jack! Você quase me mata de susto! — E tentei pegar a toalha.
Jack foi mais rápido e a pegou antes.
— Não vou devolver. Gosto muito de ver você desse jeito.
— Pare — reclamei, procurando cobrir minhas partes íntimas com as mãos.
— Vem aqui. — Jack estendeu o braço e, quando a peguei, ele puxou meu corpo úmido para si. — Eu amo você. Você sabia? — Acariciou meus cabelos molhados e emaranhados.
Não respondi. Olhei fundo em seus olhos e sorri. Seus dedos percorreram minhas costas, fazendo-me sentir arrepios na espinha. Então, Jack me beijou, e sua língua avançou em minha boca, lenta e metodicamente. Cada toque de sua língua provocava tremores em mim e, em pouco tempo, todo o meu corpo estava suplicando por ele.
— Jack — sussurrei.
— Sim? — ele murmurou, com a língua continuando a excitar meus sentidos.
— Nós temos tempo? — perguntei, procurando os botões de sua bermuda, com a expectativa de que ele tivesse captado a mensagem.

— Sim. — Jack me agarrou e, então, me puxou até a cama.

Ali, sentado, Jack estendeu a mão e tirou a camiseta num movimento rápido. Contemplei os músculos de seu peito e ombros, fascinada com a maneira como flexionavam a cada movimento que ele fazia. Atrapalhei-me com o botão de sua bermuda ao tentar abri-lo, mas sem conseguir devido à nossa posição.

— Só um segundo. — E Jack gentilmente afastou seu corpo do meu, para despir a bermuda e a cueca. — Pode vir agora. — Deitou-se de costas.

Montei sobre Jack, com as pernas sobre seus quadris. Ergui-me um pouco e introduzi seu membro em mim. Deixei meu corpo deslizar devagarzinho, engolindo todo seu pênis.

— Meu Deus... — sussurrei, sentindo-o alcançar lugares nunca alcançados antes.

Olhei para o teto e comecei um movimento de vaivém, sentindo-o cada vez mais fundo dentro de mim.

Jack gemeu de prazer, com as mãos agarradas em meus quadris, movimentando-se em sincronia com meu corpo. Para cima e para baixo. Para cima e para baixo. Cada vez mais excitado, ele me agarrou com mais força, querendo acelerar meu movimento, mas não o obedeci. Queria que o prazer durasse ao máximo.

— Por que você é sempre tão incrível, gatinha?

— Porque você é muito gostoso. — Gemi e me curvei sobre Jack, com meu corpo ainda mantendo um movimento de vaivém.

Esse novo ângulo permitiu que ele alcançasse lugares diferentes dentro de mim.

— Meu Deus, Jack... — Então, beijei-o, querendo sentir sua boca e língua.

Quando sua língua finalmente encontrou a minha, suspirei alto, começando a experimentar uma sensação de latejamento.

Por mais impossível que parecesse, senti seu membro se avolumar ainda mais dentro de mim. Nossos movimentos se aceleraram, alcançando um ritmo máximo, impossível de ser superado. Então, Jack gozou dentro de mim com estocadas vigorosas. Arrebatada, eu tremia e vibrava. Ofegante, Jack abriu o olhos, inclinou-se para cima e me beijou.

— Você é demais. Sabia disso?

Caí sobre seu peito suado, respirando num ritmo fora do normal. Depois de nos separarmos, corri para o banheiro. Voltei, e Jack continuava sentado sobre a cama.

— Você não vai se vestir?
— Vem aqui, Cassie!

Vesti uma calcinha e me sentei diante de Jack. Então, Jack pegou uma caixa branca amarrada com uma fita vermelha. Era menor que uma caixa de sapatos, mas maior que um porta-joias. Não tinha a menor ideia do que poderia conter.

Soltei a fita vermelha, tirei o papel branco do embrulho e perdi o fôlego.

— Jack... — consegui dizer, atônita.
— Sei que não é igual a que você tinha, mas Melissa disse que é melhor — Jack começou a explicar. — Ela me falou que é a câmera que você sonhava ter.
— É incrível! Mas... eu sei quanto custa essa câmera, Jack. É muito dinheiro.
— Você se lembra da noite em que sua câmera foi roubada? Lembra o que eu disse? Eu falei que daria uma nova para você. Eu prometi. Além disso, pode levar meses até a polícia liberar a sua.
— Mas, Jack...
— Gatinha, eu serei escolhido hoje. No fim da tarde, vou ter mais dinheiro do que já tive na vida. Quis fazer algo legal para você. E eu lhe fiz uma promessa.
— Eu vou lhe devolver o dinheiro.
— Considere um investimento em seu futuro. Acredito em você. Você tem o dom. Tem talento. Agora, pode mostrar para o mundo.
— Dizer muito obrigada para você não parece o suficiente. De qualquer maneira, muito obrigada, Jack. Não consigo acreditar que você fez isso.
— Eu faria qualquer coisa por você. — E ele me beijou.
— Consegui o estágio.
— Conseguiu?! — Os olhos de Jack brilharam. — Sabia que você conseguiria! O que disseram?
— Disseram que eu tinha um talento bruto que os impressionou. "Um olhar expressivo e uma perspectiva singular" — citei, com vontade de chorar.
— Eles não têm ideia de como estão certos. Parabéns, gatinha! — Jack me ergueu no ar e começou a rodopiar comigo pelo quarto.

— Como não tinha mais uma câmera, teria de recusar o estágio. Mas agora posso aceitá-lo. — E deixei uma lágrima escapar.

— Você pode me chamar de seu herói se quiser — Jack zombou, recolocando-me no chão.

— Você é muito chato — caçoei, conseguindo conter as lágrimas.

— Só estou brincando. Sinto-me orgulhoso de você. Você merece. — Ele beijou meu rosto. — Ei, leve a câmera, hoje. Meu avô quer vê-la em ação.

— Eu amo seu avô. — Dei risada.

— E eu amo você. Agora, temos de nos apressar, pois precisamos chegar a casa antes das televisões. — Jack me virou e deu um tapinha no meu traseiro.

Tombei para a frente, mas recuperei o equilíbrio. Virei-me para meu namorado bonitão e disse:

— Também me sinto orgulhosa de você, sabia?

— Obrigado, gatinha.

— Você está nervoso? — perguntei, percebendo que Jack nunca manifestava nenhum medo em relação a esse assunto.

— Na realidade, não. Estaria nervoso se não tivesse certeza de que seria escolhido. Entende?

— Você não tem nenhuma preocupação? O dinheiro, o lugar onde você vai jogar ou que time o escolherá?

— Serei pago para jogar beisebol, para jogar um esporte que amo. Realmente, não me importo com que time que vai me escolher, com quanto vão me pagar ou onde terei de jogar.

— Acho que o time que o escolher terá muita sorte.

— Obrigado, gatinha.

Vesti um short branco e um suéter cor de canela. Escovei os cabelos, deixando os cachos dourados caírem sobre meus ombros. Quando me afastei do espelho, Jack assobiou.

— Gatinha, todos vão se apaixonar por você!

— Do que você está falando? Estou usando um short e um suéter.

— Sem dúvida, você não tem ideia de como é capaz de chamar a atenção. Se eu estivesse assistindo à ESPN hoje, não me importaria nem um pouco com Jack Carter. Só teria interesse em saber tudo a respeito da namorada dele.

— Por favor! Você está me constrangendo...

— Talvez seja melhor você ficar aqui. Uma coisa é ter todos os caras da escola apaixonados por você, mas ter toda a audiência masculina da TV querendo minha garota é outra totalmente diferente.

— Você é ridículo.

— Vou ter de colocar uma grande pedra preciosa no seu dedo antes de ir embora, para que todos saibam que não está disponível.

— Você é maluco, sabia? — Senti o coração bater mais forte.

— Maluco por você.

— Não, senhor. Acho que você é simplesmente maluco.

Entramos na casa de Jack de mãos dadas.

— Ei, onde estão vocês? — Jack gritou.

Então, a avó surgiu da cozinha, usando um vestido de estampa floral azul-claro e um colar de pérolas. O avô apareceu logo atrás, usando uma calça marrom cuidadosamente passada e uma camisa de colarinho abotoado cor de canela.

— Vocês dois estão ótimos!

— Você também, querida. — Então o avô veio na minha direção com um sorriso.

Nos abraçamos, e em seguida ele sussurrou em meu ouvido:

— Você gostou do presente?

— Muito! É incrível. Mal posso esperar para mostrar para o senhor. — E abri um sorriso largo.

— Ótimo! Quero aprender tudo a respeito da câmera.

Então, a avó se aproximou de mim, curvei-me na direção dela e a abracei.

— Você está linda, querida — ela disse, alegremente.

— Obrigada. Estou muito feliz de estar aqui — respondi.

Em seguida, a avó voltou para a cozinha.

— Você já sabe alguma coisa a respeito do estágio? — o avô me perguntou.

— Fui aprovada! — afirmei, um pouco espantada de quão excitada minha voz soou.

— Isso é ótimo, querida. Que boa notícia! — O avô sorria, muito alegre.

— Você conseguiu o estágio, irmã? — Dean vinha entrando na sala, esfregando seus olhos sonolentos.

— Acabo de descobrir. Não poderia aceitar, mas agora posso. — Lancei um olhar agradecido para Jack e, depois, abracei Dean.

— Parabéns! — Dean abriu um sorriso orgulhoso.

Uma batida de leve na porta lembrou a todos nós o motivo pelo qual estávamos reunidos ali. Jack puxou a cortina e observou a varanda.

— Marc e Ryan chegaram.

Jack abriu a porta da frente para seus dois agentes, que estavam muito bem-vestidos. Os dois carregavam muita papelada, uma garrafa de champanhe e uma caixa de bolas de beisebol.

— Como está se sentindo, campeão? — o mais alto dos dois perguntou para Jack.

— Bem, obrigado — Jack respondeu, estendendo a mão para ajudar a carregar a carga.

Resisti ao desejo de tirar da bolsa minha câmera novinha em folha e fotografar a interação. O homem mais alto parou quando notou minha presença. Então, veio na minha direção, com o braço estendido.

— Você deve ser Cassie — ele disse antes de apertar minha mão.

Sorri e fiz que sim com a cabeça.

— Sou Marc, e aquele ali é o meu cúmplice, Ryan. — Ele gesticulou na direção do outro homem.

— É um prazer conhecê-lo — respondi, educada.

— Igualmente. — Marc soltou minha mão.

— Jack, você não nos disse nada a respeito da beleza de sua garota — Ryan comentou com ele, piscando e sorrindo.

— Acalmem-se. Ainda não assinei nenhum contrato com vocês dois. — Então, sorrindo, Jack passou o braço em torno de minha cintura e me abraçou. — Você gosta disso, não? — Soltou-me e começou a fazer cócegas em mim.

Dei um gritinho e saí correndo, procurando a proteção de Dean.

— Salve-me, Dean! — gritei, agarrando seus braços.

— O que está acontecendo? — a voz da avó ecoou da cozinha. Logo, ela apareceu na sala de estar. — Ah, Jack, pare com isso. Venham se sentar à mesa... o pessoal da TV logo chegará!

— Você está bem? — Jack perguntou para a avó, beijando-a na testa.
— Só um pouco ansiosa — ela admitiu.
— Vai dar tudo certo, não? — Jack se dirigiu a seus futuros agentes.
— Claro que sim — Ryan afirmou.
— Tudo isso é enervante. — A avó balançou a cabeça. — Mas você não parece nada nervoso, querido.
— Porque não há nada mais que eu possa fazer. Trabalhei muito no campo todos os dias durante anos. Neste momento, não está mais nas minhas mãos.
— Você é tão inteligente... — Ela segurou o rosto de Jack com ambas as mãos e deu-lhe um beijo em cada bochecha.
— Aprendi com você. Agora, vamos nos sentar e relaxar. — Jack começou a conduzir a avó pela mão até a mesa da cozinha. Nesse instante, o toque da campainha os deteve. — Sente-se, vovó. Eu atendo à porta.

As vozes ecoaram da porta da frente aberta até a cozinha, onde já estávamos. Jack entrou nela, acompanhado por dois cinegrafistas, um repórter e um produtor. Eles discutiram como as coisas se desenrolariam: gravariam nossa espera até o telefone tocar e nossa reação depois de Jack receber a oferta. Em seguida, entrevistariam Jack. Pediram para que não olhássemos para as câmeras e agíssemos com naturalidade.

Eu dei uma risada, e todos os olhares se voltaram para mim.
— Como? Não é nada natural ter câmeras enormes seguindo seus movimentos e gravando suas expressões. Sinto-me muito mais à vontade *atrás* da lente do que na frente dela.
— Sei que é um pouco estranho. Mas faça o possível para fingir que as câmeras não estão aqui — o produtor me pediu.

Sentamos em torno da mesa da cozinha e começamos a manter uma conversa informal. Enquanto isso, os cinegrafistas nos gravavam a curta distância. Esperar um telefonema era bastante enervante, mas ser alvo das câmeras de TV enquanto esperávamos era uma experiência completamente diferente.

Quando o telefone tocou, levei um susto. De repente, o medo tomou conta de mim, seguido por nervosismo e euforia, quando vi Jack caminhando na direção do aparelho.

— Alô? — ele disse, olhando para cada um de nós, mas nunca para a câmera. — Pode falar.

Ele foi abrindo um sorriso largo, provocando o aparecimento das covinhas que eu adorava.

— Muito obrigado. Sim, senhor. Ficaremos em contato. Obrigado novamente.

Jack recolocou fone no gancho e se virou para nós.

— Arizona! — ele gritou.

Então, todos aplaudiram, inclusive eu, mas não sabia muito bem o motivo.

— Sou do Diamondbacks! — Jack informou.

— Qual é o valor do bônus? — Marc quis saber.

— Só um minuto. — Jack se aproximou da avó e beijou seu rosto. Em seguida, abraçou o avô e Dean. Pouco depois, beijou-me na boca.

Esqueci-me completamente de que estávamos cercados por câmeras e por estranhos.

— Parabéns, amor. Estou muito feliz por você.

— Obrigado — Jack murmurou em meu ouvido e, depois, beijou meu pescoço.

— Carter, por favor! Temos de ligar para esses caras e negociar? — Ryan interveio, numa tentativa de chamar a atenção de Jack.

— Eles disseram cinco — Jack respondeu, sorridente, recusando-se a desviar o olhar de mim.

— Eles disseram cinco? — Ryan quis confirmar.

— Foi o que me falaram.

— O que você acha? Devemos pedir mais? — Marc perguntou.

— Acho que cinco é mais do que justo. Estou satisfeito — Jack afirmou.

— Sei que parece muito dinheiro neste momento, Jack, mas você vai perder metade em impostos, vamos tirar nossa comissão, e você não ganhará muito nos próximos anos na liga secundária. — Marc estreitou os olhos.

— Estou satisfeito. Só quero jogar beisebol — Jack afirmou.

— Tudo bem, então. Aceitaremos a oferta. Parabéns!

Jack puxou sua cadeira para perto de mim e passou seu braço em torno de minhas costas.

— Cinco milhões. Não é um bônus tão ruim assim, certo? Ou estou sendo ingênuo?

— Cinco milhões de dólares?! — Fui tomada de assombro.

— O que você acha? Estou sendo ingênuo ou não? — Jack soltou uma gargalhada.

— Não sei, mas acho que não. Caramba, Jack, é incrível!

— Devo assinar, certo?

— Sem dúvida. Quer dizer, seu advogado deve analisar o contrato, mas é claro que você deve assinar. Por que não deveria? — Segurei seu rosto e dei um sonoro beijo em sua boca. — Você é incrível. Meu amor agora é do Diamondbacks!

O repórter entregou uma camisa e um boné do Diamondbacks para Jack e pediu-lhe para vesti-los. Jack o obedeceu.

— Como estou? — ele quis saber, exibindo a camisa grená com D*BACKS escrito nela.

— Como um jogador de beisebol. — Sorri.

— Com um milhão de dólares. — O avô desferiu um soco no ar.

— Mais, com cinco — Dean corrigiu, dando um sorriso largo.

— Posso tirar algumas fotos? — Eu queria usar minha nova câmera para registrar aquele momento especial.

— Assim que pararmos de gravar — o produtor disse. — Do contrário, o som do obturador de sua câmera poderá atrapalhar.

— Tudo bem. — Liguei minha câmera e estudei seus novos recursos.

Quando a equipe de TV se retirou, peguei Jack e sua família e os levei ao quintal, sob um carvalho enorme. Tirei algumas fotos da família reunida e, depois, fotos individuais.

— Deixe-me tirar uma de você e Jack, querida — o avô pediu.

— É claro! Mas cuidado, a máquina é muito mais pesada do que parece — comentei, entregando-lhe a câmera.

— Nossa, é pesada mesmo. — O avô pôs a correia da câmera em torno do pescoço.

— O senhor tem de olhar pelo visor como se fosse uma máquina antiga. — Eu deduzi que ele talvez nunca tivesse usado uma câmera digital.

Em seguida, coloquei seu dedo indicador no botão redondo e liso.

— Então, o senhor pressiona este botão até a metade do curso, para focalizar nós dois, Jack e eu. Depois disso, pressiona o botão totalmente, e vai escutar um clique. É só isso!

— Pode deixar. — Ele assentiu com um gesto de cabeça.

Em seguida, posicionei-me ao lado de Jack, que passou o braço pela minha cintura.

— Isso é incrível, não? — Jack me abraçou com mais força.

Depois que o avô tirou a foto, pedi para ele tirar uma de nós dois com Dean.

— Não tenho nenhuma fotografia de nós três juntos. Gostaria de ter uma. Ou doze. — E ri. Então, acenei para Dean, chamando-o.

— É bem divertido! Agora vejo por que você gosta disso, Cassie. — O avô aguardou a chegada de Dean.

— É muito legal, não? — perguntei.

— Muito. — O avô piscou o olho.

Capítulo 14

CASSIE

Jack partiu alguns dias depois do recrutamento. Viajou com seu Ford Bronco para o norte do estado. Dean o acompanhou, e passou alguns dias com o irmão. Vinte e sete dias se passaram desde que o vira pela última vez, mas não fiquei contando os dias.

Antes de partir, Jack me explicou que a liga secundária de beisebol profissional consistia, de fato, de diversas ligas: a Single-A, a Double-A e a Triple-A. Acima de todas elas, ficava a liga principal, a Major League Baseball. Embora tivesse assinado contrato com o Diamondbacks, time do Arizona da liga principal, Jack teria de se desenvolver profissionalmente em diversos times, começando num da Single-A.

A sede do time da Single-A do Diamondbacks ficava numa cidadezinha no norte da Califórnia. Embora Jack não tivesse de deixar o estado, precisou sair do lugar em que vivíamos, no sul da Califórnia. A verdade era que, quando se trata de questões do coração, distância era distância, independentemente do número de quilômetros.

De início, fiquei confusa com o fato de ele não ter ido para o Arizona, mas depois que Jack me explicou como tudo funcionava, fez sentido que ele tivesse ido para o norte da Califórnia.

Ficara tão acostumada com a presença física de Jack que sentia sua ausência todos os dias. Era grata à virtualidade do correio eletrônico, do Facebook e do celular, mas nada substituía sua existência material. Jack mudou-se, e sua vida, naquele momento, estava repleta de novas experiências, amigos, companheiros de time e aventuras. Mas eu continuava no mesmo lugar, fazendo as mesmas coisas, vendo as mesmas pessoas, levando quase a mesma vida.

Para minha sorte, mantive-me ocupada com meu novo estágio. Enfim, conseguira convencer meus pais a me deixar trazer meu carro para as férias de verão, pois precisava ir e voltar do trabalho, cinco dias por semana. Eles concordaram, mas só depois de eu também concordar que, assim que o semestre de outono começasse, meu carro teria de voltar ao seu posto de coleta de poeira, na entrada de casa.

Sério? Quem eram aquelas pessoas que diziam ser meus pais? Pareciam dois estranhos, com quem eu não tinha nada em comum.

Escutei o tom de chamada de Jack no celular. Estava sentada ao ar livre com Leslie, minha colega de estágio, observando os surfistas durante nossa hora de almoço. Procurei o aparelho em minha bolsa, abrindo um sorriso largo.

— Amor! — gritei assim que atendi.

— Gatinha! — Jack exclamou. — Estou com tanta saudade! Como está o estágio?

— Muito legal. Estou adorando, aprendendo muita coisa. — Por causa do grasnido das gaivotas, coloquei o celular mais perto do ouvido, para poder escutar melhor.

— Você vai ter de me contar tudo quando estiver aqui. — A voz de Jack parecia muito alegre, e seu entusiasmo me confundiu.

— Quando eu... o quê?

— Quero que você pegue um avião para passar o fim de semana comigo.

— Sério?!

— Sério! Tenho alguns jogos. Quero que você me veja jogando e conheça os rapazes do time. Estou morrendo de saudades de você.

— Eu também.

— Veja se o seu chefe a libera na sexta. Mande um e-mail e me avise da decisão dele. Ok?

— Tudo bem. Falo com ele assim que eu voltar do almoço.

— Talvez seja bom lembrá-lo de que seu namorado é um sujeito nervoso. Assim, provavelmente, ele não vai dizer "não" — Jack brincou.

— Ah, sim. Vou ameaçá-lo. Em geral, isso funciona com pessoas mentalmente equilibradas.

Jack deu uma risada, e imaginei seu rosto lindo.

— Falando sério, se ele disser "não", pego o avião depois do trabalho, na sexta à noite. Ou, então, o primeiro voo de sábado, combinado?

— Isso! Ah, meu Deus, estou muito excitado.

— Eu também. Até mais tarde. Eu amo você. — E desliguei o telefone.

— Era seu namorado famoso? — Leslie sorria, com a brisa despenteando seus cabelos lisos castanhos.

— Era — respondi, com a minha mente a milhares de quilômetros de distância pensando no fim de semana com Jack.

— E o que você vai perguntar depois do almoço? — Leslie quis saber.

— Se eu posso matar a sexta-feira. Jack quer que eu vá para lá para passar o fim de semana com ele.

— Ah, Tom não se importará. Ofereça-se para trabalhar durante meio dia, e ele vai dizer que você pode folgar o dia todo.

— Sério?

— Sério. Nem esquente com isso. Nossa, que legal que seu namorado quer que você vá vê-lo. A maioria dos caras não quer suas namoradas por perto, e muito menos querem pagar por isso.

— Por que você diz isso?

— Porque essa situação não é nenhuma novidade para mim. E há um monte de garotas à espera nos bastidores para entrar em ação — ela disse com um sorriso maroto.

— As tietes?

— Sim.

— Eu sei. Já paguei meus pecados em relação a elas, na faculdade. Elas são brutais.

— E essas garotas não são nada em comparação com as que correm atrás dos jogadores de beisebol profissional. Elas são amadoras. Prepare-se, pois você ainda não viu nada.

— Como você sabe de tudo isso?

— Eu costumava fotografar um time da liga secundária. Vi muitas coisas que gostaria de não ter visto. Mas tenho certeza de que seu namorado é um sujeito de caráter. E nada acontecerá.

— De verdade, não estou preocupada com isso — menti.

— O recreio acabou. Vamos. — Leslie se ergueu e, então, estendeu a mão para me ajudar.

No aeroporto, desci pela escada rolante e vi Jack parado ali, segurando um cartaz onde estava escrito: "Alguém viu uma gatinha?".
Ri tão alto quando li aquilo que assustei o senhor na minha frente. Pedi desculpas ao estranho, que manifestou irritação. Saí da escada rolante e corri na direção dos braços abertos de Jack.
Eu estava com saudade dele, mas, em seus braços, percebi que senti sua falta muito mais do que imaginava. Jack inclinou meu queixo para cima, e nos beijamos longamente.
— Que saudade, amor — ele murmurou.
— Nem me diga...
— Gostou do meu cartaz?
— Amei!
Jack se curvou e pegou minha maleta de viagem.
— Você não trouxe uma mala?
— Não.
— Sério? Você é a minha garota dos sonhos. — Jack passou a mão livre em torno de meu ombro e me levou para a saída do aeroporto.
Tremi quando o ar frio da manhã atingiu meu corpo.
— Caramba, está frio — comentei.
— Sim. O clima aqui no norte é um pouco diferente.
E então, atravessamos a rua na direção do estacionamento.
Olhei em volta em busca da conhecida máquina mortífera branca. E Jack destravou a porta de um Honda preto.
— De quem é esse carro?
— De Tyler. Ele me emprestou, pois eu sabia que você congelaria no meu carro.
— Obrigada. — Entrei e me acomodei no assento de couro.
Em seguida, Jack entrou, se acomodou e olhou para mim. Deu-me um sorriso sexy, revelando suas covinhas.
— Nem acredito que você está aqui. Estou muito contente.
— Eu também.

— Queria muito ver minha garota — afirmou, com entusiasmo. Em seguida, deu a partida no motor.

— Conte-me sobre seus novos amigos e o lugar onde você mora, Jack.

— Alugamos uma casa. Cada um tem seu próprio quarto. Divido a casa com Tyler, Nick e Spencer. Amanda, a namorada de Tyler, também está na cidade. Você vai gostar dela, é uma menina bem legal. Vocês poderão ir ao jogo juntas. Assim, isso está resolvido.

— O que está resolvido? — perguntei, em dúvida.

Jack me fitou, e, em seguida, voltou a prestar atenção ao caminho.

— Eu estava meio que pirando antes de saber que Amanda estaria aqui. Não queria que você fosse ao jogo sozinha. Ainda mais depois do que houve.

— Jack...

Mas ele interveio:

— Não posso deixar que algo aconteça de novo com você. Assim, adorei quando Tyler me disse que Amanda estaria na cidade. Agora você não terá de ficar sozinha.

— Parece legal. — Sorrindo, pousei minha mão em sua coxa.

Ele parou o carro na entrada de uma vistosa casa de dois andares.

— Jack, essa casa parece novinha.

— Tem poucos anos. O dono tem algo como doze casas parecidas. Espere até ver o quintal.

— Já conheço o quintal. — Eu me referia às inúmeras fotos que Jack me enviou pelo celular.

— Espere para ver ao vivo.

Seguimos pelo caminho de paralelepípedos até a enorme porta da frente e entramos. Uma música tocava em volume muito alto.

— Nossa! Desculpe, gatinha... — Jack correu até o aparelho de som, baixando o volume.

Percorri com o olhar o recinto e vi o quintal: exuberante e tropical, com árvores, arbustos e plantas cercando uma piscina. Pedras e seixos se destacavam, realçando o azul da água.

Na piscina, avistei um dos colegas de Jack sentado num colchão flutuante cor-de-rosa, enquanto outro deslizava pelo escorregador.

— Uau! Você tinha razão. É muito melhor ao vivo.

— E não dá para ver a banheira de hidromassagem daqui. — Então, Jack começou a subir a escada. — Venha, gatinha.

Segui Jack para o segundo andar, e quase me choquei com uma garota que achei que era Amanda, a namorada de Tyler, arrumando seus cabelos trançados.

— Você deve ser Cassie. Sou Amanda — ela se apresentou.

— Prazer em conhecê-la, Amanda. — Sorri.

— Igualmente, Cassie. Desculpe, mas preciso ir. Estou muito apertada. — Ela deu uma risada, correu para o banheiro e trancou a porta.

Para ser sincera, a ideia de ir assistir ao meu primeiro jogo de beisebol profissional não me atraía. Assim, fiquei grata por Amanda estar na cidade.

Chegamos ao campo, estacionamos e fomos pegar nossos ingressos. Agarrei minha câmera com firmeza durante nosso trajeto até os assentos, próximos do abrigo do time visitante.

O estádio era muito maior do que o da Fullton State, mas a quantidade de público era parecida. Havia diversas famílias com crianças e muitas garotas. Quando o time de Jack foi anunciado, a torcida entrou em delírio. E quando anunciaram o nome de Tyler, inúmeras garotas gritaram e se levantaram, mostrando suas camisas do time com o número dele nas costas.

Eu não tinha visto nem ouvido nada parecido antes. Dei uma olhada em Amanda, percebendo seu desconforto.

— Você está bem? — Cutuquei seu braço.

Seus olhos castanho-claros percorreram o estádio e, em seguida, retornaram para mim.

— Há um monte de tietes aqui.

Fiz que sim com a cabeça.

— Não estou acostumada com isso. — Amanda cruzou as pernas.

— Com o quê? — Achava difícil imaginar que essa cena fosse completamente nova para ela.

— Com as garotas, principalmente. A gritaria absurda como essa para Tyler. As camisas com seu número. Detesto isso.

— Sério? Na faculdade não era assim?

— Não chegava nem perto. Era assim com Jack?

— Ah, sim. — Dei risada.

— Uau! Você é muito mais corajosa do que eu. — Amanda engoliu em seco.

— O que quer dizer?

— Ontem à noite, conversei sobre isso com Tyler. Acho que só um certo tipo de garota é capaz de namorar um atleta profissional. Não acredito que seja para qualquer uma. — Amanda fez uma pausa, olhando para o campo. — Não tenho certeza de estar preparada para isso.

— Não fale desse jeito. Você é capaz, sim. Ama Tyler, não?

— Claro que sim, mas a questão não é essa.

— Sim, é. A questão é exatamente essa. — Sorri para ela, que retribuiu um sorriso forçado. — Tyler não quer essas outras garotas. Ele quer você. Tem de se lembrar disso, Amanda.

— Você tem razão. — Amanda fez que sim com a cabeça. — Obrigada.

Se Jack não estava arremessando, eu perdia o interesse no jogo, mas dedicava o tempo a fotografar outros jogadores e outras coisas.

Tirei muitas fotos dos colegas dele. Sabia muito bem o quanto os jogadores gostavam de fotos de si mesmos em atividade. Até fotografei Amanda sem que ela percebesse, quando voltei de uma ida ao banheiro. Seus dedos estavam entrelaçados e torcidos de maneira estranha contra a boca, enquanto ela olhava, atenta, para o campo. Enquadrei seus dedos e a boca numa primeira foto; focalizei seus olhos numa segunda, e, então, toda sua expressão corporal numa terceira. Amanda parecia muito perturbada e infeliz.

Quando o jogo terminou, ela e eu descemos uma rampa que nos levou ao corredor para o vestiário. As paredes eram de cimento, o que mantinha o ar fresco no local onde esperávamos nossos namorados. Olhei para as outras pessoas que aguardavam — garotas como eu e pessoas mais velhas, que supus serem pais dos atletas — e resisti à vontade de me apresentar. A porta de aço cinzenta do vestiário se abriu ruidosamente, e Jack saiu sorrindo.

Ele caminhava em minha direção, e eu retribuí o sorriso. Jack beijou meu rosto e pegou minha mão.

— Tyler já está quase pronto. Nos vemos em casa, ok? — ele disse para Amanda e, em seguida, nos afastamos dela.

Fomos pelo longo corredor de cimento de mãos dadas e, então, ele abriu o trinco da porta e saímos. Do lado de fora, fomos cercados por várias garotas. Algumas pediram o autógrafo dele, mas outras queriam coisas bem diferentes. Foi sobre isso que Leslie, minha colega de estágio, me advertiu.

— Ei, Jack, me liga... — uma menina loira disse, entregando um papelzinho para Jack.

Reclamei, ofendida com o comportamento incrível daquela piranha:

— Não estou acreditando... — falei para ela, contrariada.

— O quê?

— Eu estou aqui. Não sacou? — Cerrei os dentes.

— Tenho certeza de que você nem sempre vai estar aqui. — Ela sorriu, maliciosa.

Jack pegou minha mão, sabendo que eu estava prestes a perder o controle.

— Sua vaca... — comecei a gritar, tentando soltar minha mão, mas Jack a apertou ainda mais e me interrompeu.

— Cassie, não faça isso. — Jack balançou a cabeça, engoliu em seco e se virou para a loira. — Você deixou cair isto. — Ele amassou o bilhete e o jogou para ela.

Reprimi uma risada enquanto Jack me puxava na direção de seu carro. Havia pedaços de papel espalhados no assento dianteiro e envelopes sob os limpadores de para-brisa.

— O que significa tudo isso?

— Números de telefone, principalmente. Algumas fotos também. — Jack deu de ombros.

— Sério? — Arregalei os olhos e me sentei no banco do carona.

Jack recolheu os papéis soltos, apanhou os envelopes de sob os limpadores e os juntou numa pilha sobre o colo. Ele deu a partida, e o motor soltou seu ronco familiar. Jack dirigiu algumas centenas de metros, parou, desceu e jogou tudo numa lata de lixo azul.

— Isso acontece sempre, Jack?

— Mais ou menos.

Depois de percorrermos a curta distância entre o estádio e a casa de Jack, ele desceu do carro e abriu a porta para mim.

— Não quero socializações hoje à noite, ok? Vamos subir direto para o meu quarto — ele disse antes de entrarmos na casa.

— Caramba!

— Não é só o que está pensando. Quero muito ficar sozinho com você. Fico mal de não vê-la todos os dias.

— Eu também — admiti, um tanto aliviada após a experiência no estádio.

Na porta da frente, escutamos o ruído dos companheiros de Jack. Quando entramos, eles irromperam em aplausos.

— Calma, pessoal. Vamos direto para cama — Jack lhes informou, piscando um olho.

— Não, ainda não! Por favor, Jack! — Nick abriu uma cerveja.

— Vejo vocês amanhã, senhoras — Jack brincou, rindo e passando um braço em torno de meus ombros.

— Boa noite, pessoal — despedi-me, e comecei a subir os degraus acarpetados da escada.

Jack e eu dividimos o mesmo espaço no banheiro durante nossos preparativos antes de irmos para a cama. Lavei o rosto, escovei os dentes e me troquei depressa, colocando uma regata e calcinha. Jack se despiu e entrou no chuveiro.

— Vou me deitar, ok? — disse, enquanto o banheiro se enchia de vapor.

— Estarei com você em um minuto. — O rosto molhado de Jack apareceu numa fresta da cortina do boxe. — Vem cá!

— O que você quer? — Inclinei-me na direção dele.

— Um beijo.

Então, nos beijamos.

— Ui! Você está todo molhado. — Afastei-me.

— Vejo você em um minuto. — Ele desapareceu atrás da cortina.

Fechei a porta do quarto de Jack e deitei na cama. Notei um porta-retratos na sua mesa de cabeceira, com a foto de nós dois, no dia em que ele foi recrutado. Estendi a mão para pegá-lo, correndo os dedos pelo vidro. Então, Jack entrou no quarto.

— Adoro esta foto. — Sorrindo, recoloquei o porta-retratos no lugar.

— Eu também. É uma das minhas favoritas — ele admitiu.

— Tive uma conversa interessante com Amanda esta noite.

Jack se deitou ao meu lado.

— É? Sobre o quê? — Ele puxou minha cabeça contra seu peito.

— Ela falou que acha que só um certo tipo de garota consegue namorar atletas. E Amanda não tem certeza se é esse tipo de garota.

— Sério? Isso chatearia Tyler, mas ela tem razão.

— Como assim? — Sentei-me e me inclinei na direção de Jack.

— A menina precisa ser mesmo de um certo tipo para namorar um atleta, Cassie. A maioria não é capaz de suportar o estresse. É duro lidar com o fato de outras garotas se oferecendo para seu homem o tempo todo. Mas você já se acostumou com isso, não? — Jack piscou para mim, maroto.

Eu dei uma palmada no seu ombro.

— Gatinha! — ele exclamou, e prosseguiu: — E muitas garotas são incapazes de suportar a quantidade de viagens que fazemos. Viajamos muito e, mesmo quando estamos em casa, na realidade não estamos. O beisebol é nosso trabalho, e, assim, é nossa prioridade número um. Tem de ser ou seremos substituídos por um jogador mais jovem, mais rápido ou melhor do que nós. A quantidade de dedicação necessária ao esporte é maior do que as garotas conseguem suportar.

— Nunca pensei a respeito da coisa desse jeito antes — admiti.

— Porque você é capaz de suportar — Jack afirmou com convicção.

— Nossa, você parece ter muita certeza disso, não?

— Você não?

— Não sei. Esta noite, me senti mais ou menos pirada tendo de lidar com todos aqueles números de telefone e aquelas meninas esperando por você.

— Sei que não é fácil, mas lembre que venho lidando com essa loucura há muito tempo. Não é algo novo para mim. Para os outros caras, pode ser. Os olhos deles brilham quando saem do vestiário do estádio à noite.

— E quanto a você?

— Sinceramente? Tudo o que penso quando saio por aquelas portas à noite é quanto tempo vou levar para chegar a casa para poder ligar para minha garota.

— Sei... — Tentei ocultar um sorriso.

— É verdade. — Jack se inclinou para frente, para beijar meu rosto e, em seguida, voltou a apoiar a cabeça no travesseiro.

— Você nunca fica tentado? Algumas daquelas meninas são lindas.

— Por que ficaria tentado se tenho você? Deveria me preocupar é com o fato de alguém sair às escondidas com você enquanto estou longe.

— Ah, Jack, por favor, nenhum cara do *campus* tem coragem de se aproximar de mim. Eles sabem das coisas. Você lhes deu boas lições.

— Sensacional! — Jack assobiou e bateu a palma da mão contra a cama.

— Fico feliz que você esteja tão satisfeito consigo mesmo.

— Faz ideia de como seria desagradável se eu tivesse de me preocupar com isso?

— Você não tem de se preocupar. Não há motivo.

— Estamos numa boa, certo? Eu e você?

— Eu amo você, Jack.

— E você se sente feliz?

— Muito. Muito mesmo.

— Você foi meu fator de mudança, sabia?

— Fator de mudança? — Não entendi bem o significado.

— A garota que muda tudo. A garota pela qual você abre mão de tudo.

— Não quero que você abra mão de nada.

— Sei disso. Mas quero lhe dizer outra coisa a respeito do beisebol, gatinha. Há um prazo de validade para cada jogador, e todos nós sabemos disso. Depois de alguns anos, minha carreira no beisebol chegará ao fim, e consigo viver sem ele. Mas não consigo viver sem você.

Contive as lágrimas que se formaram e me inclinei sobre o peito de Jack. Então, ele passou seus braços em torno de mim.

— A única hora que me sinto segura é quando estou com você, amor.

— Porque você sabe que matarei qualquer um que a machucar. Porque sou um super-herói — ele afirmou, sério.

— Você é algo especial. — Eu ri.

— Sou *seu* algo especial... — A voz dele foi desaparecendo à medida que eu adormecia.

Na manhã seguinte, acordei com o som do alarme de Jack tocando sem parar. Balancei o ombro dele, e Jack abriu um olho.

— Acorde. Desligue o despertador — pedi.

Jack esfregou as pálpebras e, em seguida, deu um tapinha no botão do despertador do radiorrelógio.

— Não quero acordar, Cass. Preciso dormir.

— Você tem de jogar hoje — lembrei, grogue de sono.

— Preciso dormir hoje. — Ele riu, me agarrou e me abraçou.

— Você vai me matar... Estou morrendo. Não consigo respirar. Alô? Terra para Jack, câmbio?

O restante de nosso fim de semana consistiu de mais dois jogos de beisebol, tomarmos sol perto da piscina e nos refrescarmos nela, e nos lembrarmos de como era bom estarmos juntos.

No jogo de sábado, a atuação de Jack foi tão impressionante que originou rumores de que ele logo ascenderia para um time da liga Double-A. O que era uma subida muito rápida, mesmo para os padrões do beisebol.

No domingo à noite, quando Jack parou o carro na frente do terminal de embarque do aeroporto, chorei. Era como me despedir dele pela primeira vez de novo. Vê-lo tornou ainda mais difícil ficar longe, o que era um tanto desagradável.

— Detesto me despedir de você. É horrível — disse, colocando meu rosto em seu ombro.

— Eu sei. Para mim também é. — Jack beijou o alto de minha cabeça, acariciando minhas costas com os dedos.

Afastei-me da proteção dos braços dele.

— Ligo assim que chegar, ok?

— Claro. — E em seguida, Jack segurou meu rosto com as duas mãos.

— Eu amo você. — E me beijou longamente.

— Também amo você. — Em seguida, afastei-me dele.

Fechei a porta do carro e atravessei as portas de vidro do terminal. Encaminhei-me ao ponto de controle de segurança, grata por ele não estar cheio. Assim que minha bagagem e meu corpo foram liberados, localizei meu portão de embarque e me sentei numa cadeira, pondo em dia as atividades do fim de semana. Foi quando meu celular tocou com a música de Jack.

— O que foi, amor?

— Cassie, você consegue me ouvir? — Jack quase gritava.

— Mais ou menos. Tudo bem? — Peguei minha bagagem e procurei um lugar mais privativo.

— Acabei de falar com meu técnico. Estão me promovendo para um time da liga Double-A. Vou para o Alabama em dois dias!

— Ah, meu Deus, amor, isso é incrível! Parabéns! Sempre tive vontade de conhecer o Alabama... — Sentia-me imensamente feliz por ele.

— E só isso?

— Sim.

— Nesse caso, mal posso esperar sua visita. — Jack deu risada. — Tenho de ligar para Dean e para meus avós. Quis ligar para você primeiro.

— Sinto-me feliz com isso também. Parabéns de novo, amor. Estou orgulhosa de você.

— Obrigado, gatinha. Amo você. Ligue quando o avião pousar.

Jack desligou o telefone, e eu abri um sorriso largo.

Capítulo 15

JACK

O estado do Alabama me recebeu de braços abertos. Foi a boa notícia. A má foi que o ar ali era tão úmido que achei que sufocaria. Nunca sentira um calor que parecia algo quase sólido, que açoitava o rosto quando saía ao ar livre. Mas os cidadãos eram simpáticos, e o lugar ostentava aquela atmosfera de cidade pequena que eu achava só existir nos filmes.

Toda a mudança na organização do Diamondbacks fez com que um grupo de jogadores de meu time perdesse um companheiro que dividia a casa com eles. Isso caiu como uma luva para mim, que vinha procurando moradia. Mudei-me imediatamente, não só assumindo o quarto dele na casa, mas também seu lugar no time.

Preparei-me mentalmente contra o ressentimento dos outros jogadores, mas isso não chegou a acontecer. Em vez disso, comecei a jogar com um grupo de caras muito solidários. A competição era feroz, mas o beisebol ainda era um esporte coletivo.

— Oi — falei quando Cassie atendeu ao telefone.
— Oi — ela respondeu. — Tudo bem? Como está o time?
— Estou bem. O time é incrível.
— O que quer dizer?
— Todos são muito bons.
— Melhores do que os jogadores de seu time antigo?

— Muito melhores. É um nível muito diferente de beisebol.
— Você já esperava isso, não?
— Na realidade, não pensei nisso. Sem dúvida, eles são melhores rebatedores, e meus arremessos não os intimidam.
— Então arremesse a bola fora da zona de *strike* e torne seu arremesso assustador. — Cassie deu uma risadinha.
— Estou tentando, amor.
— Jack, você é um arremessador incrível. Vai descobrir um jeito. É tudo parte do processo e, no fim, você será um jogador melhor.
— Quando ficou tão esperta?
— Acho que assim que você foi embora.
— Pentelha...
— Preciso desligar, Jack. Sinto muito, mas tenho de participar de uma teleconferência com o escritório de Nova York.
— Ok. Ligo para você mais tarde.
— Espere, Jack.
— Sim, gatinha.
— Boa sorte hoje à noite.
— Obrigado. Amo você. — E desliguei.

Respirei fundo quando assumi minha posição no monte do arremessador. A torcida, toda de pé, gritava, mas eu mal conseguia escutar outra coisa além de meu próprio coração bombeando adrenalina através de minha veias.
— Vai lá, Carter! — escutei meu *shortstop* gritar.
Dei uma olhada rápida para ele, nossos olhares se encontrando num intercâmbio esperançoso. Meu receptor fez sinais entre as pernas, e eu fiz que sim com a cabeça. Então, peguei a bola com a mão esquerda. Depois de respirar fundo de novo, ergui a perna direita no ar e, em seguida, arremessei a bola com toda a força.
O rebatedor balançou o corpo, e eu prendi a respiração, esperando que ele não conseguisse rebater a bola. O ruído da bola colidindo na luva de meu receptor ecoou no ar noturno. Então, o juiz principal gritou para o rebatedor:

— Três bolas válidas! Você está eliminado!

A torcida irrompeu em aplausos e gritos, e, em seguida, invadiu o campo. Meus companheiros de time me carregaram em triunfo sobre os ombros. Os flashes das câmeras explodiram de todos os lados, deixando-me cego durante algum tempo. As mãos se estendiam de todas as direções, puxando qualquer parte exposta de meu corpo. Todos queriam um pedaço de mim.

Acabara de conseguir meu primeiro jogo perfeito de beisebol da liga Double-A. A sensação que você tem quando isso acontece é difícil de descrever. Realizei algo que acontece muito raramente num jogo de beisebol. Nenhum jogador de outro time chegou a salvo a uma base. Não cedi nenhuma rebatida. Só eu e meus companheiros jogamos durante os nove *innings*. Hoje à noite, celebraríamos. E tudo em que conseguia pensar era Cassie.

Desvencilhei-me da torcida e dos jornalistas e busquei refúgio no vestiário. Abri meu armário, peguei meu celular e liguei para ela.

— Oi, amor! — Cassie respondeu, com o tom de voz excitado e alegre.

— Você viu?

— Assisti ao jogo on-line. Parabéns! Sinto-me muito orgulhosa de você, amor.

Inclinei a cabeça contra a parede e fechei os olhos, visualizando o belo rosto de Cassie.

— Meu Deus, estou com muita saudade de você. — E deixei escapar um suspiro.

— Eu também. Queria estar aí.

— Eu também queria que você estivesse aqui. Mais do que tudo queria que celebrasse esta noite comigo.

— Estou muito feliz por você, Jack.

— Obrigado, gatinha. Tenho de ir agora. Eu ligo mais tarde, ok?

— Divirta-se esta noite. Eu amo você.

— Também amo você. Boa noite. — E desliguei o telefone.

O bar parecia superlotado quando chegamos. Entrei pela porta da frente com dois de meus companheiros de time. Todo o bar irrompeu em assobios e gritos. Quando eu menos esperava, doses de bebidas começaram a ser passadas para mim de todas as direções. Bebi três doses sem hesitação e, então, agarrei uma garrafa de cerveja.

— Grande jogo, Jack — uma moreninha comentou, segurando meu braço.

— Obrigado. — E removi sua mão.

— Eu me chamo Chrystle. — Ela enlaçou minha cintura.

— Não perguntei. — E voltei a retirar sua mão, com mais força dessa vez.

— Imaginei que você quisesse saber. — Ela aproximou seu corpo do meu.

— E por quê? — perguntei, num tom entediado que geralmente usava para desestimular as tietes.

Chrystle ficou na ponta dos pés e se inclinou para mais perto de mim.

— Porque você vai sussurrar meu nome mais tarde — ela falou no meu ouvido com um sorriso.

— Sem chance. — Fechei a cara e dei as costas para ela. Então, atravessei a multidão rumo a uma mesa no fundo do bar.

Encontrei meus companheiros e me sentei.

— Estou morrendo de fome. Será que tem alguma comida aqui? — quis saber depois de o meu estômago roncar. Então, olhei ao redor, e percebi a quantidade insana de doses de tequila cobrindo a mesa.

— Sim, tem comida. Só que ainda não chegou. Então, beba, cara. Foi um jogo incrível hoje, Carter! — Logan, meu jogador da primeira base, deslizou uma dose de tequila na minha direção, para celebrar.

O resto da mesa irrompeu em congratulações e cumprimentos. Em seguida, pegamos as doses de bebida e brindamos. Da mesa, percebi Chrystle olhando para mim da outra extremidade do bar. Ela piscou e, depois, bebeu um gole de cerveja.

Cutuquei Logan, que jogava no time havia duas temporadas.

— Ei, cara. Quem é aquela garota do outro lado do bar?

— Que garota? — Ele riu.

— A moreninha olhando para nós, ali naquele canto.

— Ah, Chrystle? Basicamente, é uma tiete em missão. Eu a evitaria, se fosse você — Logan advertiu e, em seguida, tomou outra dose de tequila.

— Acredite em mim. Estou tentando.

— Pegue. Beba isto. — Logan me passou mais duas doses, e bebi uma após a outra. — Sem dúvida, você está no radar dela. — Apontou para Chrystle, absorvida numa conversa com nosso técnico principal, mas mantendo o olhar fixo em nossa direção.

— Não quero ficar no radar de nenhuma garota. — Eu começava a perder a calma.

— Bem, boa sorte com isso. A propósito, ela é incansável.

— Sim, já percebi. — Dei uma olhada rápida para ela e desviei o olhar. A última coisa que queria era que essa tiete achasse que eu estava minimamente interessado nela.

Logan me passou mais duas doses, e as bebi sem esforço. A tequila não provocava mais nenhum abalo no meu sistema. Descia com facilidade.

— De verdade, preciso de algo para comer — comentei para ninguém em particular. Então, percebi um cesto de pão no outro lado da mesa. — Posso comer isso? — Estendi o braço para tentar pegar o cesto.

— Hein? Ah, sim, Carter, é todo seu — Vince, meu companheiro de time, disse, tirando os olhos do celular. E empurrou o cesto para mim. — Coma, cara.

— Obrigado. — Arranquei um pedaço grande de pão e o enfiei na boca.

Era muito tarde, e eu sabia disso. Minha tentativa de forrar o estômago era quase inútil. O pão não era páreo para o álcool que já tinha consumido. Não conseguia me lembrar da última vez em que bebi tanto.

— Onde é o banheiro, Logan? — E o cutuquei.

— O que foi, cara? — Ele se virou para mim, com os olhos já mostrando sinais de quão bêbado ficava.

— O banheiro? Onde é? — gritei.

— No canto oposto, atrás da *jukebox*. — Logan apontou com o dedo trêmulo.

— Obrigado. — Levantei-me da mesa e cambaleei. Merda, já estava bêbado.

Comecei a caminhar na direção do banheiro. Não tinha dado nem dez passos, e Chrystle apareceu ao meu lado.

— Aonde está indo, Jack? Posso ir junto?

— Não. — Tentei parecer o mais desinteressado possível.

— Você não está falando sério! — Ela caprichou no beicinho. De repente, notei sua regata superjusta. Ela percebeu. — Gosta do que está vendo?

— Nada que eu já não tenha visto antes.

— Não acredito. — Chrystle pressionou o peito contra mim e enlaçou os braços em torno da minha cintura.

— Me solta! — E a empurrei.

— Qual é o seu problema, Jack? Só quero fazê-lo se sentir bem. Ajudá-lo a comemorar o grande jogo.

— Tenho namorada. Por que você não vai comemorar com um dos meus companheiros de time? Alguém solteiro. Ou já transou com todos eles? — E me afastei.

Alguns minutos depois, saí do banheiro com o rosto molhado com a água que joguei nele para ajudar a me sentir menos bêbado. Mas em vão. E Chrystle ainda esperava por mim.

— Eu perdoo você. — Ela esboçou um sorriso largo. Então, bloqueou meu caminho com seu corpo franzino.

— Saia da frente.

— Venha comigo para minha casa.

— Não estou interessado.

— Pelo menos me deixe pagar-lhe um drinque. Vamos, Jack, só um drinque.

Olhei para Logan e o vi com o rosto tombado sobre a mesa. Dei uma risada.

— Tudo bem. Um drinque.

No balcão do bar, Chrystle se inclinou, tentando chamar a atenção do *barman*. A extremidade de sua regata se ergueu, revelando a tatuagem tribal acima do traseiro. Era uma tatuagem bem previsível numa garota vulgar como aquela.

— Ei, Chase! — Chrystle gritou para o *barman*, que se virou. — Duas doses de uísque.

— Não, não, não — disse, e Chase se virou para me olhar. — Algo mais leve — pedi, enrolando a língua.

— Certo. Dois Jack Daniel's com coca-cola. Tudo bem?

— Melhor. Acho.

— Agora me fale de sua namorada — Chrystle pediu.

— Não gosto de falar de minha vida privada. — De repente me senti protetor do meu relacionamento com Cassie.

— Ela não está aqui, está?

— Parece que ela está aqui? — Olhei para o meu lado.

— O que os olhos não veem o coração não sente. Não vou contar nada para ela.

— Obrigado pelo drinque. — Peguei o copo alto que acabara de aparecer no balcão na minha frente. Em seguida, afastei-me dela.

— Jack, espere! Só estava brincando! — Chrystle gritou, mas não me detive.

Aquela garota era encrenca na certa, e eu estava muito bêbado.

Escutei seu passos me seguindo.

— Jack, espere! — Chrystle agarrou minha camiseta com sua mão livre.

— Pare de me agarrar! O que diabos você quer? — Virei-me para encará-la, com a cabeça pesando uma tonelada e tudo girando.

— Só quero ficar com você.

— Não acho que seja uma boa ideia. Você não é muito boa em aceitar a palavra "não". — Naquele momento notei o azul de seus olhos.

Droga. Isso não é bom. Estou bêbado. E ela é bem gostosa.

— Você pode me ensinar — Chrystle caçoou, abrindo outro de seus sorrisos largos.

— Chrystle, me deixe sozinho, por favor. Caso contrário, vou ter de deixar de ser legal com você.

— Isso é ser legal? — Ela piscou o olho, dando um tapinha no meu traseiro e pegando a direção da pista de dança.

Saí correndo para minha mesa, ao encontro de Logan. Ele ergueu a cabeça quando o cutuquei.

— Mantenha essa vaca longe de mim!

— Já lhe disse para ficar longe dela. — Logan riu.

— Fica difícil com ela me seguindo a todos os lugares.

— Então, pare de ir a todos os lugares. Fique sentado aqui. Quieto. Beba isso. — Logan me ofereceu outra dose de tequila.

— Você não precisa me embebedar para tirar vantagem de mim — afirmei, brincando.

— Cale a boca, idiota. Beba.

Virei a dose rapidamente.

— Terá de me carregar para casa, Logan.

— Não. É você que vai ter de me carregar — ele gaguejou.

— Talvez nos deixem dormir aqui. — Ri e peguei meu celular.

— Não! Sem celulares esta noite, cara! — Logan pegou meu celular e o fez deslizar ao longo da mesa.

— Ei, Chance, pegue meu telefone! — gritei para meu companheiro na outra extremidade da mesa.

Chance baixou os olhos e o empurrou com força. O celular saiu voando e pousou no meu colo.

— O que eu lhe disse? — Logan berrou, com os olhos semicerrados pela bebedeira.

— Só vou enviar um torpedo para Cassie e, depois, desligo — prometi para meu amigo bêbado. Digitei o texto o mais rápido possível, bêbado como estava.

Esto com muit saudede. Querea q vc estivuss aqi.

Olhei para a mensagem e a enviei. Sabia que tinha escrito errado as palavras, mas estava muito bêbado para corrigi-las.

Era incapaz de me lembrar da última vez em que me senti tão zonzo. Minha visão estava embaçada, a cabeça girava, as pernas trançavam e minhas defesas estavam arriadas, assim como meu bom senso. Vi Chrystle na pista de dança e, de repente, não conseguia tirar os olhos de seu corpinho. Ela notou que eu a observava. Percebi que me encontrava em apuros.

Desvie o olhar, seu idiota.

Ignorei a autoadvertência e mantive o olhar fixo em Chrystle, que roçava o corpo contra o de outra garota. Ela rebolava os quadris num ritmo perfeito e, de repente, eu não conseguia parar de pensar em transar com ela. Se a garota se mexia assim numa pista de dança...

A música mudou, e Chrystle se livrou de sua parceira de dança. Veio em minha direção.

— Sei que você gostou do que viu mais cedo — ela falou ao se acercar de mim.

— Não gostei do que vi antes, mas estou gostando agora — gaguejei.

Porque estou chumbado e não consigo raciocinar direito.

— Isso está certo? Antes você tinha uma namorada — Chrystle afirmou, brincando comigo e pressionando o corpo contra o meu.

Imediatamente, senti uma ereção.

Cassie.

— Antes você não se importava com isso.

— Continuo não me importando — Chrystle afirmou, insolente, e, então, roçou o quadril em mim.

— É melhor você parar de fazer isso ou irá se meter em apuros.

Eu quero metê-la em apuros. Um apuro bem duro.

— Talvez eu queira me encrencar... — Chrystle virou-se e achatou o traseiro contra mim. Então, curvou-se para pegar algo que deixou cair no chão.

Meu Deus!

Agarrei seu braço e a puxei para mim. Quando nossos corpos se apertaram um contra o outro, Chrystle estendeu a mão para baixo e a colocou sobre meu zíper.

— Me leve para sua casa, Jack.

— Você sabe que isso não significa nada, não é? É só sexo — falei, enrolando a língua.

— Nossa, você sabe criar um clima romântico... — Chrystle tornou a fazer beicinho.

— Transar não tem nada de romântico. E é só o que nós vamos fazer. — Peguei a mão dela e a puxei na direção da saída. — Você consegue dirigir? — Tinha de me esforçar para me manter de pé.

— Estou sóbria como um juiz. — Chrystle balançou a chave de seu carro no ar.

— Não sei o que isso quer dizer, mas vamos.

Acordei com a cabeça latejando e os olhos se recusando a abrir de boa vontade. Joguei o braço através da cama e, então, atingi alguma coisa.

— Pare, Jack. Quero dormir — disse uma garota.

Não, não, não, não.

Isso não estava acontecendo. Ia me virar, olhar para a outra metade da cama e ela estaria vazia. Tudo isso seria um sonho ruim. Esfreguei os olhos e, em seguida, virei-me e os abri.

Droga, droga, droga.

Vi mechas de cabelos castanhos espalhadas pelo travesseiro. Mais abaixo, um corpo feminino nu. Senti o estômago embrulhado quando me sentei na beira da cama. Pus a cabeça pesada entre as mãos e baixei os olhos. Tentei me lembrar dos acontecimentos da noite passada. Em vão. Talvez ela tivesse vindo para casa com um de meus companheiros e precisou de um lugar para desabar. Eu amo Cassie. Eu amo Cassie tanto que nunca faria isso contra ela.

Droga.

As lembranças começaram a se insinuar de modo ligeiro e despudorado. Lembrei-me de tudo. Agora gostaria de ser capaz de esquecer.

Peguei o celular e me levantei. Percebi que estava nu. Vesti uma cueca e uma camiseta e, em seguida, sentei-me na varanda, sob o orvalho matinal. Liguei para Cassie.

— Oi, amor — Cassie disse, com voz de sono.

Não sabia o que dizer. Assim, fiquei calado, sabendo que aqueles seriam os últimos momentos em que tudo entre nós estaria bem.

Desligue, seu idiota. Desligue o telefone. Ela nunca vai saber o que houve se você não contar.

— Jack? Alô? Jack? — Cassie soou muito aflita. — Posso ouvir sua respiração.

— Gatinha? — murmurei.

Muito tarde para desligar agora.

— Algum problema? Você está bêbado.

— Acho que ainda estou, sim.

— Você dirigiu?

— Não.

— Você está bem?

Não podia fazer aquilo. Não podia perdê-la. Não por causa disso. Todos cometem erros.

— Sim, gatinha. Desculpe-me por ligar tão cedo. Só queria que você soubesse o quanto eu amo você.

Sou um covarde.

— Também amo você.

A voz de Cassie era perfeita. Ela era perfeita. Não podia perdê-la.

— Volte para a cama. Eu amo você. Ligarei mais tarde. — Senti um nó imenso na garganta.

— Tudo bem, Jack. Boa noite. — E ela deu uma risadinha.

Desliguei o celular, fechei os olhos e pus a cabeça entre as mãos, querendo enterrar minha culpa.

Ao me lembrar da garota dormindo na minha cama, a raiva tomou conta de mim. Irrompi no quarto, batendo a porta que dava para a varanda.

— Levanta e cai fora!

Chrystle estava deitada de bruços, espalhada em três quartos da cama. Ainda nua. *Merda*.

Ela se moveu devagar, abrindo os olhos para me ver.

— O que foi? Por que está tão zangado? — ela perguntou, resmungando.

Isso me deixou ainda mais irritado.

— Se manda! — Alcancei a cama, peguei-a pelo braço e a puxei.

— Ai, Jack, caramba! Vou me levantar. O que que há?! — Chrystle se sentou, sem se preocupar em cobrir sua nudez com o lençol.

— Você é o meu problema. Cai fora do meu quarto. Cai fora da minha casa. Cai fora da minha vida! — exigi, com uma atitude isenta de qualquer respeito ou gentileza.

— Com certeza, você não disse nada disso durante a noite

O comentário dela me enfureceu ainda mais.

— Se manda ou vou expulsá-la.!

— Deixa de rodeios e vamos transar gostoso, cara.

— Você é uma putinha.

— Ah, agora sou uma putinha? — Chrystle começou a se vestir.

— Tenho certeza de que você sempre foi uma putinha.

— Você não reclamou de nada disso à noite. E garanto que vai querer repeteco logo, logo — ela disse, confiante, deixando escapar um sorriso arrogante.

— Lamento desapontá-la, mas não como a mesma garota duas vezes. Não é meu estilo.

— Veremos. — Então, ela saiu de meu quarto.

Arranquei os lençóis da cama e os joguei num canto, muito a fim de pôr fogo em tudo. Abri as janelas o máximo possível, tentando eliminar o cheiro de sexo de meu quarto.

Dirigi-me ao banheiro para ligar o chuveiro, mas meu reflexo no espelho me forçou a parar. Virei-me para me encarar, com meus olhos castanhos injetados olhando de volta para mim. Cerrei o punho e o lancei na direção do espelho, parando a pouca distância de golpeá-lo.

Seu idiota! Você fez um jogo perfeito ontem. Um jogo perfeito no beisebol. E, em seguida, quase jogou seu relacionamento perfeito na privada e puxou a descarga. É o seu futuro, seu babaca. Nunca mais seja tão descuidado com seu futuro de novo.

Capítulo 16

CASSIE

As últimas semanas do verão passaram rápido. O semestre do outono se aproximava. A revista prorrogou meu estágio, e convenci minha mãe a me deixar ficar com o carro, prometendo que só o usaria no percurso entre minha casa e o escritório da revista. Minha mãe relutou, de início, mas depois que eu disse que ela estava arruinando minha vida, ela cedeu. Eu vinha sendo obrigada a usar essa tática com mais frequência.

Jack voltaria para casa em breve, dependendo se o seu time fosse disputar os jogos decisivos ou não. Durante sua ausência, eu caíra numa rotina confortável de trabalho e leitura, superando meu objetivo autoimposto de ler vinte livros no verão. *The Opportunist* era meu vigésimo primeiro livro. Estava completamente absorvida pela história, não desejando a aflição mental da personagem principal para ninguém... exceto talvez para as garotas da associação da escola que gostavam de infernizar minha vida.

Entrei em nosso apartamento e gritei o nome de Melissa. Nenhuma resposta. Joguei a bolsa e a chave do carro sobre o balcão da cozinha, abri a porta da geladeira e peguei uma garrafa de água. Então, meu celular tocou, soando a música de Jack, e corri para atendê-lo.

— Oi! — respondi.

— Oi, gatinha. — Jack pareceu desanimado.

— O que houve? Você está bem?

— Estou fodido, Cassie — ele respondeu, engolindo em seco.

— Do que está falando? Você está bem? — tornei a perguntar, sentindo o coração apertar.

— Tenho de contar uma coisa para você — ele afirmou, com uma voz muito esquisita.

— Estou ouvindo. — E me sentei no piso frio da cozinha.

— Ok. — Jack tomou fôlego. — Você se lembra de uma noite, há algumas semanas... — Fez uma pausa. — Aquela do jogo perfeito?

— Sim. — Meu coração ficava cada vez mais apertado.

— Lembra que eu liguei muito cedo para você e a acordei?

— Claro. — Agora o estômago começava a embrulhar.

— Fiquei dizendo "não", Cassie. Juro. Eu disse "não" para ela no mínimo umas cem vezes. — Jack falava de um jeito que não fazia nenhum sentido. — Tratei-a mal, mas ela não se importou.

— O que aconteceu, Jack? — Minha voz tremia.

— Ela insistiu muito. Não aceitava "não" como resposta.

— O que você fez? — As lágrimas começavam a brotar em meus olhos.

— Naquela manhã, liguei para você porque cometi um erro e queria contar. Queria ser honesto com você, mas ouvi sua voz e não consegui. Sabia que eu ia perdê-la, e a perderia para uma garota que não significava nada.

— O que está dizendo, Jack?

— Estou dizendo que estraguei tudo, gatinha. Fiz uma puta besteira.

— Diga o que você fez!

— Transei com uma garota. Sinto muito. Não significou absolutamente nada. Cometi um erro.

Minha cabeça começou a girar numa velocidade estonteante, fazendo-me quase desfalecer.

— Cassie? Diga algo, por favor.

— Como você pôde? Por quê?! — gritei entre soluços.

— Não é só isso.

— Como?! — Fiquei paralisada de medo.

Jack respirou fundo e permaneceu calado durante um minuto. Então, enfim prosseguiu:

— Ela está grávida.

Jack disse isso tão baixo, que mal consegui registrar os sons. Mas meu coração partido não só ouviu suas palavras como também as digeriu e as processou.

— Você está aí, gatinha? Não sei o que fazer. — Jack respirou fundo.

— Não sou eu quem vai lhe dizer que atitude tomar — respondi, num tom amargo e ressentido.

— Sei que fiz merda, mas nunca tive a intenção que isso acontecesse.

— Não? Você fica bêbado. Leva uma garota para sua casa e transa com ela. Eu mereço coisa melhor que isso — afirmei, com muita dificuldade.

— Você tem toda a razão — Jack concordou sem discussão. — Estou com medo.

Deixei de lado meu orgulho, meus sentimentos e minhas emoções e não desliguei o telefone. Não queria me importar com o fato de que ele sentia medo. Não queria me importar com nada além de meu próprio coração partido.

Mas eu não conseguia ser indiferente à dor de Jack.

— O que ela fará? — perguntei mas, logo em seguida, o óbvio atravessou minha mente como um tornado. — Se você a engravidou, é porque transou com ela sem nenhuma proteção. Diga-me que você não fez isso, Jack.

Essa compreensão tomou conta de mim de tal forma que achei que fosse perder os sentidos.

— Estava completamente bêbado aquela noite, Cassie. E não ando mais com camisinhas.

Não respondi. Não era capaz. A dor era imensa. Tudo doía. Era uma lembrança de que eu continuava viva e aquele pesadelo estava mesmo acontecendo.

— Ela não quer fazer um aborto, Cass. Diz que vai ter o bebê.

— E o que você quer? — perguntei, ríspida.

— Não sei. Quer dizer, quero jogar beisebol. Não estou preparado para ser pai. Muito menos do filho dessa garota. E também não quero ser o tipo de pai que meu pai foi. Ausente, sabe? Está tudo muito confuso, e não sei qual é a coisa certa a fazer.

Eu não conseguia mais suportar aquilo. Não conseguia escutá-lo falar a respeito de ter um filho com outra menina, amando-o do jeito que eu o amava.

— Jack, não quero que você fale a respeito disso comigo. Vou desligar.

Não esperei pela resposta. Não podia. Sabia que, se eu esperasse, Jack me faria mudar de ideia. Eu ficaria ao telefone com ele durante o tempo que ele quisesse.

Desliguei e olhei para o vazio, com meus pensamentos me absorvendo. Imaginei-o dizendo coisas para aquela garota que ele disse para mim. Beijando-a da maneira como me beijava. Tocando-a da maneira como me tocava. Os pensamentos embrulharam meu estômago, enquanto as lágrimas rolavam sem controle pelo meu rosto.

Corri para o banheiro e vomitei o almoço no vaso sanitário. Depois, arrastei-me até a banheira e inclinei-me sobre ela, limpando o suor frio da testa com a mão. Coloquei-me em posição fetal sobre o tapetinho felpudo e chorei.

Até o momento da perda total da confiança, jamais percebi o quanto confiara em Jack. Bastaram poucos segundos para destruir a base que trabalhamos tanto para construir. Em seu lugar, havia pilhas de pó, pedaços irregulares de concreto e cacos de meu coração partido.

A porta da frente se abriu, e escutei Melissa gritar meu nome. Não respondi. Então, ela saiu a minha procura pelo apartamento. À porta do banheiro, Melissa arregalou os olhos assim que me viu.

— Cass? Tudo bem com você?

Ao escutar sua voz, as lágrimas voltaram a cair.

— Ah, meu Deus, o que houve? Diga, Cass!

— Jack me traiu.

— O quê? Quando? Eu vou matá-lo!

— Na noite do jogo perfeito. Ele disse que bebeu muito, que a garota foi teimosa, e que ele entregou os pontos — disse, quase sussurrando.

— Por que ele cedeu?

— Porque ele é um escroto.

— A garota está grávida.

— Você está brincando?! — Melissa ofegou, tomada de assombro.

— Seria bom... — Segurei a barriga, pois meu estômago voltara a embrulhar.

— Sinto muito, Cassie. Não consigo acreditar que isso está acontecendo. — Melissa se ajoelhou e passou os braços em torno de mim. — Você vai ficar bem?

— Com o tempo. Não agora.

— Dean já sabe?

— Não faço a menor ideia.

— Vamos, levante-se. — Melissa se pôs de pé e me puxou pelos braços. Ao me erguer, cambaleei.

— Estou com medo de me afastar muito da privada.

— Vou pegar uma lata de lixo para você. Precisa se deitar, Cass. — Melissa amparou meu peso sobre seu corpo franzino, praticamente caindo comigo quando alcançamos minha cama.

Rastejei sobre meu edredom azul-escuro e estatelei a cabeça sobre o travesseiro, escutando a voz de Jack em minha mente.

— E se eu não conseguir dormir?

— Aí, veremos. Aposto que você está mais exausta do que imagina. Você teve um dia traumático. — Melissa acariciava meus cabelos.

— Foi um pouco duro.

— Tente dormir. Estarei na sala se você precisar de mim. — Melissa se inclinou e me deu um abraço. Em seguida, saiu de meu quarto.

Entrei debaixo do edredom e implorei para que minha mente desligasse. Sabia que só seria capaz de encontrar a paz dormindo.

Pouco depois, abri os olhos ao som do despertador. Desliguei-o com a palma da mão. Então, a realidade de minha situação me tomou de assalto. Não haveria mais paz para mim hoje.

Olhei para o celular, com um pouco de vontade de ligá-lo.

— Cass, você acordou? — Melissa perguntou, do outro quarto.

— Sim — afirmei, rouca de tanto chorar.

— Você dormiu muito pouco. — Ela veio até mim, com a preocupação estampada no rosto.

— Sim. — Pigarreei, querendo um chá quente com mel para aliviar a garganta.

— Alguma notícia dele?

— Não liguei o celular.

— Você não deve ligar. E é melhor não ir à aula.

— Não posso ficar sentada aqui e chorar o dia todo. Preciso de uma distração.

Nos dias seguintes, só consegui me concentrar no meu fracassado relacionamento. Na teoria, as aulas eram uma grande distração, mas, na prática, só conseguia me lembrar de Jack. Independente da quantidade de aulas de direito ou reportagem visual a que assistisse, nada me prendia a atenção com mais força do que minha mente destrutiva.

Meu celular ficou desligado até minha mãe ligar para o celular de Melissa, achando que eu tinha sido sequestrada ou morrido. Enfim, quando eu o liguei, sete novas notificações de correio de voz apareceram. As sete eram da minha mãe, cada uma crescente em termos de pânico superdramatizado.

O envelope azul de mensagem de texto apareceu no alto da tela. Eram oito novos torpedos de Jack. Oito.

Sinto muito, Cass. Diga-me que você sabe como estou arrependido.

Como fui capaz de estragar tudo entre nós?

Eu amo você. Amo muito.

Sinto como se alguém tivesse arrancado meu coração e o partido em pedaços. Dói. Estou ferido.

Cassie, responda-me. Diga-me para cair fora. Qualquer coisa! Seu silêncio é mais perturbador que sua raiva.

Eu mereço isso. Mereço qualquer coisa que você quiser fazer para mim. Tenho certeza de que não a mereço.

Estou enlouquecendo. Sinto-me muito perdido sem você.

Eu amo você. Jamais vou deixar de amá-la. Sinto muito por tudo. Jamais vou parar de lhe dizer como estou arrependido.

Mas, no fim, Jack parou.

Sua última tentativa de entrar em contato comigo tinha mais de duas semanas. Era ainda mais difícil parar de receber seus torpedos do que era não responder às suas mensagens. Queria que ele me quisesse. Precisava que ele ainda precisasse de mim. Porque eu ainda estava desesperadamente apaixonada por Jack.

Claro que Melissa sabia disso.

— Meu Deus, Cassie, você está com uma aparência péssima. Quando foi a última vez que você comeu algo diferente de torrada? Ou penteou os cabelos?

— Não sei — minha voz soou inexpressiva, isenta de emoção.

— Você precisa comer, ok?

— Não sinto fome.

— Por isso mesmo é que tem de comer alguma coisa.

De repente, o nome de Jack apareceu no meu celular. Meu corpo começou a tremer. Melissa percebeu.

— Jack? — ela perguntou, surpresa.

Fiz que sim com a cabeça.

— Não atenda. A menos que você queira. Não, você não deve.

Pressionei o botão para enviar sua chamada para a caixa postal. Jack tinha parado de deixar mensagens gravadas mais ou menos na mesma ocasião em que parou de enviar torpedos. Assim, fiquei surpresa quando a notificação "Um novo correio de voz" apareceu na minha tela.

Hesitei antes de escutar a mensagem, mas acabei pressionando o botão. Era uma mensagem curta e direta ao ponto:

Sei que você me odeia e que não quer mais falar comigo, mas preciso lhe dizer algo. Gatinha, por favor. Não ligaria se não fosse importante.

— O que ele disse, Cass?

— Pediu para eu ligar para ele. Disse que tinha algo para me contar. Como se eu fosse capaz de aguentar alguma nova notícia de Jack.

— Droga... Talvez Dean saiba de alguma coisa. Não quer ligar para ele primeiro?

— Não acho que seja o caso, Melis. Vou ligar para Jack e já volto. — Fui para meu quarto e fechei a porta.

— Você ligou — Jack disse quando atendeu.

— Você falou que era importante.

— Sinto muito, mas quero que você escute isso de mim. — A voz de Jack estava tão inexpressiva que pareceu robótica.

— O que foi agora, Jack?

— Pedi Chrystle em casamento.

— Você o quê?! Está brincando, não?

— É a coisa certa a fazer.

— A coisa certa a fazer?! Como casar com alguém que você nem conhece pode ser a coisa certa a fazer?!

— Não quero ser como meus pais. Tenho de estar presente para o meu filho.

— Jack, você nunca será como seus pais. Mas não precisa se casar com uma estranha para provar isso. — Eu começava a sentir um pouco de falta de ar.

— É a coisa certa a fazer — Jack repetiu.

— Você já disse isso. — Eu me perguntava quem ele tentava convencer. — Jack, nenhuma criança deve crescer com pais que não se amam, e ainda por cima que não se conhecem. Isso não é correto!

— Desculpe, Cass, mas sou um babaca.

— Você não é um babaca, Jack. Por favor, não faça isso. Uma coisa é ter um filho com uma garota, mas outra é casar com ela.

— Já a pedi em casamento — Jack admitiu, relutante.

— O quê? Jack, não! — E comecei a chorar.

Terminar o namoro foi bastante difícil, mas o fato de ele se casar com Chrystle punha realmente um ponto final em nosso relacionamento.

— Você já conversou com Marc e Ryan? — perguntei, em desespero, supondo que seus agentes teriam a capacidade de persuadi-lo a não cometer esse erro.

— Já.

— E? O que eles disseram? Tenho certeza de que lhe falaram para não fazer isso.

— Praticamente.

— Jack, se todos estamos lhe dizendo o mesmo, não podemos estar todos errados.

— Não importa. Recuso-me a dar sequência ao ciclo ferrado que meus pais começaram. Vamos nos casar em duas semanas.

— Duas semanas?!

— Chrystle não quer aparecer grávida nas fotos de casamento.

Fiquei calada, sentindo ódio daquela garota. Como aquela piranha casaria com o único cara que amei em toda a minha vida?!

— Gatinha?

— Não me chame assim!

— Cassie, nunca tive a intenção de que isso acontecesse. Jamais imaginei me casar com alguém que não fosse você.

— Como acha que eu devo me sentir, hein? — O ressentimento foi sendo substituído pela tristeza. — Você pode me dizer? Não é justo, Jack. Mal consigo chegar ao final do dia sem sofrer.

— Desculpe, Cassie, mas você não é a única que está sofrendo. Você não é a única que tem de tentar superar cada dia. Eu também a perdi, sabe?

— Não sei como esquecê-lo.

— Eu nunca vou esquecê-la.

— Então não faça isso, Jack. Por favor, não se case com ela — implorei, com a voz falhando.

— Tenho de me casar com ela.

— Não tem! — gritei, mas ele não respondeu.

Melissa entrou sem pedir licença no meu quarto depois de ouvir meu grito. Sua expressão era de confusão e compaixão. Fiz um gesto para que ela ficasse. Então, Melis se posicionou perto de mim, na cama, com as costas encostadas na parede.

— Você ainda me ama, Jack? — Fechei os olhos.

— Vou amá-la até o dia em que eu morrer.

— Não era desse jeito que nossa história devia terminar.

— Acha que não sei disso? Nossa história não deve terminar.

— Acho que terminou.

— Se tivesse o poder de fazer o tempo voltar para trás, eu faria isso, juro.

Comecei a chorar de maneira descontrolada ao telefone, com minha infelicidade assumindo a forma de lágrimas.

— Não chore, gatinha.

— Não me chame assim nunca mais. Não me ligue nunca mais — mal consegui dizer, enxugando as lágrimas.

— Você tem razão.

— Adeus, Jack. — E desliguei o telefone, não querendo escutar mais nada.

Inclinei a cabeça sobre as mãos, com as lágrimas molhando o edredom.

— O que foi, Cassie?

— Ele vai se casar.

— Ele vai o quê?! — Melissa gritou, furiosa. — Por quê?!

— Jack disse que é a coisa certa a fazer.

— Vou ligar para Dean. — Melissa saltou para fora de minha cama.

— Não! Por quê?

— Porque alguém tem de falar sério com esse idiota, e não pode ser você! — Melissa saiu apressada de meu quarto.

Depois disso, apaguei. Quando recuperei a consciência, encontrei Dean sentado na beira de minha cama, muito perturbado com minha situação. Mesmo com o rosto enterrado no travesseiro, meus gemidos abafados eram bastante altos para acordar os mortos.

— Diga alguma coisa, Dean — Melissa insistiu.
— O que querem que eu diga?
— Faça Cassie se sentir melhor. Fale que você conversou com Jack.
— Você conversou com Jack? — Ergui a cabeça.
— Sim.
— E?
— Ele está completamente louco. Não dá para falar de modo racional com meu irmão — Dean admitiu, expressando frustração.
— E os agentes dele? Quer dizer, eles vão deixar Jack entrar nessa?
— Serei grato a eles se conseguirem que Jack concorde com um acordo pré-nupcial — Dean informou.
— Isso seria bom — concordei.
— Também pediram para que Jack solicitasse um exame para confirmar se o filho era dele. Para ganhar tempo. Jack não quis.

Deixei a cabeça cair no travesseiro.

— Sinto muito, Cassie. Falei para Jack que ele estava errado. Pedi para que caísse fora. Mas meu irmão não quis me escutar. Ele é muito cabeça-dura, e se convenceu de que está fazendo a coisa certa. — Dean passou a mão pelos cabelos. — Nossa avó até tentou conversar com ele.
— O que ela disse? — perguntei.
— Que não é necessário se tornar marido de alguém para se tornar um bom pai. Disse que Jack não tinha nada a ver com aquela garota. Que ser pai era uma escolha. Que qualquer pessoa pode parir um filho, mas um homem de verdade *escolhe* ser pai. Que ser um marido era algo que devia ser reservado para a pessoa que você realmente quer chamar de sua mulher.
— Sua avó mandou bem. — Não consegui refrear um sorriso ligeiro, impressionada com a sabedoria da avó de Jack e Dean.
— O que ele respondeu para sua avó? — Melissa quis saber.
— Que ele não iria obedecê-la. — De imediato, o sorriso de Dean se desvaneceu. — Que seu filho não cresceria num lar em pedaços. Que, às vezes, você precisa ser desprendido e condescendente, mesmo se não for o que você quer, pois não se trata mais só de uma questão individual.
— Como seus avós estão se sentindo?
— Os dois estão muito tristes, Cass. Estão preocupados com Jack. E também com você.

Concordei com um gesto de cabeça; as palavras eram desnecessárias.

— Jack a ama, Cassie. Ele não dá a mínima para essa garota. Ele se sente tão confuso por causa do passado com nossos pais que é incapaz de raciocinar direito.

— Você não se comportaria assim, não é, Dean? E você cresceu na mesma casa. — Melissa cruzou os braços sobre o peito.

— Não, mas Jack é mais velho e se lembra de coisas que não lembro. Ele teve de segurar a onda quando nossa mãe foi embora. Jack se recorda do dia em que nosso pai não voltou para casa. Realmente, ele ficou descontrolado quando nossa mãe partiu. Jack nunca mais foi o mesmo depois disso, e luta contra seus demônios desde então.

Dean fez uma pausa, e então prosseguiu:

— Jamais pensei que ele fosse se envolver com alguém. Então, você surgiu, e tudo mudou. Você o mudou, Cassie.

— Ele fez o mesmo comigo.

— Cassie também nunca quis se envolver com alguém — Melissa afirmou. — Mas, na noite em que conheceu Jack, algo diferente aconteceu. Foi como ver fogos de artifício iluminando o céu noturno.

— Mesmo fogos de artifício se apagam — falei, muito séria.

Capítulo 17

CASSIE

Nos dias seguintes, os jornais locais e os sites se concentraram no "Casamento vindouro de nosso Jack Carter!" e no "Nosso herói vai se casar com amor sulista!". Eu não conseguia escapar das notícias. Independentemente do que fazia ou de aonde ia, a noite de sexo de Jack sempre se apresentava, *esfregada* na minha cara.

Parei de ler e-mails no dia em que um desconhecido me enviou um link que levava a uma foto minha com uma legenda que dizia o seguinte: "A garota que Jack deixou para trás. Por que ele está se casando com outra?"

Também encerrei minha conta no Facebook no momento em que vi mais de cento e cinquenta mensagens de supostos "amigos" me perguntando se tudo que liam on-line era verdade.

Se não precisasse de meu celular para me comunicar com meu trabalho e com meus pais, também teria cancelado a assinatura. Os torpedos eram um pesadelo. A cada bipe, meu coração dava um pulo. Por um lado, queria que as mensagens fossem de Jack, para saber o quanto ele sofria, o quanto ele estava arrependido e o quanto ele queria que aquilo nunca tivesse acontecido. Por outro lado, não tinha disposição para isso.

O celular tocou, e vi o nome de Dani piscando na tela. Eu não ia à redação da *Trunk* desde o início do semestre. Atendi a ligação:

— Oi, Dani. Tudo bem?

— Tudo, Cass. — A voz dela soou cordial. — Sinto muito sobre você e Jack.

— Obrigada. — Essa se tonara minha resposta padrão. Aceitava as condolências dos outros pelo meu relacionamento morto e enterrado e tentava seguir em frente.

— Escuta, realmente não queria lhe pedir isso, mas BC está insistindo que a *Trunk* deve fazer uma matéria a respeito de Jack desde o recrutamento. Diz que todo o mundo está interessado nele.

BC era o editor da revista. Às vezes, achava que ele era um idiota, mas suas ideias costumavam trazer prêmios para a revista. Assim, há alguns meses, parei de questionar seus pedidos ridículos.

— Ele pirou quando viu nossa coleção de fotos de Jack, Cassie. Mas não temos nada recente. Então, BC me pediu para lhe perguntar se você tem algo das partidas que ele disputou no verão. Desculpe, eu tentei argumentar com ele, mas BC foi inflexível. Disse que você tinha de ser profissional a esse respeito.

Engoli em seco. Naquele momento, não sabia se tinha condições de examinar as fotos de Jack. Mas BC estava certo. Eu precisava ser profissional.

— Você não tem de fazer isso. Posso dizer a ele que você não tem nenhuma foto — Dani afirmou, com compaixão sincera.

— Não, tudo bem. Tenho mesmo algumas fotografias que você poderá usar. Quantas quer?

— Mande-me por e-mail as melhores. Confio no seu julgamento.

— Ok. Qual é o prazo?

— Amanhã até o meio-dia.

— Sem problema.

— Obrigada, Cassie. Você é uma salva-vidas.

Desliguei o celular, abri minha mochila e guardei meus livros. Coloquei os óculos escuros, vesti um chapéu, saí de casa e me dirigi ao *campus*.

Caminhei pela calçada e virei à esquerda, entrando no *campus* bem cuidado. Surpreendi-me com o verde do gramado, já que havia muito tempo não chovia.

Um grupo grande de alunos apareceu à frente, e experimentei certa angústia ao me aproximar. Não gostava do fato de que todos no *campus* sentissem necessidade de falar comigo como se eu fosse uma aberração de um número circense.

O celular vibrou no meu bolso, e o peguei. Era um torpedo de Melissa. Caminhei com a cabeça curvada para baixo, com a atenção concentrada na tela, indiferente aos comentários das pessoas pelas quais passava.

No centro acadêmico com Dean. Não está muito cheio.

Peguei o rumo do centro acadêmico, e digitei minha resposta.

A caminho!

Abri a porta de vidro e entrei. Fingi não perceber a atenção que as garotas dedicavam a cada movimento meu, com expressões de falsa compaixão.

Ao avistar Dean e Melissa, acelerei o passo na direção deles. No momento em que alcancei a mesa, estava ofegante e sentindo vontade de chorar.

— Você está bem? — Melissa perguntou, enquanto me sentava.

Então, Dean deslizou para mais perto de mim, passando o braço em torno de meu ombro.

— Acho que se Jack me rejeitasse, eu também namoraria o irmão dele — afirmou uma loira curvilínea que se aproximava de nossa mesa com um sorriso afetado.

— Cale a boca, sua vagabunda! — Melissa gritou. — Calem a boca todas vocês e deixem Cassie em paz!

Agradeci em silêncio ao acesso de raiva de Melissa. Agradeci por ela ter a coragem de dizer o que eu queria dizer. Minhas ações eram tão vigiadas que qualquer chilique provavelmente acabaria no YouTube.

Cole e Brett pegaram suas bandejas e começaram a caminhar na direção de nossa mesa. Algumas garotas tentaram segui-los, mas eles as empurraram para o lado e disseram em voz alta que não eram bem-vindas.

Cole sentou-se na minha frente, dizendo:

— Sentimos muito sobre você e Jack, Cassie. Se precisar de alguma coisa, fale conosco. Você ainda é da nossa família.

Brett pôs sua bandeja na mesa com força, fazendo-a vibrar.

— Essas garotas são todas umas vacas! — Em seguida, ele se sentou ao meu lado. — Legal ver você, Cassie. — E Brett mordeu seu sanduíche enorme.

— Você ainda está trabalhando naquela revista? — Cole quis saber.

— Sim. Estenderam meu estágio por mais um semestre.

— E estão mandando Cassie numa missão — Melissa revelou.

— Você não me contou nada — Dean se queixou.

— Cassie acabou de saber, Dean. Não fique todo amuado por causa disso.

— Acho que é um teste, Dean — falei. — Disseram que querem ver que tipo de emoções consigo despertar nos leitores com minhas fotos.

— Que tipo do quê? — Brett perguntou, confuso.

— Você é... um idiota mesmo — Cole caçoou.

— Disseram que querem ver como eu enxergo o mundo. Então, estão me dando uma oportunidade de lhes mostrar.

— Isso é muito legal. Acha que vão contratar você?

— Não sei. Ainda tenho muito a aprender. Os fotógrafos que eles têm são muitos talentosos. Espero ser tão boa quanto eles algum dia. Além disso, a sede é em Nova York. As únicas pessoas do escritório de Los Angeles são o diretor de vendas, um executivo de pesquisa e desenvolvimento, alguns *freelancers* e eu.

— Você se mudaria para Nova York? — Brett perguntou, com a alface e a carne de seu sanduíche caindo da boca.

— Por que não?

— Porque neva em Nova York! — Melissa se mostrou contrariada.

— Nova York parece ser um lugar bem legal. — Brett terminou de beber seu isotônico e arremessou a garrafa na direção de uma lata de lixo a alguns metros de distância. E errou o alvo. Então, todos da mesa começaram a gargalhar e gritar.

Eu quase me sentia normal. Mas aquele momento passou. Comecei a divagar: Jack estava de casamento marcado com outra garota. Transara com ela sem usar camisinha. Algo que ele jamais fizera antes de me conhecer.

— Oi, Cassie! — Melissa gesticulava os braços como se estivesse fazendo sinais para um helicóptero de regaste.

— Desculpe. O que eu perdi? — Olhei para o celular, vi a hora e comecei a recolher minhas coisas. — Tenho de ir. Minha aula é em dez minutos, e do outro lado do *campus*.

— Eu a acompanho. — E Dean se levantou.

Então, começamos a caminhar na direção da saída do centro acadêmico.

— Você não precisa me acompanhar, Dean. Estou bem.

— Eu sei, mas quero conversar com você.

— Sobre?

— Só queria dizer para você que vou ao casamento.

Parei de andar e, em silêncio, implorei para não perder o controle.

— Tudo bem, Dean. Jack é seu irmão.

— Sim, mas acho que estou traindo você de alguma forma. Ir ao casamento de Jack é como dizer que concordo com o que ele está fazendo. Mas não concordo. Porém, ele é meu irmão, e eu gosto muito dele.

— Sou grata a você por se preocupar tanto comigo, mas claro que você deve ir.

— Só queria poder dizer ao meu irmão para cair fora disso.

— Seus avós irão?

— Não. Minha avó não aguenta viajar durante tantas horas, e meu avô se recusa a ir sem ela. Mas, na realidade, acho que eles não têm vontade de ver Jack entrar nessa.

— Jack sabe que eles não vão?

— Sabe. Acho que Jack ficou aliviado. Ele sente que os decepcionou, sabe? Neste momento, meu irmão está lidando com muito sentimento de culpa.

— Vou me atrasar para a aula. — Eu me sentia bastante angustiada por causa daquela conversa. — Tenho de ir. Obrigada por me contar.

Virei-me e comecei a caminhar tão rápido quanto minhas pernas trêmulas permitiram.

Andava de um lado para o outro na sala de estar, esperando Melissa voltar da aula noturna. A porta se abriu e ela entrou. Fechou a porta, virou-se e me encarou, com os cabelos cobrindo parte do rosto.

— Preciso conversar com você, Melis.

— Fale.

— Quero ir lá.

— Onde?

— Alabama. Preciso vê-lo, Melissa. Ou talvez ele precise me ver, não sei. Mas e se eu conseguir melar o casamento?

— Por que você quer melar o casamento?

— Porque...

— Por que, Cassie? Ele mentiu. Traiu você.

— Eu sei. E sempre achei que a traição era algo imperdoável. Que uma vez que você quebra a base da confiança, ela jamais pode ser reconstruída. Mas estava enganada. Não quero que Jack se case com outra garota, Melissa. Não sei se consigo superar o que Jack fez, mas estou disposta a tentar.

Melissa olhou para mim como se soubesse disso o tempo todo, e estava simplesmente esperando que eu descobrisse.

— Então por que ainda estamos conversando sobre isso? — ela perguntou.

— Porque não tenho o dinheiro para a passagem. Quero saber se você pode me emprestar. Juro que devolvo.

— Como irá me devolver? Você não tem um emprego de verdade.

Ainda que Melissa estivesse falando a verdade, senti vontade de dar uma palmada nela.

— Não disse que vou lhe devolver na próxima semana, mas vou devolver.

— Só estou enchendo seu saco. Vá reservar sua passagem!

— E um carro e um hotel também! — gritei.

— Sim, sim.

As luzes do estádio de beisebol se apagaram e, ao mesmo tempo, os últimos torcedores saíam com seus carros do estacionamento de cascalho. O time adversário embarcou em seu ônibus, e o motor foi acionado, soltando muita fumaça. Eu estava parada ao lado de meu Ford Mustang alugado, observando os jogadores do time da casa saírem do vestiário. Tremia como vara verde.

Logo avistei Jack saindo. Ele acabara de tomar banho, e seus cabelos negros ainda estavam úmidos. Vê-lo quase me pôs de joelhos.

Notei quando seu olhar percorreu o estacionamento em busca de seu carro. Então, ele me viu.

— Gatinha?! — Jack gritou. Em seguida, deixou cair a bolsa no chão e veio correndo na minha direção.

— Odeio quando você me chama assim! — disse, sorrindo.

— O que está fazendo aqui?

Apoiei-me no carro quando Jack beijou meu rosto. Senti o coração bater mais forte. Então, ele me abraçou, e eu beijei de leve seu pescoço. Acariciei seus cabelos úmidos e o enlacei pela nuca para trazê-lo para mais perto de mim. Meu Deus, eu estava com muita saudade dele. O que restou de meu coração partido pertencia a Jack.

Jack recuou com delicadeza de nosso abraço, e tornou a me perguntar:

— O que você está fazendo aqui, Cass?

— Eu... — Não tinha pensado no que diria. Fiquei tão absorvida pelo processo de ir ao Alabama para poder vê-lo que não pensei no que ia dizer quando o visse. — Só queria conversar com você.

— Você podia ter ligado.

— Queria vê-lo pessoalmente.

— Você está bem?

— Sim. Estou bem.

— Ótimo. Não sei o que faria se algo acontecesse com você, gatinha.

— Por exemplo, o que você faria se eu fosse casar com um completo estranho amanhã?

— Foi por isso que veio? — Ele enrijeceu a postura.

— Jack, é um erro. Você não deve fazer isso. Por favor, não faça... não se case com essa garota. Estou lhe pedindo. Estou lhe implorando.

Comecei a chorar de modo incontrolável. Então, vi Jack, com os olhos brilhando, tentando conter as próprias lágrimas.

— É tarde demais. Toda a família dela já está na cidade.

— Não é tarde demais. Amanhã poderá ser tarde demais. Está noite não é. Por favor, Jack. — Agarrei sua camiseta. — Por favor, não faça isso comigo.

— Sinto muito que você tenha viajado até aqui. — Jack desviou o olhar.

— Você não quer pensar melhor?

— Já tomei minha decisão.

— Você ama essa garota? — perguntei, com o coração aos pulos.

De repente, Jack pressionou seu corpo contra o meu e segurou meu rosto com as duas mãos.

— Como você é linda...

— Você ama essa garota? — voltei a perguntar, mas agora sentindo uma certa falta de ar.

— Ela não é você.

— O que isso significa? — As lágrimas rolavam sobre as pontas dos dedos de Jack.

— Significa o seguinte, Cassie: o ódio que sinto de mim mesmo por ter ficado bêbado naquela noite e ter perdido a única mulher em quem já confiei e amei de verdade na minha vida. A quantidade de vezes que liguei para Dean todos os dias, durante semanas, pedindo-lhe para ele me dizer como eu podia tê-la de volta. O quão fraco e patético sou por não ter sido capaz de dizer "não" à Chrystle naquela noite, sabendo o que estava em jogo.

Então, Jack se ajoelhou, com as mãos cobrindo seu rosto angustiado. Logo em seguida, ergueu a cabeça para mim, com as lágrimas refletindo em seus olhos.

— Eu não amo essa garota. Nunca vou amá-la. Mas ferrei tudo, e agora tenho de pagar por isso. Nunca vou me perdoar por magoar você... ou por perder você.

Ajoelhei-me ao lado dele, com minhas lágrimas manchando o concreto seco abaixo. Peguei seus braços quando ele me enlaçou pela cintura e me puxou. Nossas testas se tocaram, e eu fechei os olhos.

— Saber que você está se casando com outra garota está me matando.
— Você não me odeia? — Jack indagou, hesitante.

Abri os olhos e lhe disse:

— Se eu vim até o Alabama para pedir que você não se case, tenho certeza absoluta de que não o odeio.

— E que tal um último beijo então? — Jack esboçou um sorriso largo, que revelou suas covinhas.

— Meu coração já está tão partido. Que danos mais ele pode sofrer?

Fechei os olhos e, então, começamos a nos beijar. Tudo ao redor se desvaneceu. Só o beijo passou a existir. Abri um pouco a boca, e nossas línguas se enroscaram em desvario. Alguns minutos depois, Jack afastou os lábios dos meus, com delicadeza.

— Não sei como me recuperar disso... de você — admiti, constrangida.
— Como você acha que me sinto, Cassie Andrews?

Jack se levantou e, em seguida, estendeu a mão para me ajudar a ficar de pé. Respirei fundo e, de repente, percebi a luz do farol de um carro vindo na nossa direção.

— Merda... — Jack olhou para mim e, em seguida, para o carro.
— Quem é? — quis saber. — É ela, não é?

Engoli em seco quando o carro parou e a porta do lado do motorista se abriu. Sem desligar a ignição nem fechar a porta, a moreninha correu na direção de Jack.

— Fiquei preocupada. Todos os outros jogadores já estão em casa. — Chrystle lançou os braços em torno dos ombros de Jack e o abraçou, com um diamante imenso brilhando no dedo.

Desviei o olhar, sentindo o estômago embrulhar.

— O que você estava fazendo? — Chrystle perguntou para Jack, mas, então, ela me notou e arregalou os olhos. Soltou-se dos braços de Jack de imediato. — O que ela faz aqui?!

— Ela veio me ver. Queria conversar comigo.

— Está tentando impedir o casamento, não está? Ela não quer que fiquemos juntos, Jack. Ela está tentando afastá-lo de mim e do bebê.

— Ela só queria conversar, Chrystle. Calma!

— Não se atreva a aparecer na igreja amanhã. Ele não é mais seu.

— O quê? — eu disse, num resmungo defensivo.

— Você acha que não sei quem você é? — Chrystle me encarou.

A raiva tomou conta de mim, bloqueando todas as outras emoções.

— Não dou a mínima se você sabe quem eu sou ou não. Agradeça pelo fato de estar grávida.

— Senão... — Chrystle quis saber.

— Senão eu daria uma surra em você agora mesmo por ser uma piranha que transa com os namorados de outras meninas. Você é o pior tipo de garota.

— E que tipo é esse?

— O tipo em quem as outras garotas não podem confiar. Você é uma falsa, uma mentirosa e uma puta manipuladora. Não respeita limites nem os relacionamentos das pessoas.

Putz, eu me sentia bem por finalmente jogar aquelas palavras na cara dela!

— Você nem me conhece! Jack, diga alguma coisa!

Antes que ele falasse, prossegui:

— Você não se importou se Jack tinha uma namorada, não é mesmo? Você o manipulou naquela noite para transar com você.

Chrystle tornou a me encarar, incerta de como responder. Assim, continuei:

— Então, me diga: que tipo de garota faz isso?

— Cassandra, basta! — Jack gritou.

Por um instante, fiquei atônita. Ninguém nunca me chamava pelo meu nome verdadeiro.

— Nada disso importa agora. Estou grávida, e vamos nos casar. Assim, você terá de encontrar outro cara para você. — Chrystle olhou para Jack em busca de aprovação, mas ele não tirava os olhos de mim. — Boa sorte na sua vida, Cassie. Eu sei que nós teremos. — Sorriu de modo afetado para mim e, então, puxou o braço de Jack.

— Adeus, gatinha — Jack se despediu, bastante alto para eu ouvir.

Então, ela o arrancou dali. Baixei os olhos para o concreto, desejosa de que a dor diminuísse, quando escutei o som de passos vindo na minha direção. Ergui os olhos e vi Chrystle parada a alguns metros, com uma expressão presunçosa.

— Sou o tipo de garota que consegue o que quer, e o que eu queria era um jogador de beisebol profissional como marido. E é isso exatamente o que estou conseguindo. Talvez você seja um pouco mais esperta em seu próximo relacionamento. — Chrystle deu uma tapinha em seu ventre. Em seguida, se dirigiu para o carro.

Fiquei boquiaberta.

Dirigindo, percorri a curta distância até o meu hotel, com as lágrimas turvando minha visão. Quando parei o carro no estacionamento, desliguei o motor e telefonei para Melissa.

— Conte-me tudo — ela pediu.

— Bem, não melei o casamento — admiti com a voz trêmula.

— O que houve? Você viu o Jack? Ele viu você? Conversou com ele?

— Vi sim. Conversamos. Pedi para ele não se casar com ela. Ele falou que me amava, mas partiu com ela. Disse que não podia cancelar o casamento.

— Sinto muito, Cassie. Achei que se ele a visse isso mudaria as coisas.

— Eu também.

— Ei, sinto-me orgulhosa de você. A antiga Cassie jamais teria feito isso.

— Bem, a antiga Cassie jamais teria Jack Carter para perder.

— Sem arrependimentos, ok?

— Sem arrependimentos.

Capítulo 18

JACK

Fiquei arrasado de deixar Cassie sozinha no estacionamento vazio. Observei quando ela saiu com o carro, com as lágrimas rolando pelo seu belo rosto. Tive de manter ao máximo o autocontrole para seguir pelo meu caminho e não dar meia-volta, indo atrás dela.

Ver Cassie hoje à noite quase acabou comigo. Faria qualquer coisa por ela, pois Cassie merece nada menos que tudo. Mas sempre achei um jeito de fazer besteira. Tinha a melhor garota do mundo, e joguei fora. Exatamente como aquele idiota do Jared disse que eu faria, na noite do meu primeiro encontro com Cassie.

Estacionei meu carro ao lado do de Chrystle e entrei em casa.

— Ei, irmãozinho! Onde você está? — gritei.

— O que foi? — Dean saiu do quarto de hóspedes.

— Posso falar com você daqui a pouco, Chrystle?

— Você vai demorar, Jack?

— Vá para cama sem mim, Chrystle. Eu não demoro. — Forcei um sorriso, temendo cada momento que tinha de passar com ela.

Dean e eu saímos para o jardim e nos sentamos em duas cadeiras de descanso, lado a lado.

— Nervoso por causa de amanhã? — meu irmão perguntou.

— Um pouco. — Então, fui direto ao ponto: — Você sabia que Cassie está aqui?

— Como assim? Cassie está aqui?! — Dean exclamou, arregalando os olhos.

— Ela esperava por mim no estacionamento depois de meu jogo de hoje à noite.

— Droga. — Dean olhou para mim com preocupação.

— Você não sabia? Tinha certeza de que você sabia.

— Não tinha a menor ideia, Jack. Juro. — Dean fez uma breve pausa, como se estivesse atinando algo. Em seguida, falou: — Então, foi por isso... Elas...

— Elas quem?

— Melissa e Cassie. Durante toda a semana elas agiram de modo estranho, mas não disseram por quê.

— Cassie fala sobre mim?

— Não quando estou por perto. E o que ela disse no estacionamento?

— Para eu não me casar amanhã.

— Viajou da Califórnia até o Alabama para lhe dizer isso? Ela podia simplesmente ter ligado.

— Falei a mesma coisa para ela. — Dei risada.

— Sei que o seu casamento está acabando com Cassie.

— Tenha certeza absoluta de que está acabando com nós dois.

— Então, por que você está fazendo isso? Quer dizer, não faça isso. Não se case com Chrystle.

— É um pouco tarde para voltar atrás, você não acha?

— Veja, Jack, eu sei por que você resolveu agir assim. Gostaria que você não fizesse. Sei que ainda ama Cassie.

— Claro que amo Cassie. Mas eu a traí e engravidei outra garota. Passarei o resto de minha vida amando a única pessoa que não posso ter. Essa é a minha punição por magoá-la.

— Que lógica de merda é essa?!

— A única lógica pela qual sou capaz de viver. É a minha punição. Carrego isso comigo. Mereço a dor, pois a magoei. E não mereço tê-la depois do que fiz.

— Você está totalmente errado, sabia? Você poderia estar com Cassie agora se quisesse!

— Não posso.

Dean se levantou, inclinou-se na minha direção e disse:

— Você ainda a está magoando. Cada dia que você não está com ela, está magoando Cassie. E você vai destruí-la se seguir até o final com essa ideia estúpida de casamento.

Dean voltou para dentro da casa, fechando a porta de vidro, com raiva. Reproduzi a conversa em minha mente, convencendo-me de que ele estava errado a respeito de uma coisa. No fim, Cassie se recuperaria e me esqueceria. Ela encontraria alguém para amar... alguém que a merecesse.

Mas e eu? Jamais encontraria outra garota igual a ela. E jamais amaria outra garota como a amei. Minha dor duraria toda a minha vida, e a dela se tornaria uma memória distante.

A igreja era uma mistura de estrutura original construída no início do século XIX com reformas recentes. Eu não tinha a menor ideia de que o edifício alto no meio do caminho para o campo de beisebol era uma igreja, mas, certo dia, Chrystle me fez entrar ali.

Na realidade, do lado de fora, parecia um mausoléu avantajado. No entanto, após atravessar aquelas portas imensas, a história era bem diferente. Talvez fossem os esplêndidos vitrais sobre a nave. Ou a escadaria de mármore branco e preto. Independente do que fosse, entendi por que as pessoas encontravam consolo ali.

Os bancos se encheram rapidamente com meus companheiros de time e com a família e os amigos de Chrystle. Fiquei de um lado do altar, com Dean próximo a mim, e Vanessa, a melhor amiga de Chrystle, ficou do outro lado. As grandes portas brancas se abriram quando a música do órgão começou a tocar.

Chrystle surgiu com um vestido branco justo, com o tecido apertando cada centímetro de seu corpo. Ela começou a atravessar a nave da igreja conduzida por seu sorridente pai. Que hipócrita! Ele devia saber que aquilo não era de verdade. Se eu tivesse uma filha, nunca a deixaria se casar com um cara que não a amava.

Comecei a ficar enjoado. Poças de suor se acumulavam na minha nuca, e senti um aperto no coração. Dean se inclinou na minha direção e sussurrou:

— Ainda podemos dar o fora.

Considerei a sugestão.

O que eu estava fazendo? Cassie é que devia estar atravessando aquele percurso na minha direção. Não era para estar me casando com aquela garota. Eu não a amava. Droga, mal conseguia suportá-la!

Imaginei ter o poder da invisibilidade. *Não estou mais aqui, desapareci.* O choro, os gritos e as lamentações que tomariam conta da igreja. Alguém diria que os demônios me abduziram. Ou que talvez eu fosse o demônio. Reprimi uma risada quando dirigi o olhar para Vanessa, que me observava com uma expressão mal-intencionada.

Olhei rapidamente para Chrystle, no momento exato em que ela pôs a mão livre sobre o ventre e o esfregou com um sorriso. Então, lembrei-me de por que estava ali. Eu tinha uma obrigação com meu filho em gestação. Um dever como pai.

Não podia abandonar meu bebê. Seguiria até o final com aquilo, pois era a coisa certa a fazer. Meu filho merecia uma família que fosse completa. Merecia crescer num lar com uma mãe e um pai que o amassem. Recusava-me a ser o motivo de ele trocar de casa dependendo do dia da semana, e não queria vê-lo só naqueles dias. As crianças devem crescer com suas famílias, e eu não abandonaria a minha.

Forcei um sorriso durante a aproximação de Chrystle. Ela estava bonita, mas tudo o que via quando olhava para ela era o motivo pelo qual perdera a única coisa que amei algum dia.

Olhei para Dean, cuja expressão de felicidade fingida ocultava seu tormento. Então, Chrystle se colocou ao meu lado. O pregador leu os votos, e os repetimos um ao outro, com minha angústia crescendo a cada palavra.

Será que alguém no recinto não podia dizer que eu não amava a garota parada ao meu lado?

Senti-me privado de toda a emoção quando falei "Sim", quando, na realidade, queria gritar "Não!".

As palavras "Agora você pode beijar sua noiva" ecoaram em minha mente quando vi o sorriso largo de Chrystle. Inclinei-me para lhe dar um beijinho, recusando-me a fechar os olhos, mas ela agarrou minha nuca e se recusou a me soltar. Tive de fazer força para me livrar.

— Já chega — murmurei, com um sorriso tenso.

— Senhoras e senhores, desejo apresentar o senhor e a senhora Jack Carter! — o pregador gritou com entusiasmo.
— Você está bem? — Dean sussurrou para mim.
— Não estou bem desde o dia em que perdi Cassie.
Então, Chrystle pegou minha mão e me arrastou para fora do altar.

Capítulo 19

DEPOIS DO CASAMENTO, Chrystle quis comprar uma casa, insistindo que nosso filho precisava de uma vizinhança e um jardim melhores para ser verdadeiramente feliz. Discutimos durante semanas a esse respeito, mas, enfim, a cabeça-dura entendeu que não viveríamos no Alabama para sempre.

— Posso ser promovido ou negociado a qualquer hora, Chrystle! Então, teremos de nos mudar. Não faz nenhum sentido comprar uma casa aqui, pois nossa permanência no Alabama é muito improvável! — Eu tentava manter a calma, mas não conseguia.

— Mas eu quero ficar aqui durante as férias. Você não quer? — Chrystle disse, chorando.

— Não pensei nisso. — Desejava sentir alguma emoção ante as lágrimas de Chrystle, mas era incapaz.

— Você não está nem se esforçando.

— Do que está falando? — E deixei escapar um suspiro exasperado.

— Deste casamento. De nós. Você não está nem se esforçando, Jack. Eu mereço que você se esforce. Estou carregando seu filho. Nós dois merecemos que você se esforce.

A emoção de que eu tanto precisava emergiu: a culpa. Bem-vinda, velha amiga.

— Você tem razão. Vou me esforçar mais — prometi.

Ela recomeçou a chorar.

— Desculpe. A gravidez me deixa com as emoções à flor da pele. — Chrystle enxugou o rosto com a mão, e eu, com relutância, a abracei.

— Chrystle? Cheguei! — Atravessei a porta da frente carregando minha bolsa de beisebol.
— Estou aqui — ela respondeu do andar superior, com a voz soando estranha.
— Você está bem? — Não obtive resposta. — Chrystle?— voltei a chamar, deixando cair minha bolsa no chão.
Subi a escada correndo, ouvindo um som de choramingo vindo de nosso quarto. Chrystle estava em posição fetal, cercada por travesseiros e lenços de papel usados. Embora eu não me importasse com a mulher com quem estava casado, meus sentimentos em relação à criança que ela gestava eram imensuráveis.
— O que houve? O bebê está bem? — indaguei, cheio de aflição.
— Meu Deus, Jack... — Chrystle irrompeu em lágrimas. — Perdi o bebê...
— O quê? Como?! — Senti o estômago embrulhar e o coração apertar.
— O médico disse que é comum. Acordei e comecei a sangrar muito. Foi assustador. — Chrystle me enlaçou e chorou sobre meu peito.
A sensação de desolação tomou conta de mim. Em algum lugar do caminho, crescera acostumado com a ideia de ser pai. Fizera planos e aguardara um futuro que não mais existia.
Não havia mais filho. Contemplei o ventre de Chrystle, pousando a mão ali.
— Não acredito que perdemos nosso bebê. Sinto muito. Tudo o que queria era nosso bebê. Nosso filho — Chrystle afirmou, levantando os olhos lacrimosos para mim.
— Eu sei. Eu também. — Uma lágrima escapou de meu olho. — Você quer alguma coisa? Água... sei lá?
— Estou bem. Aonde você vai? — Chrystle agarrou minha camiseta.
— Vou descer para pegar algo para beber. Já volto, ok?
Chrystle fez que sim com a cabeça.

Saí do quarto, com minhas emoções assumindo o controle. Saltei os dois últimos degraus da escada, corri até o pequeno banheiro, entrei e tranquei a porta. Sentei no chão, com a cabeça entre as pernas, sofrendo com a perda de meu filho.

Senti um aperto no coração, mas, de repente, um fio de esperança se manifestou.

Agora você pode deixar Chrystle. Divorcie-se e conserte as coisas com Cassie. Passe sua vida compensando-a pelo sofrimento pelo qual a fez passar.

Uma sensação de alívio me atravessou, mas logo seguida pela de culpa, minha nova melhor amiga. Como podia sentir alívio num momento como aquele? Não era hora de achar a felicidade. O que havia de errado comigo?

Acalmei-me e me levantei. Bebi um copo de água, peguei um remédio para dor de cabeça e subi devagar para o andar superior.

— Vamos ter outro filho, Jack.
— O quê?
O pedido de Chrystle me pegou desprevenido.
— Vamos transar — ela implorou.
— Não. — Eu odiava o alívio que sentia, mas a verdade era que tinha acabado de me livrar do pior.
— Por que não? Agora que não vamos ter um filho, você vai me deixar, não é? Posso ver as manchetes: "Jack Carter abandona mulher inconsolável após ela perder o bebê".
— Calma, Chrystle — disse, assustado.
— Diga que não vai me abandonar. — Ela soluçou.
— Não estou indo a nenhum lugar.

Na manhã seguinte, acordei com a cabeça doendo, como se tivesse bebido muito na noite anterior. Mas era a dor da perda que me atormentava. Olhei para Chrystle, que agarrava possessivamente meu braço com sua mão. Ela resmungou quando me livrei, mas continuou dormindo quando saí da cama.

Escovei os dentes, lavei o rosto e comecei a descer a escada.
— Aonde você vai? — ela quis saber.
— Estou indo à academia. Volte a dormir.

Entrei no meu carro, dei a partida e liguei o som. No trajeto, telefonei para Dean.

— Ei, mano, é cedo — ele disse, sonolento.

— Droga. Sempre esqueço a diferença de fuso. Desculpe.
— Tudo bem. E aí? — Dean bocejou.
— Chrystle perdeu o bebê ontem — revelei, abalado.
— Ah, meu Deus do céu! Sério? Sinto muito, Jack. Você está bem?
— Vou ficar.
— E agora?
— Como assim?
— Você vai se divorciar, não? Não precisa ficar com ela agora que não há mais nenhuma criança — Dean praticamente berrou ao telefone.
— Não posso deixá-la neste exato momento, Dean. Chrystle está arrasada. Não para de chorar.
— E daí? Ela é uma piranha. Vou pegar um avião para aí hoje e ajudá-lo a empacotar suas coisas — Dean afirmou, muito sério.
— Não sou um cara tão sem coração assim. — Abafei o riso.
— Cassie já sabe?
— Não. — Sentia minha mente sendo levada pela correnteza.
— Não vai contar para ela?
— Não agora.
— Por que não? O que está acontecendo com você? Deixe Chrystle e venha acertar as coisas com Cassie!
— Ainda não.
— O que está esperando? Você não está apaixonado por Chrystle, está?
— Ficou louco?
— Só queria ter certeza.
— Preciso desligar agora. Liguei apenas para lhe dar a notícia, Dean. Você pode contar para nossos avós? Diga para a vovó que ligo em breve para ela. Não conte nada para Cassie.
— Tudo bem. Mas é melhor você contar logo para ela.
Quando entrei na academia do clube, encontrei três companheiros do time malhando. O técnico estava no seu escritório, com o telefone numa mão e uma xícara de café na outra. Assim que ele desligou, pediu para eu entrar.
— Acabei de falar com o diretor. Você foi promovido, rapaz. Arrume suas coisas, pegue sua mulher e apronte-se para partir hoje à noite. Você começa a disputar as partidas decisivas com o time amanhã.
— O quê? — Eu o encarei, tomado de surpresa.

O técnico riu.

— Se manda, Carter. Seu voo sai às dez da noite. Vou mandar as passagens para sua casa. Parabéns, garoto! Você é um arremessador genial!

— Obrigado, senhor. Muito obrigado.

Na volta para casa, milhões de pensamentos atravessavam minha mente. O mais importante deles era o de quanto queria compartilhar aquele momento com Cass.

Apesar de tudo, ela ainda era a primeira pessoa de que me lembrava quanto tinha uma novidade a compartilhar. Pena que não podia me mudar para o Arizona com ela. Ao sonhar com meu futuro, chegar à liga principal sempre fez parte do sonho. Mas Cass ao meu lado andava de mãos dadas com essa visão.

— Chrystle? — gritei, quando cheguei.

— Estou aqui — ela respondeu, da cozinha.

— Comece a arrumar as coisas. — Aproximei-me dela. — Vamos para o Arizona hoje à noite.

— O quê? Sério?! — Chrystle passou seus braços franzinos em torno de mim.

Como Chrystle não estava mais gestando meu filho, não me mexi para corresponder ao seu abraço.

Sou um babaca mesmo.

— Um mensageiro vai trazer as passagens, e um carro virá nos buscar às oito e meia.

— O que fazemos com todas as coisas?

— Voltaremos para cá no fim da temporada. Então, empacotamos tudo. Por enquanto, levaremos só o necessário.

— Isso é incrível! Estou casada com um jogador da liga principal. Vou ligar para minha mãe agora.

— Tudo bem. Vou tomar um banho.

Fui para o andar superior, entrei no banheiro, fechei a porta e liguei o chuveiro. Queria um momento a sós comigo mesmo. Queria um momento em que Cass estivesse ali. Queria não ter ferrado tudo. Notando que deixara meu celular na bolsa, no andar inferior, abri a porta para pedir que Chrystle o trouxesse para mim.

— Chrystle? — Examinei o quarto, mas ela não estava ali.

Enrolei uma toalha em torno da cintura e desci as escadas. Então, ouvi por acaso Chrystle dizer:

— Ah, por favor, Tressa, eu o tenho nas minhas mãos. Vou fazê-lo se sentir tão culpado quando a noite acabar, que ele jamais vai me deixar.

Fiquei parado no degrau da escada, escutando-a com atenção.

Chrystle prosseguiu:

— Eu sei. Não, ele está tomando banho. Tressa! Ele não suspeita de nada. Além disso, farei com que transe comigo até eu engravidar... de verdade, desta vez.

Meu sangue começou a ferver. Estava ficando furioso.

— Ele não faz a menor ideia de que foi tudo uma armação minha. Como poderia saber? O que um cara sabe a respeito de gravidez? Nada.

Chrystle deu uma risada, e eu perdi totalmente o controle. Desci o restante dos degraus da escada e irrompi na cozinha, fuzilando-a com o olhar.

— Desligue o telefone! — gritei.

A surpresa tomou conta dela.

— Desligue o telefone! Já!— Tentei arrancar o celular da mão dela, mas Chrystle conseguiu impedir.

— Tressa, preciso desligar. Ligo mais tarde. Tchau.

— Diga-me que você não fez isso, Chrystle. Diga-me que não mentiu para mim a respeito da gravidez. — Meu coração estava apertado.

Chrystle ficou calada, olhando para mim com sua expressão estúpida.

— Quem mais sabe? — perguntei.

Ela permaneceu calada.

— Quem mais sabe?! — berrei a plenos pulmões.

— Só Tressa e Vanessa.

— Está mentindo.

— Não estou mentindo. Eu juro.

— Por que fez isso comigo? Você arruinou a minha vida. Você me fez perder a única pessoa que já amei por causa de uma mentira. Por que, Chrystle? Diga-me por quê!

— Porque queria um jogador da liga principal de beisebol como marido. Queria casar com um atleta profissional. Queria um marido rico e famoso!

— E não importava arruinar a minha vida desde que conseguisse o que queria?

— Ah, me poupe. Eu não arruinei sua vida, Jack. Não acabei com sua carreira.

— Arrume suas coisas e desapareça. Você não vai ficar mais aqui. — Apontei para a porta da frente.

— Mas você vai para o Arizona hoje à noite. Ao menos me deixe ficar aqui enquanto estiver fora.

— Não. De jeito nenhum. Se você entrar nesta casa enquanto eu estiver no Arizona, vou mandar prendê-la por invasão. Além disso, entrarei com uma ação judicial para anular nosso casamento alegando falsidade ideológica.

— Como quiser, Jack. Boa sorte com Cassie. Ninguém vai realmente amá-lo algum dia. Nem a sua própria mãe aguentou você.

Aquele insulto foi como uma bola a cento e cinquenta quilômetros por hora atingindo meu estômago.

— Mudei de ideia. Saia da minha casa agora. Vou tocar fogo nas suas coisas e mando as cinzas pelo correio. — Agarrei-a pelo braço e a arrastei com força para fora de casa. Em seguida, girei a chave na fechadura.

— Jaaaaack!!! — Chrystle socava os punhos contra a porta.

— Você morreu para mim! — Então, virei-me e subi para meu quarto, para arrumar minhas malas.

Capítulo 20

CASSIE

Precisamos conversar.

Olhei para a mensagem de texto de Jack por quase vinte minutos e, então, coloquei o celular sobre a penteadeira e saí de meu quarto.

— Melis? — chamei, parada diante do quarto dela.

Melissa estava deitada em sua cama, lendo.

— Sim? — respondeu, pondo de lado seu leitor eletrônico.

— Jack acabou de me enviar um torpedo.

Melissa ajeitou-se numa posição ereta e cruzou as pernas em estilo indiano.

— Dizendo o quê?

— Disse que precisamos conversar. Sobre o que precisamos conversar? E por que agora? Você acha que ele sabe que estou indo embora?

— É possível. Tenho certeza de que Dean contou para Jack. Mas por que ele precisaria conversar com você a esse respeito?

— Não faço a menor ideia.

— Você vai responder para ele?

— Devo?

— Claro que sim. Escreva o seguinte: "O que temos para conversar? Tudo o que meu coração tinha para lhe dizer já disse na véspera de seu casamento. Acho que não temos mais nada a falar".

— Não vou escrever isso.

— Eu sei. Estava só brincando. Seja bem informal e pergunte como vão as coisas. Me dê o seu telefone. Farei isso para você.

Melissa estendeu a mão, pegou meu celular e digitou rapidinho:

O que houve?

— Pronto. Envie — ela disse, entregando meu celular.

Enviei.

— Agora vamos esperar pela resposta...

A voz de Melissa foi abafada pelo som do toque de Jack. Tinha me esquecido de trocá-lo. Lancei um olhar apavorado para Melissa.

— Atenda! Vamos! — ela murmurou.

— Por que está murmurando?

— Não sei! Atenda!

— Alô? — respondi.

— Oi, gatinha.

A voz de Jack causou arrepios.

— Oi. — Decidi não protestar a respeito do apelido.

— Preciso lhe contar algumas coisas.

— O que você tem para me contar agora, Jack?

— Chrystle perdeu o bebê.

— O quê?! — exclamei, atônita.

— Quer dizer, ela não perdeu o bebê. Isso foi o que ela me disse. Na realidade, ela não estava grávida. Chrystle mentiu. — Jack fez uma pausa para recuperar o fôlego. — A respeito de tudo.

— Ah, meu Deus, Jack. Sinto muito. Isso é... uma loucura. Como descobriu?

— Escutei por acaso Chrystle falando ao telefone com uma amiga. Chrystle disse que eu era idiota e ingênuo. E que tentaria engravidar de verdade.

— Que putinha! — A palavra escapou de minha boca quando minha lembrança remontou à noite no estacionamento do campo de beisebol.

— Cass, eu a deixei. Estou pedindo a anulação do casamento. — Jack mudou de tom, ao me dizer: — Mas tem outra coisa que preciso lhe contar: fui promovido. Viajo para o Arizona em uma hora.

— Jack! — Sorri, olhei para Melissa e prossegui: — Isso é incrível! Parabéns!

— Obrigado. Mas, Cassie? Desculpe. Devia ter escutado seu conselho. Jamais devia ter me casado com ela.

— Você não sabia que Chrystle estava mentindo, Jack. E você só tentava fazer a coisa certa... Seu coração se encontrava no lugar certo. Só fiquei arrasada pelo fato de que ele não estava comigo.

— Meu coração sempre esteve com você. Desde o primeiro dia. Você sempre foi a dona do meu coração.

— Tive de aprender a viver sem ele.

— E você aprendeu?

— Não muito — admiti com relutância.

— Eu também não. Nunca deixei de amá-la. Sei que a magoei... — Jack parou de falar quando uma campainha soou no fundo. — Preciso ir agora.

— Certo — respondi, sabendo que, mais à frente, teria de lhe dizer que estava partindo.

Deixei ingressos para você e Melissa na bilheteria. Por favor, venham. Quero muito ver você.

— Ainda está lendo o torpedo? — Melissa caçoou.

— Não mais. — Desviei o olhar da tela, rápido, e olhei para Melissa com um sorriso.

— Estou com uma sensação de *déjà-vu*.

— Por quê?

— Porque estou pedindo para você ir ao jogo de Jack, e você não quer. Cassie, é a estreia dele na liga principal. No Dodger Stadium! Você tem de ir.

— Não, Melissa. Não posso.

— Adie seu voo. Como se perdoará se perder esse jogo?

— Se eu for ao jogo para vê-lo, isso mudará tudo. Esperarei por Jack depois da partida, sairemos para jantar, passaremos a noite juntos... e isso nunca acabará! Não só perderei meu voo para Nova York, mas também abrirei mão de um emprego maravilhoso, para poder ir com ele para o Arizona. E então, acabarei odiando-o, porque desisti da única oportunidade que tive de seguir meu sonho. Vou me separar dele e me tornarei uma velha louca com vinte cachorros que fala a respeito dos dias em que era uma boa fotógrafa, e acabou se casando com um jogador de beisebol profissional.

— Caramba, você não está pensando demais?!

— Assistir ao jogo de Jack me traz à memória o casal que costumávamos ser. Não posso vê-lo jogar e fingir que não quero ficar com ele.

— Então não finja, Cassie. Fique com ele.

— Não posso, Melissa. Tenho de ficar comigo. Esse emprego é uma oportunidade incrível, e preciso fazer algo por mim mesma. Se eu for ao jogo desta noite, não vou querer deixá-lo nunca mais. E tenho de ser capaz de deixá-lo. Por mim.

— De fato, isso faz muito sentido. O que me deixa um pouco chateada, porque queria muito que você viesse.

— Eu sei. Acredite em mim, queria estar lá. Realmente queria. Mas também sei que não sou capaz de enfrentar a situação.

— Sei o que quer dizer. Jack vai pirar. Você sabe disso.

— A gente nem sempre consegue o que quer — afirmei sem rodeios.

— Ao menos Dean estará lá. Assim, não terei de ficar sozinha.

Capítulo 21

JACK

Fiz a garota da assessoria de imprensa do estádio me mostrar onde eram os assentos que deixara para Cassie. Quando ela me mostrou, fiz um gesto negativo com a cabeça.

— Não são bons. Preciso de dois assentos ali.

Apontei para a fila diretamente alinhada com o abrigo dos jogadores.

— Não me importo se tenho de comprá-los. Só quero que você me consiga dois assentos ali.

Queria conseguir ver Cassie. Precisava vê-la.

— Posso fazer isso para você. Só vou verificar se estão disponíveis. Já volto. — Ela jogou os cabelos para trás e se afastou.

Percorri com os olhos o estádio em que estivera tantas vezes quando criança. Sentia-me muito orgulhoso. Pulei a mureta que dava para o campo, virei-me e observei os assentos que escolhera. Caminhei até o monte do arremessador, olhando para os lugares escolhidos, e, em seguida, acomodei-me no abrigo. Os assentos que escolhi eram perfeitos.

— Jack? Jack? — a garota da assessoria de imprensa me chamou.

— Estou aqui. — Saí do abrigo e fui para o campo.

— Você está com sorte. Os lugares estão disponíveis. Que nomes coloco na reserva?

— Cassie Andrews e Melissa Willians. Obrigado pela ajuda.

— Por nada. Estou aqui para isso mesmo.

Desde que meu técnico no Ensino Médio enfatizou a mensagem de "Concentre-se no jogo e mantenha os olhos afastados da torcida", nunca olhei para o público. No entanto, hoje à noite, não conseguia me controlar. Olhei para os assentos vazios à minha esquerda ao menos umas cem vezes, esperando que Cassie aparecesse.

Foco, Carter. Você está sendo ridículo.

Respirei fundo, fitando as luzes do estádio da liga principal e soltando a respiração devagar. Voltei a olhar para a esquerda.

Pés! Sapatos de salto alto pretos!

Ao notá-los, fui até a lateral do abrigo próxima dos assentos. Olhei para a esquerda, e vi Melissa. Sorri quando ela se virou para mim e acenou. Acenei de volta e apontei para o assento vazio. Ela fez um sinal de negativo com a cabeça e meu sorriso desapareceu. Tentei balbuciar: "Ela não vem?" Aparentemente, Melissa não conseguiu ler meus lábios.

— Carter! Venha cá — o técnico gritou.

Obedeci.

— Vá se aquecer.

Peguei uma caneta e um pedaço de papel. Escrevi "Onde ela está?" e levei o papel para nosso menino que cuida dos tacos e outros equipamentos.

— Ei, Cody, faça-me um favor. Está vendo aquela garota de cabelos castanhos ondulados e bolsa cor-de-rosa?

— Aquela com a camisa do Diamondbacks?

— Sim. Leve isto para ela, por favor.

— Claro, Jack.

— Espere pela resposta e, depois, passe para mim, ok?

— Ok.

— Obrigado, Cody. — E então, peguei minha luva e corri para o campo externo, onde os jogadores fazem o aquecimento e também descansam quando estão fora do jogo.

Não me dei conta de que estava passando a maior parte do jogo no campo externo, o qual era bem distante dos assentos que reservei. Corri até o abrigo, procurando por Cody como um louco. Finalmente, encontrei-o, e ele me entregou o pedaço de papel dobrado: "Cassie não pôde vir.

Disse que é muito difícil. Jack, ela está indo hoje à noite para Nova York. Cassie está se mudando para lá".

Corri para a extremidade do abrigo. Desesperado, vi Dean sentado no assento que comprei para Cassie. Meio gritei, meio sussurrei seu nome. Dean se virou, arregalando os olhos quando me viu.

— Qual é o horário do voo dela? — Eu não dava a mínima para as pessoas próximas.

— Ela vai sair do apartamento às dez e meia.

Feito louco, olhei em volta procurando um relógio, sabendo muito bem que não havia um no abrigo do time visitante. Assim, inclinei-me sobre a mureta e conseguir ver o placar. O relógio marcava nove horas e três minutos. Respirei aliviado. Ainda tinha tempo.

O som dos pneus freando no estacionamento fizeram Cassie se virar na minha direção. Um motorista de táxi colocava a última de suas bolsas de viagem no porta-malas.

Saltei para fora de meu carro e corri até ela.

— Cassie! — Não parei nem quando meu boné voou.

— Jack, o que faz aqui? Você não estava jogando? — Cassie arregalou os olhos.

— Já acabou, e eu vim direto para cá. — Estendi as mãos e agarrei seus ombros, como se meu toque fosse capaz de detê-la. — Então é verdade? Você está indo embora?

— É uma oportunidade incrível, Jack — Cassie respondeu, num tom frio.

— Mas você nem terminou a faculdade ainda.

— Você também não tinha terminado quando saiu para ir atrás de seus sonhos. Se não der certo, volto e acabo. Mas não preciso obter meu diploma para fazer o que quero fazer.

— Não vá.

— O quê?

— Não vá, gatinha. Não atravesse o país. Sei que o que fiz talvez não tenha conserto. Mas quero tentar. Preciso tentar. Não posso deixá-la sair de minha vida sem saber que fiz tudo ao meu alcance para manter você nela.

— O que você está dizendo, Jack?

— Estou dizendo que amo você. Nada na minha vida vale a pena se você não fizer parte dela. Você é uma parte de mim. E não posso deixar essa parte escapar. Quero ficar com você. Sei que não agi bem. Sei que você não confia em mim, mas lhe provarei que pode confiar.

— Não posso ficar aqui, Jack. Já aceitei o emprego. E eu quero ir.

— Então diga que vamos encontrar um jeito. Diga que resolveremos as coisas.

— O relacionamento a distância não funciona para nós.

— Será diferente desta vez. Aprendi a lição. Sei o que está em jogo. Sei o quanto tenho a perder. Prometo que nunca mais vou fazer besteira.

Acariciei as mãos de Cassie, não querendo soltá-las.

Então, ela entrou no táxi, fechou a porta, abriu a janela e disse:

— Prove.

Senti um aperto no coração quando o táxi começou a se afastar, e a imagem de Cassie na janela traseira se perdeu na distância.

Capítulo 22

CASSIE

Passei os quatro últimos meses apaixonada por Nova York. Jack não voltou a me procurar desde a noite de minha partida. Aquilo não só me surpreendeu, mas também voltou a partir o meu coração. Independente da quantidade de vezes que Dean tentou me assegurar de que Jack ainda me amava, seu silêncio demonstrou outra coisa para meu coração em dúvida.

Na realidade, não sabia o que esperar. Por um lado, queria algum tipo de grande gesto. Queria sair na rua certa manhã e encontrar Jack esperando por mim, como ele fez uma vez. E quando lhe disse "Prove" na noite em que parti, achei honestamente que ele faria isso. Eu queria algo de Jack. Tudo menos silêncio. E quando nada veio, fiz o possível para seguir adiante.

Desembarquei do trem do metrô superlotado, peguei a escada rolante e fui para a rua. Todos os dias, ainda ficava boquiaberta com as paisagens e os sons de Nova York. O tempo todo, forçava-me para continuar caminhando quando sentia vontade de me ajoelhar e tirar fotos das cenas ao meu redor.

O prédio em que trabalhava tinha trinta andares, e era todo envidraçado. Abri a imensa porta dourada e entrei, livrando-me do frio congelante da rua.

— Bom dia, Craig — cumprimentei nosso guarda de segurança de cabelos grisalhos.

— Bom dia, senhorita Andrews. — Em seguida, ele apertou o botão para abrir a porta do elevador e a segurou até que eu entrasse.

— Obrigada — disse, repetindo a mesma rotina de todas as manhãs.

Apertei o botão para o vigésimo sétimo andar e, então, escutei:

— Ei, espere! Segure a porta.

Coloquei a mão entre as portas que se fechavam, forçando-as a parar abruptamente e se abrirem. Joey, o adorável revisor de cabelos castanhos e olhos azuis, natural de Boston, entrou, com as mãos cheias de papéis.

— Obrigado! Ah... Bom dia, Cassie. — Joey olhou para mim, e eu desviei o olhar, constrangida.

Ele já me convidara para sair algumas vezes, mas ainda não me sentia pronta para isso. Após tudo o que passara com Jack, não tinha certeza se me sentiria pronta um dia.

— Bom dia, Joey. Posso ajudá-lo? — Estendi a mão na direção dos papéis, que ameaçavam cair, pegando alguns.

— Obrigado... — E ele prosseguiu, com seu agradável sotaque: — Então, o que você fez ontem à noite?

— Trabalhei até as oito e pouco. Depois, comprei uma comida italiana incrível no caminho para casa, e foi tudo.

— Onde está morando agora? — Ele sempre me fazia essa pergunta quando conversávamos. Não entendia o porquê.

— No Lower East Side. Não muito longe daqui.

— Que rua?

— Clinton.

Nesse momento, o elevador chegou ao nosso andar.

As portas se abriram, e escutamos os sons de diversas vozes. O andar tinha vários cubículos espalhados de ponta a ponta. A privacidade não era algo que se podia encontrar naquele escritório, mas eu adorava o caos e a correria constante.

— Você gosta de morar no Lower East? — Joey quis saber.

— Ah, sim. Meus vizinhos, em sua maioria, são jovens e superartísticos. É, ao mesmo tempo, inspirador e irritante. — Seguindo-o ao seu cubículo, dei uma risada.

— Devíamos jantar juntos um dia desses. Não precisa ser um encontro. Apenas amigos dividindo uma refeição juntos. Acho que você não sai o suficiente de seu apartamento da Clinton Street. — Ele sorriu.

— Não sei. — Balancei a cabeça.
— Pense. Apenas amigos. Nenhuma pressão. — Joey se inclinou para pegar os papéis de minhas mãos, e pude sentir seu perfume. — Obrigado.
— Vejo você mais tarde, Joey. — E comecei a me afastar.
— Pense nisso.

Apressei o passo, sentindo-me um pouco perturbada. Entrei no meu cubículo e liguei o computador. Verifiquei os e-mails recebidos e abri o de Melissa. Ela criara o hábito de enviar e-mails para o meu endereço de trabalho, para eu ter algo para ler a seu respeito logo cedo. E, por sua vez, eu tinha de responder, *o que quer que fosse*, para que ela tivesse algo para ler sobre mim quando acordasse.

Oi, Cass,
Você acha que o cara que cuida da rede lê meus e-mails? Porque se eu fosse ele, eu leria. Ele não sabe o que está perdendo. Da próxima vez, vou anexar uma foto minha bem quente. Rsrsrs...
Então, me conte mais sobre esse Joey. Ele é gostoso? De onde é? Qual é a dele? Você vai sair com ele ou não? Vai fazê-lo implorar, Cassie? Você é mesmo uma vagaba!
Dessa vez, não vou lhe perguntar a respeito "dele". Assim, relaxe. Mas se ele ligar ou mandar um torpedo, quero ser a primeira pessoa a saber. Ok?
Sei que esse foi o e-mail mais chato de todos os tempos, mas o que posso dizer? A vida é bem chata sem você. Saudade.
Melis

Cliquei no botão Responder e vi o e-mail de Melissa rolar para a metade inferior da página.

Oi, Melis
Tenho certeza de que nosso cara de TI (Oi, Shawn!) está muito ocupado para xeretar meus e-mails. Mas se você quiser anexar uma foto sua bem quente, tenho certeza de que ele não vai se opor. Rsrsrs...
Joey é bem engraçadinho, com um sotaque muito legal. Ele é de Boston. Convidou-me para sair hoje. Apenas como amigos. Não sei...
Conte-me sobre essa garota de que Dean gosta. Ela é boa gente? Descubra se não é um piranha, Meli. Dean não merece. Ele é muito bacana.

Tenho certeza de que "ele" não pensa mais em mim. Porém, para ser honesta, não tenho a menor ideia do motivo. Se eu tiver notícias dele, o que duvido muito, você será a primeira a saber.

Eu amo você e sinto muita saudade. Quando virá me visitar?

Beijos e abraços

C.

Os dois meses seguintes passaram voando. A neve finalmente derreteu, e a primavera trouxe temperaturas mais altas e uma sensação de bem-estar. O cinza do inverno cedeu lugar a árvores superverdes, flores brancas e um céu bem azul.

— Oi, amiga — disse, depois de ver o nome de Melissa piscar na tela de meu celular.

— Como está Nova York hoje?

— Muito bonita. Então, quando vem me visitar? — Eu estava morrendo de vontade de apresentar a cidade para Melissa.

— Em breve, acho... Então, teve notícias de Jack?

Era esse o motivo da ligação de Melissa. O time do Diamondbacks vinha jogar em Nova York.

— Não.

— Sério?

— Sério. Temos de parar de falar dele, Melis. Quer dizer, quando vamos parar de falar dele?

— Tem razão. Você tem toda a razão. Desculpe, Cassie. Então, me diga, como está Joey, seu amigo de Boston?

— Ele está bem.

— Ainda fazendo-o implorar?

Meu silêncio foi a resposta que Melissa precisava.

— Cassie, você não pode ficar fechada para balanço para sempre. Precisa abrir seu coração de novo.

— Eu sei. É que... minhas feridas ainda não cicatrizaram direito.

— Todas nós carregamos feridas. É assim que sabemos que levamos uma vida que vale a pena. O amor é um campo de batalha, como já disse Pat Benatar.

Permaneci calada, pensando nas palavras de Melissa.
— Cass?
— Estou aqui.
— Acho que já é hora de você deixar de pensar nele — Melissa sugeriu, com a voz carregada de dor. — Sabe, às vezes, tirar alguém da cabeça é a única maneira de descobrir em quem você pretende se agarrar...
— Ah, gostei. É seu ou alguém disse isso?
— Acho que li em algum lugar na internet. Mas vamos fazer de conta que veio desta minha mente privilegiada.

Coloquei a câmera sobre minha mesa toda desarrumada. Caminhando na direção da cozinha, Joey deu um sorriso para mim. Eu o segui, a pretexto de reabastecer minha caneca de café.
— Quando sairá comigo, Cassie?
— Quando vai parar de me convidar, Joey?
— Só quando você concordar — ele disse, mexendo seu café.
— Então, chegou o dia. Estou de acordo. — Experimentei uma sensação estranha, bem familiar, se apossando de mim.
— Só levou seis meses. Acho que é um novo recorde. — Joey se curvou e deu um beijinho no meu rosto. — Às seis, tudo bem? Nada de horas extras hoje à noite.
— Hoje à noite? — repeti, assustada.
— Hoje à noite. Nada de voltar atrás.
— Ok...

— Aonde você está me levando? — perguntei, acomodando-me no assento do carro de Joey.
— É uma surpresa.
Eu detestava surpresas. Mas esse cara não sabia disso. Ele não sabia nada a meu respeito.

Joey pegou a Grand Central Parkway, e eu comecei a suar frio e sentir falta de ar.

— Estamos indo para o jogo? — Avistei o estádio no horizonte.

— Certo dia, ouvi por acaso você falando de beisebol e sua amizade com um dos jogadores do Diamondbacks. Assim, comprei ingressos para nós. Talvez você possa ver seu amigo.

— Nossa, Joey, é mesmo gentil e romântico de sua parte, mas não posso ir a esse jogo com você — afirmei, perplexa.

— Claro que pode. Não seja boba. Não precisamos ficar o jogo todo. Podemos sair antes.

Eu não conseguia achar uma explicação razoável para desistir do programa.

— Vai ser divertido — Joey garantiu. — A torcida do Mets é muito legal. Você vai ver. — E estacionou o carro.

— Prometa-me que, se eu quiser ir embora, nós iremos. E sem perguntas. Certo?

Joey olhou para mim como se eu tivesse pedido algo completamente absurdo.

— Joey, você tem de me prometer. Senão nem desço do carro.

— Tudo bem. Eu prometo.

— Promete o quê?

— Prometo que, se você quiser ir embora, nós iremos. Mas duvido que você vá querer. Os assentos são excelentes. Provavelmente, você poderá saudar seu amigo se quiser.

De mãos dadas, nos dirigimos para o portão azul e laranja. A segurança verificou minha bolsa e autorizou minha entrada de um modo menos amistoso do que estava acostumada. Os nova-iorquinos são um pouco mais rudes.

Descemos as escadas na direção do campo. Meu coração começou a disparar, e minha boca a secar. Recusei-me a buscar Jack com os olhos, em pânico com minha possível reação.

Ao pararmos diante da primeira fila, Joey perguntou, muito orgulhoso de sua capacidade de aquisição de assentos:

— O que você acha? Bem legal, não?

— Sem dúvida. São mesmo bem próximos do campo — respondi, com a respiração ofegante.

— Você está bem? — Joey pôs a mão em meu ombro, e eu recuei.
— Preciso de algo para beber.
— Vou buscar para você. — Ele pareceu preocupado com minha palidez.
— Não, pode deixar. Eu também preciso usar o toalete. Já volto. — Tentei forçar um sorriso, mas em vão.

Corri até o banheiro mais próximo, fechei a porta da cabine, baixei a tampa da privada e sentei-me nela com a cabeça entre os joelhos. Comecei a me balançar para frente e para trás.

Pare com isso. Você está agindo como uma idiota. Jack não a verá. Ele nunca olha para a torcida. Ele nem gosta mais de você. Então, relaxe. Já é hora de você partir para outra. Esqueça Jack Carter de uma vez por todas. Pare de pensar nele.

Eu era capaz de conseguir. Eu era capaz de ser forte. Eu era capaz de ver Jack jogar beisebol e não sofrer por causa disso.

Acho.

Respirei fundo algumas vezes para me acalmar e, então, destranquei a porta da cabine. Saí e me olhei no espelho. Limpei a mancha da maquiagem sob meus olhos e lavei as mãos.

Parei no bar para comprar uma garrafa de água e voltei aos assentos ao nível do abrigo dos jogadores. Joey sorriu quando me viu, com seus dentes imaculadamente brancos sendo um sinal de boas-vindas para qualquer pessoa.

— Está melhor? — ele perguntou, enquanto me sentava.
— Muito melhor, obrigada. — Bebi um gole de água.
— Então, quem é o seu amigo? Você consegue me dizer?

Semicerrei os olhos e fingi percorrer o campo com o olhar em busca de Jack.

— Desculpe. Não consigo. Todos ficam muito parecidos com os uniformes.
— Você sabe em que posição ele joga?
— Não faço a menor ideia.
— Em que posição ele jogava no time da universidade?
— Era arremessador. — Tomei outro gole de água para me acalmar.
— Sei. Então, talvez ele não jogue hoje à noite. Será uma pena se ele não jogar.
— Tudo bem. Não tinha planejado vê-lo. Você é que me trouxe aqui, lembra?

— Qual é o nome do seu amigo?
Meu Deus. Esse cara é incansável.
— Jack Carter.
— Você conhece Jack Carter?! — Joey exclamou, boquiaberto. — Ele é um jogador incrível. Vai começar jogando hoje à noite.
— Sério? Ele vai começar arremessando?
— Sim! Bem legal, não?
Dei um sorriso largo quando Jack entrou em campo, contente de ver que ele ainda ostentava o número 23 nas costas de sua camisa.
— Esse é o seu amigo, certo? — Joey apontou para Jack enquanto ele caminhava até o monte do arremessador para o aquecimento pré-jogo.
— É ele.
Percebi que Jack ganhara mais músculos nas pernas e no peito. Era de tirar o fôlego.
Em sua posição, no monte do arremessador, os movimentos fluidos do corpo de Jack — como ele se inclinava, se curvava e arremessava a bola — deixaram meus nervos à flor da pele.
As lágrimas começaram a rolar.
— Não consigo ficar aqui. Tenho de ir embora. — Levantei-me do meu assento e saí correndo na direção das escadas.
— Cassie! Cassie! Espere!
Amedrontada com o volume da voz de Joey ao gritar meu nome, detive-me de imediato e me virei devagar para encará-lo. Então, cometi o erro de olhar para o campo.
Jack estava com seus olhos cravados em mim, com uma expressão que eu jamais vira. Então, Joey me alcançou, passando o braço em torno de mim de modo protetor. Percebi a surpresa que se apossou de Jack, mas, num átimo, ele recuperou a concentração e voltou a atenção para a caixa do rebatedor.
— O que está havendo, Cassie?
— Jack e eu fomos namorados, Joey.
— Sério?! — Ele pareceu confuso, mas curioso.
— Sério. — Tomei um pouco de fôlego, abri os olhos e disse para Joey: — Mas o namoro não acabou bem. Desculpe, eu devia ter lhe contado.
— Você não tinha obrigação de me contar nada que lhe fosse desagradável. Mais cedo, você me falou que não queria vir, mas eu não a escutei.
— Não sabia o que dizer.

— Olhe, Cassie, gosto de você e ainda quero que possamos sair juntos. E prometo que não a trarei a mais nenhum jogo de beisebol.
— Isso é muito bom. Mas neste momento gostaria de ir para casa. Você se importaria de me dar uma carona?
— Claro que não. Vamos.
Joey pegou minha mão, entrelaçando seus dedos nos meus, levando-me para longe do estádio e de Jack.

Capítulo 23

DEPOIS DE JOEY me deixar na porta do meu prédio, subi correndo as escadas, entrei no apartamento, fechei a porta e me joguei no sofá usado que comprara logo que cheguei a Nova York. Pouco depois, o celular tocou. Era Melissa. Após as saudações de praxe, contei-lhe que vira Jack naquela noite.

— Ele também me viu, Melis. Foi horrível.

— Como assim? Conte tudo.

— Finalmente concordei em sair com Joey. Ele é bem legal, por sinal. Acho que ele me escutou por acaso falando para alguém que fui amiga de um jogador de beisebol na faculdade, e que esse meu amigo agora jogava no Diamondbacks. Bem, Joey achou que seria bacana me fazer uma surpresa...

— Ah, não... Não é possível... — Melissa interrompeu.

— De repente, estávamos diante do estádio onde o time de Jack jogaria. No momento em que Jack começou a se aquecer, perdi completamente o controle.

— Prossiga.

— Saí correndo de meu assento, e Joey gritou meu nome. Gritou tão alto que achei que os astronautas no espaço escutaram!

— Ah, meu Deus!

— Eu me virei, e Jack estava olhando para mim com uma expressão que nunca vira.

— Meu Deus.

— Acho que Jack me odeia. — Solucei ao telefone, querendo que Melissa estivesse ao meu lado.

— Ele não odeia você. Pare de dizer isso.

— Você não viu a expressão dele. O que eu faço? Mando um torpedo para Jack? Não faço nada?

— O que você quer fazer?

— Estou cansada de não fazer nada em relação a Jack. Nos últimos seis meses, aceitei o fato de ele não ter me procurado. Mas, durante todo o tempo, enlouqueci tentando imaginar o motivo. Sei que podia ter acabado com todo o meu sofrimento pegando o telefone e ligando para ele. Mas fiz isso? Não, porque isso é o que uma pessoa normal e mentalmente sã faria. O que não é o meu caso.

— Acho que você deve mandar um torpedo para Jack. Ou ligar. Mas tem razão, Cass. Você deve dizer alguma coisa. Essa história de vocês dois têm de chegar a uma conclusão. Ou vocês resolvem tudo ou encerram o caso e seguem em frente.

— Não quero encerrar o caso. Não quero seguir em frente.

— Eu sei que não quer, mas essa coisa entre vocês dois... o que quer que seja... sei que não é bom para você. E duvido muito que seja bom para Jack.

— Tudo bem, acho que vou ligar para ele enquanto ainda está jogando, e deixo uma mensagem na caixa postal.

— Você é uma banana.

— Eu sei, mas assim deixo a bola nas mãos dele.

— Ligue depois. Amo você.

Depois de Melissa desligar, liguei para o número de Jack. A ligação caiu direto na caixa postal.

— Oi, Jack, sou eu... Cassie. Só queria me desculpar pela loucura no jogo de hoje à noite. É uma longa história, mas... — Fiz uma pausa. — Estou com saudade de você.

Jack não retornou a chamada.

Duas semanas se passaram.

Pelo interfone, o porteiro de meu prédio informou, com sua voz amável, que deixaram um pacote para mim na portaria.

— Você pode trazê-lo para mim, Fred? Ou prefere que eu desça para apanhá-lo? O que for mais conveniente para você.

— Eu já subo, senhorita Andrews.

Voltei a me sentar no sofá para assistir à TV, e logo a campainha tocou. Era Fred, em seu terno cinza-escuro e gravata-borboleta preta. Sorrindo, entregou-me o pacote.

— Cuidado, senhorita Andrews, é pesado.

— Nossa, Fred, que diabos é isso? Alguém me mandando pesos? Desculpe fazê-lo carregar isso até aqui em cima. Obrigada.

— Sem problema, senhorita Andrews. É o meu trabalho. — Ele sorriu.

Assim que Fred se afastou, fechei a porta e arrastei o pacote pesadíssimo para perto do sofá. Rasguei e removi todo o papel pardo do embrulho. Era uma antiga caixa de sapatos com um bilhete na tampa:

"Não posso viver sem seu toque. Você verá que arrumei dinheiro suficiente para pagar por pelo menos vinte anos".

Ergui a tampa. A caixa estava cheia até a borda de moedas de vinte e cinco centavos. Meu coração disparou. Será que aquilo significava o que eu achava? Olhei para o canto de minha sala de estar. Sobre uma prateleira, estava o pote de vidro com a etiqueta Cofrinho da Gatinha. Confusa, peguei meu celular para ligar para Melissa. Então, a campainha voltou a tocar.

Joguei o celular sobre a caixa cheia de moedas, levantei-me do sofá e corri para a porta. Era Fred de novo, segurando outra caixa.

— Desculpe não ter interfonado. Achei que não se incomodaria se eu trouxesse esta outra caixa também. — Então, Fred a estendeu e eu a peguei, aliviada por não ser tão pesada quanto a primeira.

— Essa veio junto com a outra? — perguntei, confusa.

— Não, chegou depois.

— Ok. Obrigada, Fred. — E fechei a porta. Em seguida, voltei para o sofá.

Desembrulhei o pacote. Era outra caixa com um bilhete na tampa:

"Sua paixão é inspiradora. Não consigo viver sem o jeito como você costuma ver o mundo".

Ergui a tampa. A caixa continha quatro fotos que eu tirei para o site da revista nos últimos meses. Estavam todas emolduradas. Uma delas era de quando eu acabara de chegar a Nova York. Jack vinha seguindo meu trabalho o tempo todo.

A campainha tocou pela terceira vez. Era Fred mais uma vez, trazendo outro pacote.

— Fred, o que está acontecendo?
— Não sei muito bem, senhorita Andrews. Este embrulho acabou de chegar.
— Ok. Desculpe.
— Tudo bem. É até divertido!
— Quem está trazendo? — perguntei, achando que talvez fosse Jack, mas era impossível, pois o Diamondbacks estava jogando em Houston naquela semana.
— Um garoto.
— Estranho.
— Realmente. — E Fred partiu.

Dei dois passos na direção da mesa próxima da porta e me sentei. Desembrulhei o pacote. Havia outro bilhete sobre a tampa:

"Sua cabeça está cheia de testes, objetivos e motivos de por que você deve sempre dizer 'não'. Mas não consigo viver sem você, e aqui estão os motivos pelos quais você deve dizer 'sim'".

Abri a tampa e retirei um quadro emoldurado com as minhas regras:

"Regras de Cassie para uma vida feliz:
1) Não minta.
2) Não traia.
3) Não faça promessas que não é capaz de cumprir.
4) Não diga coisas que não leva a sério."

Abaixo da regra número quatro havia um bilhete escrito à mão preso com fita adesiva sobre o vidro:

"Sei que violei suas regras e não mereço uma segunda chance, mas prometo que não vou voltar a quebrá-las. Acho que foi Ghandi que disse: 'O perdão é o atributo dos fortes'. Espero que você tenha a força de me perdoar.

1) Menti porque fiquei apavorado com a possibilidade de perdê-la. Sei que não é uma desculpa, mas é o único motivo que tenho para ser mentiroso. Nunca mais vou mentir para você novamente.
2) Isso me tortura mais do que consigo colocar em palavras. Não tenho desculpa para o meu comportamento daquela noite. Mas o que posso lhe dizer é que jamais voltarei a olhar para outra garota, se isso for preciso. Nunca mais beberei até cair. Diga-me o que tenho de fazer para obter seu perdão. Não estou pedindo para você esquecer, somente perdoar.
3) Prometo passar o resto de minha vida fazendo-a feliz se você deixar.
4) Certa vez, disse que você era meu fator de mudança. Falei isso a sério, e ainda acredito nisso."

Minhas emoções se embaralharam todas. Procurei organizá-las, mas em vão. Senti um aperto no coração e comecei a chorar.

A campainha tocou de novo, e sem tentar secar os olhos fui atender.

— Oi, Fred. — Meu pranto ainda rolava.

— Lágrimas de alegria ou de tristeza? — Fred indagou, surpreso.

— De alegria!

— Uau! — ele exclamou. — Acabou de chegar. — E me entregou um grande envelope.

— Obrigada de novo. — Peguei o envelope, fechei a porta e, de imediato, abri o envelope:

"Olhar com desdém não combina com você, gatinha, e aqui estão os motivos".

Eu não parava de rir à medida que observava as folhas cheias de imagens ridículas de pessoas e animais de estimação com olhares de desdém. Jack também anexou alguns artigos totalmente fajutos sobre "Os perigos desconhecidos de olhar com desdém"!

Inacreditavelmente, a campainha voltou a tocar.

— Fred, acho que devo deixar a porta aberta pelo resto da noite — caçoei.

— Esta é a última encomenda, senhorita Andrews — ele disse, entregando-me uma caixa embrulhada em papel pardo.
— Obrigada por não se zangar por causa disso, Fred.
— Está sendo divertido. Boa noite.

Depois de fechar a porta, dirigi-me até o sofá, colocando o pacote perto da caixa das moedas.

Desembrulhei o pacote mais devagar, supondo que seria o último. Havia um envelope preso na tampa da caixa, onde estava escrito: "Leia primeiro". Com minhas emoções em marcha acelerada, abri o envelope, pegando a folha de papel dentro dele.

"*Gatinha,*
Deixar de pensar em alguém a quem seu coração pertence é muito difícil. Às vezes, agarrar-se a essa pessoa é ainda mais difícil. Sei que não sou o cara mais fácil de se amar, mas você é.
Não é que eu não possa viver sem você; é que não quero. Há uma diferença. Todos nós fazemos escolhas na vida, e eu escolhi você.
Meu coração é seu. E não o estou pedindo de volta, mesmo se você não o quiser mais. Só estou pedindo a chance de ter o seu de novo. Prometo que serei mais cuidadoso desta vez.
Com amor eterno,
Jack."

Abri a caixa e olhei seu interior, com as lágrimas embaçando minha visão quase completamente. A caixa estava vazia, exceto por um envelope, preso com fita adesiva no fundo, onde estava escrito: "Leia por último".

Abri o envelope e retirei um bilhetinho dobrado. Desdobrei-o e li: "Gatinha, abra a porta da frente".

Olhei para a porta da frente, incerta do que estaria atrás dela. Levantei-me do sofá, girei a maçaneta e...
— Ah, meu Deus...

Jack segurava uma dúzia de rosas vermelhas. Só quando ele baixou os braços consegui ver a camisa que ele usava. Era do New York Mets. Isso me lembrou de seu antigo uniforme do time da universidade.
— Por que está usando uma camisa do Mets?
— Fui negociado.

— Sério?
— Eu pedi.
— Pediu o quê?
— Para ser vendido ao Mets. Para ficar mais perto de você.

Bati na porta de vidro do escritório do diretor do time. Ele desviou os olhos do computador.

— *Entre, Carter. O que houve?*

— *Bem, sei que isso é realmente incomum, mas queria saber se eu poderia ser negociado, senhor.* — *Meus agentes me matariam quando soubessem o que eu tentava fazer.*

— *Por que você quer ir embora?* — *ele perguntou, azedo.*

— *Bem, eu amo esse esporte e quero jogar. Mas há uma garota que eu também amo. E a única maneira de ter as duas coisas é me transferindo.*

O diretor pegou um lápis de sua mesa e o girou entre os dedos. Pensou por alguns instantes e disse:

— *Você está me dizendo que quer que eu o negocie porque precisa ficar mais perto de uma garota?*

— *Ela não é uma garota qualquer, senhor. Sei que parece inoportuno, mas é importante para mim. Se for possível, agradeço. Se não for, é só me dizer. Não vou lhe pedir de novo.*

— *Filho, você não percebe que pode ficar com essa garota fora da temporada? São três meses, às vezes quatro.*

— *Não é tempo suficiente* — *respondi, respeitoso.*

— *Onde essa menina tão especial mora?*

— *Nova York.*

— *Caramba! Jogamos em Nova York algumas vezes na temporada. Além disso, Flórida e Boston não ficam longe!* — *Ele fez uma pausa e me encarou.* — *E você está me dizendo que gostaria que eu o negociasse com o Mets? Sabe que depois que seu contrato expirar, o Mets não vai ter dinheiro para pagá-lo como nós temos?*

— *Com todo o respeito, senhor, não é uma questão de dinheiro.*

— Então você está morando aqui, agora? — perguntei.
— Acabei de me mudar. Posso entrar?
— É claro. — Pisei em falso quando me movi para o lado, e fiz um gesto para Jack entrar.
— São para você. — Ele me entregou as flores.
— Obrigada. São muito bonitas. — Aspirei seu perfume e, em seguida, as coloquei na bancada da cozinha.

Jack percorreu com os olhos o meu apartamento, captando os detalhes. Então, dirigiu a atenção para as coisas que ele enviara.

— Vejo que recebeu meus presentes. — Ele se encaminhou para o sofá.
— Sim — murmurei, ainda aturdida com o fato de Jack estar no meu apartamento.
— Cassie... — Jack se aproximou de mim e acariciou meus cabelos. — Você ainda me ama? — perguntou, inseguro.
— Nunca deixei de amá-lo — admiti, ofegante.
— Eu também. — Jack enlaçou minha nuca, puxou-me para si e me beijou longamente. Então, ele se afastou, com a mão ainda acariciando minha nuca. — Desculpe por ter mentido para você. Desculpe por tê-la traído. — Inclinou-se e voltou a me beijar. — E desculpe pela falta de notícias. O processo de anulação de meu casamento levou muito mais tempo do que eu imaginava. Eu devia ter entrado em contato com você.
— Achei que você me odiasse.
— Jamais poderia odiá-la. Pensei que teria de procurá-la antes do final do processo de anulação, pois fiquei sabendo de você e o cara de seu trabalho.
— Como você ficou sabendo?
— Dean. Fiquei de olho em você, gatinha. Não de maneira ostensiva, juro. Só o suficiente para assegurar que não a perderia.

Uma lágrima rolou pelo meu rosto.
Jack continuou:
— Sei que não a mereço, mas preciso de você, Cassie. — Ele se calou e secou minha lágrima com a mão, com seu toque me lembrando a saudade que sentia dele.

— Também preciso de você, Jack. Não gosto de me sentir vulnerável e quis fingir o contrário, mas seria uma mentira.

— Então, não finja. Diga que você tentará me perdoar, para que possamos superar nosso passado.

— Já o perdoei. — E me senti mais leve e mais livre do que nunca.

Jack encostou a testa na minha.

— Vou reconquistar sua confiança. Eu juro.

Coloquei a cabeça em seu ombro e passei os braços em torno dele. Sorri e fechei os olhos. Então, levei minha boca ao seu ouvido e sussurrei uma palavra:

— Prove.

Epílogo

UM ANO DEPOIS...

Eu preparava o jantar, e Jack caminhava pelo nosso apartamento. Ele acabara de voltar de um jogo fora do estado, e suas coisas estavam espalhadas por todos os cantos da sala de estar.

— Você é um bagunceiro. No mínimo, jogue a roupa suja no banheiro — disse, parada diante do fogão.

— Tudo bem. Vou jogar no banheiro. — Jack sorriu, revelando as covinhas de suas bochechas.

Naquela mesma noite em que Jack chegou a Nova York, no ano passado, ele se mudou para o meu apartamento. Não me opus, ainda que sua presença tenha tornado o apartamento ainda menor. Com dois salários, logo fomos capazes de nos mudar para um apartamento melhor, em Sutton Place, não longe do Central Park, no lado leste da cidade. A distância até o meu trabalho ficou maior, mas valia a pena viver naquele lugar maravilhoso com ele. Nossa vista abrangia o Upper East Side e, sempre que podíamos, passávamos as noites na varanda.

Jack considerou um sinal dos céus quando nos ofereceram um apartamento de dois quartos no vigésimo terceiro andar. "O 23 é o meu número, amor. Temos de ficar com ele!". E, depois de visitarmos o lugar e admirar as bancadas de granito da cozinha, as utilidades domésticas de aço inoxidável e os banheiros de mármore, tive de concordar. O fato de o condomínio ter uma academia e uma piscina foi apenas um estímulo adicional. Também me sentia segura morando ali, com um porteiro e um zelador vinte e quatro horas na portaria.

Jack viajava frequentemente com o time, e eu ficava muitas horas fora de casa por causa do trabalho. Assim, a segurança oferecida pelo condomínio nos dava uma oportuna tranquilidade. Sem mencionar o fato de que Jack era um jogador do Mets agora, o que o tornava uma celebridade em Nova York. Os torcedores tentaram bisbilhotar nosso canto mais de uma vez. No último Natal, achamos necessário dar ao nosso porteiro um dinheiro extra por seus esforços.

Gostávamos muito de viver em Manhattan, com uma energia e uma loucura que não existiam no sul da Califórnia. As pessoas também eram completamente diferentes. Para nós, era uma mudança bem-vinda de ritmo, que nos satisfazia por enquanto.

Ao terminar de preparar o jantar, o brilho do diamante em minha mão esquerda me chamou a atenção. Olhei para a pedra com um sorriso. O diamante esférico de três quilates ocupava quase todo o meu dedo. Era o anel mais bonito que já vi.

Ainda não marcamos uma data para o casamento, por causa do tempo limitado de Jack entre o término da temporada e os treinos da primavera, além de minhas missões, que pareciam pipocar sem aviso prévio. No entanto, não me importava. Por ora, para mim bastava estar junto de Jack e saber aonde nosso futuro apontava. Sobretudo depois de ter vivenciado o tempo que achava que nosso relacionamento estava morto e enterrado, sem chance de ressuscitação. Se conseguimos superar tudo aquilo, tínhamos certeza de que conseguiríamos superar qualquer coisa.

— Já arrumei toda a bagunça. Feliz? — Jack se pôs atrás de mim, passou os braços ao meu redor e me beijou na nuca.

— Sim. Obrigada. — Virei-me e ele me beijou na boca com muita paixão.

— Estou cansado de esperar que você se torne a senhora Carter. — Jack pegou minha mão esquerda e a beijou. — Case-se comigo amanhã.

— Você está louco. — Dei risada.

— Estou falando sério.

— Se eu posso esperar por um casamento real com todos os nossos amigos e familiares, então você também pode.

— Tudo bem. Mas vou começar a dizer para todos que você é minha mulher, independente de ser oficial ou não.

— Você é estranho.

— Você é que é. Que garota consegue esperar para se casar com tanta paciência?

— Uma garota que sabe que casar não mudará nada entre nós. Uma garota que quer compartilhar nosso dia especial com todos que são importantes para nós dois. Eles merecem isso.

— Você tem razão. Então, vamos marcar uma data, ok?

— Ok. — Despejei a água quente e o macarrão no escorredor, e o vapor envolveu o meu rosto.

— Agora. — Jack se dirigiu até o calendário pendurado na parede.

— Escolha uma data.

— Quem garante que você vai poder?

— Jack, escolha uma data e eu falarei com meu chefe na segunda-feira. — Coloquei o macarrão e o molho numa tigela.

— Novembro tem o feriado do Dia de Ação de Graças, e dezembro tem o Natal. Acho que teremos de esperar até depois do ano-novo. O que acha de nos casarmos em janeiro?

— Em janeiro faz muito frio.

— Não se casarmos em casa, na Califórnia — ele sugeriu, como se fosse o plano mais óbvio do mundo.

— Sim! — gritei com entusiasmo. — Janeiro parece ótimo. Adoro janeiro.

— Muito bem, Cassie. Então, você se tornará uma Carter em 12 de janeiro. — Jack sorriu largo.

— Cassie Carter. Gostei do som.

— Gatinha Carter. Gostei ainda mais. — Jack colocou dois pratos sobre a mesa.

— 12 de janeiro — repeti, observando a expressão de Jack relaxar com a firmeza de nossa decisão. Então, sorridente, servi uma porção de macarrão no seu prato.

— Eu amo você. — Jack enrolou a massa em seu garfo.

— Também amo você.

— Mal posso esperar para ter todo um time de jogadorezinhos de beisebol correndo em volta desta mesa. — Jack colocou a mão sobre minha coxa e, em seguida, veio para cima, de modo sedutor.

— Devagar, senhor Carter! — Dei uma palmada em seu ombro.

— Ai! Por favor, gatinha. Vamos começar agora...
— Essa é uma discussão para uma outra ocasião. Por exemplo, *depois* de nos casarmos.
— Certo. Então, em 13 de janeiro, vamos começar a fazer filhos.

Agradecimentos

ESTE LIVRO NÃO EXISTIRIA se eu não tivesse levado a vida que levei, vivenciado as coisas que vivenciei e amado as pessoas que amei. Essa história (como sempre) é influenciada por acontecimentos e pessoas reais de meu passado.

Ao Jack Carter da vida real — sou grata por você ter sido um idiota metido na faculdade, e ter feito tanta besteira, de modo que tive um bom material de trabalho para esta história. O fato de ainda sermos amigos é motivo de muita alegria para mim. Beijos.

Meli, o que faria sem minha alma gêmea e sem todas as nossas lembranças do tempo da faculdade? Não tenho a menor ideia. Eu amo você. Beijinhos.

Algumas blogueiras merecem um agradecimento especial: Gitte e Jenny, da Tottaly Booked; Maryse, da Maryse.net; Lori, da Lori's Book Blog; Ana, da Ana's Sexy Attic; Lisa, da Lisa's Reads; e Mollie Harper, da Tough Critic Review. Vocês influenciaram milhares de leitores a ir além dos livros que só podem ser encontrados nas prateleiras das livrarias. Meninas, vocês mudam a vida de leitores e autores todos os dias. O cenário editorial está se modificando e vocês são agentes muito importantes desse processo. Muito obrigada por isso.

Rebecca Donovan (minha bela e angelical amiga, onde você esconde suas asas?), Michelle Warren (os olhos/cílios mais belos da espécie humana), Shannon Stephens (uma das pessoas mais amáveis e mais fortes que conheço), Colleen Hoover (minha alma gêmea literária), Jillian Dodd (minha cúmplice), Tarryn Fisher (minha ninfa angustiada)... Obrigada a vocês por me fazerem lembrar o motivo pelo qual amo tanto as autoras independentes (e ex-independentes). Tenho sorte de estar nesse admirável mundo novo com todas vocês.

Desejo agradecer à Jenny Aspinall pelas opiniões, colaborações, sugestões, pela genialidade, pelo talento, amor e pela amizade. Estimo muito seu apoio e sua confiança na minha produção literária, mais do que sou capaz de expressar em meras palavras. Obrigada por existir. Beijos.

Lori, Sam e Sali, amo vocês.

Melissa Mosloski, agradeço por seus lampejos, apontando algumas coisas óbvias que eu esqueci. Você me ajudou a melhorar muito este livro.

Minha gratidão aos meus familiares e amigos pelo apoio e pela confiança permanentes.

Meu agradecimento à minha editora. Sem você, Pam, me sentiria perdida.

Ryan S., Dom P. e Chris B., sou grata a vocês pelo *feedback* e pela ajuda nas questões relacionadas ao beisebol.

O beisebol — seus jogadores e seus times — envolve uma dinâmica muito diferente de qualquer outra coisa. Espero ter feito jus ao esporte. Deus sabe que eu tentei.

PRÓXIMOS LANÇAMENTOS:

Aguardem os próximos volumes da Trilogia Game Series: *Virando o Jogo* (Set/Out) e *O Jogo mais doce* (título provisório).

Curta nossa página no facebook e receba informações antecipadas dos próximos lançamentos desta série.

www.facebook.com/faroeditorial

ASSINE NOSSA NEWSLETTER E RECEBA INFORMAÇÕES DE TODOS OS LANÇAMENTOS

www.faroeditorial.com.br

FARO EDITORIAL

ESTA OBRA FOI IMPRESSA PELA SERMOGRAF EM JUNHO DE 2016